修订 MY
纪念版

MR. MERMAID

江苏凤凰文艺出版社
JIANGSU PHOENIX LITERATURE AND ART PUBLISHING, LTD

第六章

百病可治，相思难医

本届亚运会将于九月二十八日至十月十三日在日本的文化古城京都市举行。

云朵报社的记者分三批前往京都，她是第二批，于开幕式前三天到达。

一落地，林梓就拉着云朵要去泡温泉。

云朵理都不想理他——姐是来办正事的，哪有一落地就先去鬼混的？

林梓却说："我已经订好酒店了。反正你晚上总归要住酒店，住哪里都是住。"

"可是我今天还要采访呢！我们总不能半夜去泡温泉吧？"

"采访谁？国家队明天才到，你现在去采访哈萨克斯坦的游泳队吗？你就算采访了，社里会让你发吗？"

"呃，我想去运动员村看看。"

"那就更不用去了。"林梓一脸的不以为然，"小日本有什么好看的？等明天中国运动员都住进去了再看不好吗？报社这次又没有加刊，你今天采访、明天采访，还不是发同一刊？着急做采访也没意义，又不是什么重大新闻。"

就这样，云朵被林梓忽悠得有些不思进取了，两人果然脱离组织跑去玩了。

岚山位于京都市西郊，古代就是王公贵族旅游的好地方。现在是枫叶正浓的季节，火红的枫林如悬挂在天边的织锦，小桥流水，雾气缭绕，景色确实很美。

云朵自拍了一张照片，然后说："如果我把这张照片发到朋友圈，大家肯定都觉得我在栖霞山。"

林梓笑了："栖霞山很漂亮？"

"对，比这里漂亮。"

"你带我去看看好不好？"

"好啊！有机会。"

两人到达山顶后，看到了很多猴子，猴子特别会卖萌，一点也不怕人，云朵被逗得乐不可支。

在山顶逗留了一会儿，二人就去泡温泉了。旅途奔波，泡温泉确实很解乏。

泡过温泉，两个人一起去逛街，看满脸惨白的艺妓表演，还买了好多小玩意，木偶啦、糖果啦、吉祥物啦、折扇啦，还有油纸伞。这些日本人做的东西，不管实用不实用、好吃不好吃，都挺好看的，让人忍不住就想买。

那把油纸伞是竹子做的，伞面白底上手绘了几片大小不一的火红枫叶，简单精致，也很应景，云朵特别喜欢。不过这伞不是她买的，是林梓买的，因为她买不起。据说这把伞用料考究，是老艺人纯手工制作的，价格嘛，折合人民币四千多。所以说，景点的东西就是贵啊，不论中外。

晚饭吃的是当地料理，味道一般，看起来却很精致，赏心悦目。

吃过晚饭，他俩共撑一把漂亮的油纸伞回酒店。

林梓走在铺满红叶的小路上，低头看了一眼云朵，见她牵着嘴角玩木偶，白皙的脸蛋鼓起一块，是糖块的形状。

他莞尔，突然特别想牵她的手。

第二天，竟然下起了小雨，雨丝特别细软，室外像是罩了一层淡淡的雾气。

云朵看看窗外，想着要去哪里买雨伞，却没想到林梓已经提着那把油纸伞来敲她的门。

云朵被他吓到了："你打算撑这把伞出门？"

林梓有些奇怪："怎么了？这不是雨伞吗？"

"这不是雨伞，这是钱！"

"正因为我花了钱，才要物尽其用，否则，钱不是白花了？"

原来还可以这样理解吗？

云朵发现林梓总是出人意料地刷新正常人对事物的认识，难怪他是天才而她只是蝼蚁，这就是差距。

于是两人撑着这把伞出门了。

一路上，他俩的回头率很高，尤其是回到京都市区。一是因为街头用这种传统工艺品来遮雨的人太少了，二是因为他俩长得都很养眼。男的俊，女的靓，个子高挑身材棒，再撑一把漂亮的伞，漫步在烟雨中，真像是从画里走出来的一般，实在太赏心悦目了。

甚至有人上前搭讪，大概以为他们是当地人，叽里呱啦地说了一堆日语。

林梓确实听懂了。

云朵问林梓，他说了什么，林梓答道:“他说如果我们穿了和服会更好看。”

云朵撇了一下嘴角：“我才不会在腰上背个枕头到处跑。”

快到运动员村时，雨停了，林梓却舍不得收起伞。

路上驶过一辆辆大巴车，云朵眼尖，透过车玻璃，看到一辆大巴车上的一张侧脸特别眼熟。她扯了一下林梓的胳膊，惊道：“那不是林丹丹吗？中国的运动员到了！”

这会儿追车也来不及，两人干脆驻足观看。

林梓从口袋里摸出一面小国旗，在胸前摇晃着。

此举果然吸引了车上不少运动员的目光，纷纷隔着车窗和他们打招呼。无论是奥运冠军还是没拿过奖牌的小透明，都对他们笑，特别亲切。

云朵有些感动。

又一辆车驶过来，她看到了那张熟悉的脸庞，依然俊美无匹，只是车窗上的细小水珠模糊了视线，她看不清他的表情，只知道他在看她。

云朵呆呆地望着他，不知该作何反应。

林梓还在摇晃小红旗，像个不知疲倦的机器人。

唐一白隔着车窗，怔怔地望着外面那两个人。不是没想过会再见面，却没料到会是这样的情形。猝不及防地，就看到她和另外一个男人共撑着漂亮的纸伞漫步，诗情画意，像一对情侣。

情侣……这两个字像刀片一样狠狠刮着他的心。

心又开始隐隐作痛，然而他已经麻木了。

他想转过头不再看她，却根本做不到——一遇到她，他就身不由己。

他就这样望着她，随着车辆行驶，他缓缓地扭动脖子，眼睛一眨不眨，目光甚至有些痴缠。

他眼睁睁地看着她的身影落在车后，直到再也看不到，他却什么也做不了。

唐一白转过头，坐正身体，靠在座椅上闭上眼睛，长长地叹了口气。

心酸酸的，很疼，疼得差点落泪。

为什么会这样，到底是哪里出了问题？他从不怀疑自己做出的选择，他有着清晰的目标，有着冷静的头脑，有绝对的理性，却在看见她时，一切都成了浮沙，他只知道自己难过，为那个选择难过，难过得要命。

云朵到运动员村的时候，运动员们都已经入村了，她只采访到了国家游泳队的领队和几个教练。她心不在焉的，采访完后，写了几个赛事看点。

本届亚运会的游泳项目共持续六天，从九月三十日到十月五日，将决出三十八枚金牌，所有项目都只有预赛和决赛，没有半决赛。

本届亚运会的泳池之争，其实就是中日之争。

在亚洲泳坛，如果只看奖牌数量，中国无疑是头号强国，只是这个称号是靠女队姑娘们撑起来的。男子项目上，中国队的实力一直不如日本队，不过近些年逐渐有了追赶的趋势，至少差距在一步步缩小。上届亚运会，中国和日本在男子游泳项目上的奖牌数相当，但是在金牌上，中国队差了两块。这一届，中国队希望把金牌数目的差距缩小到一块，最好为零。现在，中国有祁睿峰这样的奥运冠军，又有唐一白这匹黑马，相信这样的目标是有可能实现的。

从已有成绩来看，祁睿峰在男子200米、400米、1500米项目上都有夺冠的实力，且希望很大，而唐一白只要发挥正常，男子100米自金牌非他莫属。至于男子50米自，唐一白之前打破过一次日本人保持的亚洲纪录，而这个纪录今年三月份又被一个叫松岛由田的日本人刷了回去——松岛由田目前是日本短距离自由泳实力最强者，100米自成绩也不错。

除了他们两个，明天的蛙泳也有夺牌的实力，至于金牌，就不太敢期待了，因为蛙泳一直是日本人的强项，有着世界级的水平。郑凌晔的情况和明天差不多。虽然日本人的蝶泳不像蛙泳那样让人惊叹，可是放眼亚洲，实力也是很强悍的。

团体项目中，男子4×200米自由泳接力是最值得期待的。祁睿峰是这个项目的领军人物，只要不出意外，日本人可以靠边站了。男子4×100米自由泳接力就有点悬了，毕竟 100 米自，中国能拿得出手的只有祁睿峰和唐一白。日本虽然没有人比得上唐一白，但至少能选出四个水平很高的选手。还有一个项目是 4×100 米混合泳接力，中国队基本没有希望，因为日本在仰泳、蛙泳、蝶泳这前三棒上的实力都很强悍，中国队单凭最后一棒自由泳，很难弥补前面的差距。

分析完夺金热点，云朵又分析了一下国民期待。

日本和中国的渊源极深，如果问中国人民最希望看到中国队在赛场上狠虐哪国对手，答案一定是日本。这次日本是主场，中国是来踢馆的，到时候战况肯定特别激烈。

写完后，她把这篇稿子拿给钱旭东看——孙老师去跟跳水项目了，这次钱旭东成了她的搭档。

钱旭东看完，觉得前面说得中规中矩，而后面，他忍不住皱眉："这都什么乱七八糟的，体育竞技怎么扯上历史恩怨了？"

"事实就是这样。"

"事实放在肚子里就好，不能乱说，有些闲人就是喜欢抓这种把柄。"

九月三十日，游泳比赛第一个项目是有祁睿峰参加的男子 200 米自由泳。

自从韩国名将李株基随着年龄增长成绩下滑后，祁睿峰在亚洲中长距离自由泳上已经没有对手。在许多人看来，这块奖牌已经被他收入囊中，无数中国人坐在电视机或者电脑前观看直播，等待欢呼的那一刻。

决赛结果却让人大跌眼镜——祁睿峰输了。

他输给了日本一个叫田中勇气的选手，两人成绩只差 0.03 秒。

田中勇气的主游项目是混合泳，祁睿峰看到他参加自由泳时，以为他只是用副项凑数捞个奖牌，却没想到他给了自己致命的一击。

祁睿峰觉得，如果他早知道田中勇气实力不俗，他一定会游得更好一些，但是没有如果，输了就是输了。

他垂头丧气地离开泳池，根本没有心情接受记者采访。

他在人群中搜索袁师太的身影，找到后，他低着头对袁师太说："对不起。"

袁师太见他抚着自己的手腕，拧眉问道："受伤了？"

"没。"他低着头，没看到袁师太神色微微一松。

袁师太的声音立刻冷厉起来："没受伤游成这熊样？还有脸道歉？道歉

管用？”

祁睿峰快哭了：“对不起……”除了“对不起”，他真的不知道还能说什么。

“你记住，”袁师太说道，“赛场如战场，一丝一毫的松懈，都是在把自己逼向死路。”

“嗯。”他重重地点了点头。

“如果明天还游成这样，你也不用出来了，泡在泳池淹死算了。”

祁睿峰精神一振，勇表决心：“袁师太，我明天一定好好游！”

袁师太点点头，接着轻轻挥了一下手：“行了，快去接受采访吧。”

祁睿峰的脸又耷拉下来了：“没心情。”每次都是作为冠军接受采访，这次被个无名小卒虐了，想想就丢脸。

“多大点事？不就是一块亚运会金牌吗，你拿过的都够煮一锅汤了，稀罕？去吧，谁敢胡说八道，拿奥运金牌抽他脸。”

袁师太很少一口气说这么多话。

祁睿峰知道她是在安慰自己，眼眶热热的，转身离去。

第二天晚上，男子 4×200 米自由泳决赛，中国拿到了亚运会开赛以来，男子游泳项目上的第一块金牌。

第三天，也就是十月二号，有唐一白参加的 50 米自由泳的预赛和决赛。

虽然唐一白的 50 米自成绩很好，但是在亚洲并非无敌，再考虑到新手的状态一般不太稳定，因此，国内的媒体不敢对唐一白的 50 米自抱有太高期望，能拿金牌最好不过，拿不到也无可厚非，只要最终能站在领奖台上就行。

唐一白在预赛中的成绩却出人意料地不错，排名第一，领先日本选手松岛由田近 0.1 秒进入决赛，于是许多人对这场飞鱼大战有了新的期待。

云朵一张张地看自己拍的照片，看到唐一白到达终点后望向电子屏的那一刻，她突然有些唏嘘。她是亲眼看着他这一年如何走到今天的。一年前默默无闻的他，被媒体围攻盘问的他，被推到风口浪尖的他，在水中霸气无比的他……无论面对什么，无论经历什么，总是淡定从容，步伐沉稳地迈向自己的目标，从不为外界的纷杂所扰。

举世誉之而不加劝，举世非之而不加沮。

这才是他，这才是她认识的唐一白。

眼看着他成长为今天备受瞩目的新秀，云朵既为他骄傲自豪，又有种酸酸涩涩的感觉。这个人，终究会成为体坛一颗璀璨的明星，他会收获很多粉丝，会有很多记者追着他采访，到时候，她和他的距离会不会越来越远呢？会远得回到起点吗？

想到这里，云朵有些烦闷。

决赛都安排在晚上六点以后，下午是运动员们的休息时间。

云朵在媒体中心《中国体坛报》的临时办公室里待着，整理图片资料，写写稿子，等待着下午的决赛。

林梓突然把她叫了出去，神秘兮兮的，也不知有什么事，反正肯定不是正事。

两人来到一个没人的角落，林梓掏出一个长条形的丝绒盒子递给云朵："云朵，生日快乐。"

云朵张了张嘴，这才反应过来今天是她生日。

往年她是不会忘记自己生日的，因为十月一日是国庆节，第二天就是她生日。这次赶上亚运会，忙得晕了头，她就把生日忘在脑后了。

没想到林梓竟然记得。

云朵有些感动，接过那个丝绒盒子："谢谢。"

"客气什么，你是我老大嘛！打开看看喜不喜欢。"

"嗯。"云朵点了点头，打开盒子，看到里面躺着一条蓝宝石镶钻吊坠，正是她和林梓逛街看到却舍不得买的那条。她有些为难："这个太贵了，我不能收。"

林梓却说："放心，这是高仿的，不贵。"

"真的？"云朵不太相信，"你也会买高仿的东西吗？"

"因为你不收正品。我有什么办法？"

云朵仔细看着那条吊坠，蓝宝石澄澈透亮，碎钻光华璀璨，怎么看怎么不像是仿制品。

她狐疑地盯着林梓："你蒙我呢吧？"

"真的。不信你看。"林梓说着，翻出手机给她看他在淘宝上的购买记录。

云朵一看，还真是。

她感慨道："现在的高仿真是太可怕了。"

林梓看着地面，也不知在想什么，只是说道："你喜欢就好。"

云朵把吊坠收好后，轻轻拍了一下林梓的肩膀，笑道："还是我的小弟有心，老大平时没白疼你。"

林梓看着她的眼睛，薄薄的嘴唇轻轻一挑："心情好些了没？"

云朵愣了愣，随即吐了一下舌头掩饰心虚："你怎么看出来的？"

林梓没有回答这个问题，而是说道："云朵，你知不知道，唐一白为什么不喜欢你？"

"为什么？"

"因为他不能喜欢你。"

云朵微微张着嘴，看着他平静无波的狭长眼睛，突然明白这到底是怎么一回事了。

唐一白不能喜欢她，真的是这样。他那么受欢迎，如果他愿意谈恋爱，早就有女朋友了。一直以来没有女朋友，说明他根本无心恋爱，他把所有时间和精力都放在了游泳上。既然如此，他又怎么会接受她呢？

他的世界只有游泳，而游泳留给他的机会已经不多了。他今年二十二岁，明年世锦赛二十三岁，后年奥运会二十四岁，这两年是他职业生涯中最后的黄金时期。他经历过那么多坎坷，远不像祁睿峰那样顺风顺水——祁睿峰自十五岁崭露头角后参加过无数大赛，已经荣誉满身。

错过了这届奥运会，下一届就要等到二十八岁。

对于一个运动员的职业生涯来说，这个年纪已算迟暮，无论你有多高昂的斗志，你的身体条件已经无法撑起它。

这很残忍，但这是事实。

现阶段，唐一白肯定希望心无旁骛地游泳，儿女情长靠边站。

这才是真相。这才是他疏远她的原因。他察觉到了她的情意，便用这种方式避免自己卷入儿女情长之中。

想通这一点后，云朵果然没有之前那么烦闷了，当然，也没有多高兴。

林梓又说道："所以，你那个等亚运会结束就跟他表白的打算也可以歇一歇了。"

云朵惊讶地望着他，脸颊浮起红晕："你……你怎么知道？"她确实想和唐一白谈一谈，如果时机可以，她不介意表白。

当然，现在没这个想法了。

林梓叹了口气，视线落在她脸上，温和得像初雪消融。

他说道："云朵，你要知道，我才是最了解你的那个人。"

"嗯。"云朵重重点了一下头。

林梓突然又笑了："不管怎么说，我永远支持你——我的老大。"

云朵眼眶热了热，抿着嘴笑望他。

他张开手臂，目光温暖："来吧，拥抱一下。"

云朵便向前迈了一步，走进他的怀抱。

她环住他的腰，脸埋在他的胸前，闷声说道："林梓，谢谢你。"

谢谢你在我迷茫的时候点拨我，在我烦闷的时候逗我开心，谢谢你记得我的生日，谢谢你一直支持我。

林梓轻轻拥着她，眯了眯眼睛，看向不远处那道身影。

在看到他们相拥时，那人的身体轻轻晃了一下，然后，死死地盯着他们。

林梓挑了挑眉，闭上眼睛，微微低头，轻如羽毛的一吻落在了云朵的发顶。

那人转身，落荒而逃。

直到走出媒体中心，唐一白的眼前还晃着那两人相拥的画面。

他记得她的生日，他偷偷溜到媒体中心找她，是想跟她说一句"生日快乐"。他知道自己不该这样做，可是现在他的自制力早已经失控，非要见她一面不可。他一定要送上自己的祝福，如果可以，他希望听到她为他加油。

见到的却是那样一幕，他心口难受，难受得要死。有些事情他不愿去想，不愿承认，可是它非要当面撕扯给他看，像一把利刃戳在他心窝最柔软的地方，狠狠地搅动。疼啊，像是疼进了灵魂里。

我该怎么办，我该怎么办……他一路这样想着回去了，也不知这一个多小时是怎么过的。

晚上比赛前，伍总交代了他几句，他随口应了，转身却已经不记得教练说了什么。

当然，最后他还是要站到出发台上。

唐一白预赛成绩第一，占了最好的泳道。

他听到裁判说："Take your mark——"

他做好预备动作，一动不动，等待着发令枪响。神经本能地绷得紧紧的，意识却有些游离。恍惚间，他似乎听到了发令枪响，于是立刻入水。

入水动作已经千锤百炼，流畅无比，可是当他游出一段距离时，顿感不对劲，泳池里空荡荡的，他感受不到来自对手的水流变化。他心里一咯噔，停下来浮出水面，迷茫地望向出发点。其他国家的运动员都站在出发台上，望着泳池中的他。

裁判走过来宣布，唐一白抢跳犯规，取消本场比赛资格。

现场解说用英日双语解释了情况。

本场比赛最有实力的一名选手，因为抢跳出局了。赛场一片哗然，中国观众区一直舞动的国旗悄悄收了起来，一片沉默。

唐一白上岸后，几乎全场观众都在看着他，还有很多记者在拍照。

她肯定也看到了。

意识到这一点，唐一白有些沮丧，安静地离开泳池，找到他的教练伍勇。

伍勇见唐一白垂头丧气的样子，都不忍心骂他了。

到底是没经历过大赛啊！伍勇心想：平时看着挺靠谱的一个孩子，到这个时刻也兜不住。

他拍了拍唐一白的肩膀，温声说道："没关系，后面的比赛好好游。"

唐一白点了点头。

祁睿峰过一会儿也有比赛，看到唐一白抢跳出局，他很替他难过，可又不知道怎么安慰他。

想了想，祁睿峰说："没关系，我第一场也输了。明天的接力赢回来。"

唐一白点了点头。

祁睿峰还想说什么，唐一白却摆摆手："峰哥，我先回去了。"

唐一白前脚刚走，云朵后脚就找了过来。

记者的活动范围有限制，她只好在观众席上叫祁睿峰："祁睿峰，祁睿峰！"

祁睿峰见是她，问道："云朵，怎么了？"

"唐一白呢？"

"走了。云朵，你今天不能采访他，他心情不好。"

云朵有些无奈："我不是采访他，我……我就是想看看他。"看看他好不好。

祁睿峰摇摇头："他已经走了，回宿舍了。"

想到唐一白垂头丧气的样子，云朵特别难过。

她又不甘心地问祁睿峰："那我晚上能去运动员村看看他吗？我就看看他。"

"好像不能。记者不可以随便进村的，我们也不能随便出去。"

"你帮我想想办法嘛。"云朵急得眼圈发红。

祁睿峰果然认真想了一下，突然眼睛一亮："有办法了。"

"什么？"

他刚要说话，突然意识到那样做不太正规，被人知道就不好了，于是招呼云朵，两人沿着观众席围栏走，走到可以碰头时，他小声地对云朵说："运动员村西墙边有一片小树林。那堵墙是透视墙，不高，我和唐一白都能翻过去。你在小树林等他，让他翻过去找你。到时候你带着手电筒，我让他也带一个，这样你们就能看到对方了。我真是一个天才。"

"是啊，是啊，你果然是一个天才，就这么办！"云朵一个劲儿赞美他，接着又道："我等他到晚上十点半，他不愿意来也没关系，不用勉强，我只是有点担心他。"

"嗯，我知道，我回去跟他说。"祁睿峰点着头，突然又凝眉道："总感觉这样做像在偷偷约会。"

"什么呀！"云朵脸一红，找个借口跑开了。

晚上比赛全部结束后快七点半了，云朵做完采访，随便吃了点东西，一个人跑去了运动员村的小树林。

那片树林不大，云朵担心唐一白找不到她，就悄悄沿着西墙来回溜达。

墙是铁栏杆做的，果然没有多高。

她怕被夜里巡察的人逮到，不敢打开手电，就一边走一边往墙里偷看，那样子特别猥琐。

看到一个身影朝这边走来，云朵赶紧退到小树林里，仔细观察那人的举动。

那人个子高高的，走到墙边，踩着横栏，三两下就干脆利落地翻了过来。

云朵看到他翻墙，突然有点后悔自己的冒失，如果他一不小心磕碰到了就不好了。

她正忏悔呢，那人已经打开手电，朝树林里晃了晃。

云朵赶紧也打开手电，和他对暗号。

那人便朝她走了过来。

云朵看着他渐渐走近，突然无法抑制地心跳加速。

她握着手电，不敢照他更不敢照自己，只好将手电头向下，在地上落了一个明亮的圆斑。

那人走到她面前，唤了她一声：“云朵？”他的声音很轻，像是从梦里走出来一般。

云朵点了一下头：“是我。唐一白？”树林里太黑，她看不清楚他的面容，但是她知道他在低头看自己，她不禁有些局促，悄悄用脚尖划着地面。

“峰哥说你找我有事？”

“啊，不是，我只是……唐一白，你……你还好吗？”

唐一白苦笑了一声，低声说道：“我好像不太好。”

云朵突然特别心疼他。

抢跳是很低级的错误，想必他已经无数次自责了。而现在国内的舆论有些恨铁不成钢的意思，许多人觉得唐一白的心理素质太差，不过云朵不觉得他差，她只是心疼他。

她鼻子酸酸的，劝他：“唐一白，你不要难过。”

唐一白心想：那你告诉我，我怎样才能不难过？

云朵又说：“抢跳没什么大不了的，有不少名将都抢跳过，那只是在赛场上太紧张了，难免的，你不要自责。你很棒，接下来的 100 米好好游，金牌稳拿的。”

唐一白低头看着云朵模糊的面容——天太黑，他只能看到她的轮廓，心里却暖暖的。

他轻声说道：“你担心我？”

“是啊！”云朵小声答。

唐一白只觉压在心头的沉沉郁气突然消散了不少，他发现自己真是太容易满足了。

唐一白沉默了一会儿，突然说：“云朵，回答我一个问题。”

“啊？你说。”

“林梓是不是你男朋友？”

“不是啊！谁说的？”云朵连忙否认，“他是我同事。”

“可是我今天看到他抱你了。”

云朵有些气：“你还抱过我呢，你是我男朋友吗？”

一句话让唐一白的心猛跳，他差点脱口而出“就让我做你男朋友吧”。

他抿着嘴，稍稍冷静了一下，然后轻轻说：“哦。”

云朵追问道：“为什么这么问？”

“只是有些好奇。”

如果她此刻能看到他的表情，一定明白他到底为什么这样问了。

得知云朵和林梓并非恋人关系后，唐一白只觉阴霾散尽，一身轻松。

两人闲聊了一会儿，云朵确定唐一白的情绪没什么问题后，也不敢让他在外面待太久，就此告别。

告别前，云朵说：“唐一白，你明天会参加 4×100 米自接力吧？”

“嗯。”

“那你好好游，加油！”

他的声音带着笑意：“嗯，我会的。”

云朵挠了挠头：“不过也不要给自己太大压力，尽力就好。”

“嗯。”

最后，云朵张开双臂：“给你个拥抱鼓励一下。”

唐一白轻轻将她揽进怀里。

天太黑，她看不到他笑得有多温柔。

他搂着她柔软的身体，在她耳边轻声说道：“谢谢你，云朵。我明天一定好好游。”

云朵贪恋他宽阔而温暖的怀抱，可是她怕唐一白发现她的小心思，两人很快分开了。

唐一白回到宿舍后，祁睿峰感觉他不太对劲，到底怎么不对劲，祁睿峰又说不清楚，就是觉得有点邪性。他出去的时候像一块冰，回来后像一团神秘的雾气，连眼神都变了，变得有点缠绵，看到什么都缠绵，还笑。

拜托，你今天因为抢跳丢了一块金牌，笑什么笑啊？怪瘆人的。

祁睿峰有些担忧：“你是不是生病了？”

唐一白一愣，随即点头：“是，而且病得不轻。”

他都承认了，祁睿峰更加不安：“什么病？快去找队医看看啊！不要拖着，早发现早治疗。”

唐一白摇了摇头：“不用，治不好。”

祁睿峰吓呆了：“你、你、你……你到底得了什么病？！”

唐一白往床上一倒，头枕着胳膊，幽幽叹了口气：“百病可治，相思难医。”

十月三日，是本届亚运会游泳项目的第四个比赛日，将有七枚金牌产生，其中男子项目分别是 100 米蝶泳、100 米蛙泳、400 米个人混合泳和 4 × 100 米自由泳接力。这四个项目无一例外都是日本队的强项，中国队想抢个金牌，着实不易。加之昨天唐一白马前失足，国内媒体更不敢说大话了。

400 米混合泳，中国派出十七岁小将马若凡参赛，他的成绩还不错，具体能不能拿奖牌得看现场发挥。

以中国的实力，另外三个项目站上领奖台还是可以期待的。尤其明天的 100 米蛙泳，今年的成绩亚洲第二、世界第四，如果今天好好发挥，应该能拿到一枚银牌——他的对手是日本名将冈本大郎，今年的最好成绩是 59 秒 36，领先明天将近 0.3 秒。

郑凌晔的 100 米蝶泳也是被日本对手压制。

明天和郑凌晔的赛场表现几乎走了两个极端，明天的成绩可以很好也可以很不好，他的状态连他自己都说不清楚，郑凌晔则一直很稳定，没有很大突破，也从来没出过差错。

4 × 100 米自由泳金牌被认为是所有游泳项目里最有分量的，因为它是团体项目中速度最快的，也是检验一国游泳综合实力的重要指标，而团体赛又比个人赛更令人热血沸腾。

日本媒体此前已经发出狂言，这枚金牌一定是他们的囊中之物。他们如此自信并非没有依据，虽然中日两国在这个项目上都称不上世界水平，但日本运动员的实力比中国的更加均衡一些，加上中国男子游泳队大换血，名将退役，剩下的只有祁睿峰，而祁睿峰的 100 米自成绩并非十分突出。再加一个唐一白又能怎样？中国有唐一白，日本还有松岛由田呢，而且田中勇气的 100 米自也不比祁睿峰差。

日本媒体算了一下，从两国四个实力最强的自由泳运动员的个人成绩相加来看，日本队领先中国队 0.2 秒左右，加上日本队是主场作战，日本队员肯定能发挥好啦！至于中国队员，祁睿峰和唐一白都马前失蹄了。

上午的预赛结束后，中国游泳运动员全部进入决赛。

晚上，第一个男子项目是马若凡的 400 米混，他发挥很好，拿到了一枚银牌，冠军是日本的田中勇气，这为中国队开了个好头。

接下来，在男子 100 米蝶泳中，郑凌晔发挥稳定，拿了一枚银牌。

第三个男子项目是 100 米蛙泳。

明天出场前一直和队友们待在一起，他不停地跟祁睿峰、唐一白碎碎念："怎么办啊？峰哥，我好紧张！一白哥，我好紧张！"

祁睿峰有些无奈："装什么装，你连世锦赛都参加了，一个亚运会还紧张？"

"不是啊！世锦赛时我又没想拿牌，就是随便比比嘛，没想到运气那么好。现在不一样，现在我好紧张！"

唐一白安慰他道："没关系，紧张一些的话成绩可能会更好。"顿了顿，他又补充："只要别抢跳就行。"

"哈，"明大挠着头尴尬地笑，"一白哥真会开玩笑。"

祁睿峰郑重地拍着他的肩膀："干掉小日本！"

明天快哭了："你不要这样说，你这样说我更紧张了！那个套套大郎很厉害，我干不掉他啊！"

过了一会儿，明天入场了。

入场时，他对观众席的欢呼没什么反应，满脑子都是那句话：干掉小日本，干掉小日本，干掉小日本……

啊……怎么办，被峰哥洗脑了，

明天就这样带着"干掉小日本"的神圣使命站上了出发台。

他看着淡蓝色的水面，头脑渐渐冷静下来。

他旁边就是冈本大郎，他一直称其为"套套大郎"。

入水后，明天总觉得身边的套套大郎是莫大的威胁，他奋力地蹬着结实有力的两条腿，心里只想着：我游，我游，我游游游！

转身，到终点，明天浮出水面，仰头去看电子屏，第一个数字是 59 秒 35，套套大郎真变态！

等一下，数字旁边那个小国旗是五星红旗，是中国啊！

明天眨了眨眼睛，仔细看第一名的那串英文，分明是他名字的拼音。

中国观众区已经沸腾了，这枚金牌真是意外惊喜！那个小朋友超常发挥了，他领先冈本大郎 0.05 秒夺得冠军。

明天快笑傻了，上岸后接受中国电视台的采访，一口气说了一大堆话，连标点符号都不带，把记者们都听愣了。

国外记者采访时，他语速就没那么快了，毕竟他的英语水平直追祁睿峰，磕磕巴巴地一边蹦单词一边比画，连手语都用上了。

云朵也很为他高兴。

高兴之余，她更加期待接下来的接力项目。

中国姑娘再次入账一枚金牌后，大家迎来了今天比赛的重头戏——男子 4×100 米自由泳接力。

从运动员入场开始，云朵的心跳就加快了，她真的好紧张，好像比运动员都紧张。

运动员们入场完毕，解说员开始介绍各个国家的队员。

预赛中，日本队第一，排在第四泳道。中国队稍稍落后，位列第二，排在第五泳道。

日本队的预赛第一是在没有田中勇气的情况下游出来的，到了此刻的决赛，田中勇气也加入进来了，他游第一棒。

日本队游最后一棒的是他们的短距离自由泳之王松岛由田，这个昨天夺得 50 米自由泳金牌的男人，此刻正意气风发。

一般情况下，为保险起见，接力比赛中，都喜欢把速度快的人安排在后面，日本队如此，中国队也不例外，把唐一白作为压棒选手安排在了第四棒，而祁睿峰被安排在了第一棒，与老冤家田中勇气竞速，不知是凑巧，还是有意为之。

在位置安排上，国家队曾重新讨论过一次。因为唐一白昨天表现并不好，有些人担心他今天能否担起压棒重任。对于这一点，唐一白的教练、队友，都认为唐一白可以胜任，唐一白自己也表示完全没有问题，于是原计划不变。

云朵扶着胸前的相机，眼睛一眨不眨地盯着出发台上的祁睿峰。

“Take your mark——”

砰——

祁睿峰的出发速度还不错，入水时领先田中勇气 0.02 秒，不过这个微弱的优势很快被田中勇气追平并反超。反超的幅度只能通过屏幕上的数字来确定，肉眼几乎察觉不到，日本观众的欢呼声刚发出一半，祁睿峰又迅速反超了回来。就这样，你超我，我超你，谁都无法甩开谁。两人战得难解难分，观众席上的加油呐喊声简直要冲破屋顶直上云霄。

转身之后，祁睿峰占据了一点优势，紧接着便提速了，力图把这点优势拉大，田中勇气则死咬着他不放。然而，这只是表面，如果仔细观察，会发现他们两个人之间的距离正在以极其缓慢的速度扩大着，电子屏幕上的数字也清晰地反映了这一点。

触壁时，祁睿峰的优势彻底显现，领先田中勇气 0.11 秒。

一个不错的开局，算是报了首场 200 米自的仇。

云朵很激动、很兴奋，第一棒领先 0.11 秒，只要第二、三棒不太差，中国队应该能拿金牌吧?

第二棒游下来，却像是一盆凉水浇到了她的头顶。

祁睿峰争得的那 0.11 秒的优势荡然无存，中国队还落后日本队 0.2 秒，也就是说，第二棒，中国队被日本队超出了 0.31 秒。

啊……不要!

云朵好崩溃。她很羡慕现场观众，可以肆无忌惮地加油助威，想怎么喊怎么喊。现在她忍着不敢乱喊，快憋出内伤了。

一定要加油啊！她只好在心里默默地重复着这句话。

第三棒开始，云朵看着泳池中逐渐拉开距离的身影，几乎要哭了。

她看得出来，中国队的那名运动员也很拼，不是故意落后的，实在是实力不如人家，以至于差距仍在一步步扩大。转身后冲刺时，那名运动员也拼了命，稍稍追赶上一些，可是完全不够。

第三棒触壁时，中国队落后日本队 0.56 秒。

高手对决，这个数字几乎是难以跨越的。虽然唐一白的个人 100 米自成绩比松岛由田好，但也没有好到逆天的程度。云朵之前估算了一下，如果前三棒成绩累计落后 0.45 秒以内，唐一白发挥正常的话应该可以赶超，超过 0.45 秒就得看超常发挥了，可是现在差距已经扩大到了 0.56 秒。

云朵捏着拳头，在心里一遍遍地重复着那句废话：一定要加油啊!

松岛由田游出一段距离后，唐一白才入水。

云朵眼睛一眨不眨地盯着池中那道身影。

他宛如蛟龙一般矫健迅速，在翻飞的浪花中前行，长而有力的手臂一下一下划水，修长的双腿踢打着水面，速度飞快且节奏丝毫不乱。

两人的距离渐渐拉近。

无疑是唐一白更快，可是他们的差距实在有点大，0.56 秒，短短一百米的距离，他能不能追平？连唐一白最忠诚的粉丝，都要在这个问题上打一个大大的问号。

转身，加速。

唐一白此刻才真的马力全开了，云朵几乎能看出来他的速度提了一档。

云朵瞪着眼睛，看着他以更惊人的速度逼近对手，差距飞快地缩短，像是太阳底下飞速消融的冰块。她的心脏几乎跳到嗓子眼，肾上腺素激增，血液奔涌着冲向大脑，她激动得快要哭了，要掐着自己的手臂才能控制住不喊出来。

他像一艘鱼艇，不，一座战舰，以势不可当的霸气穿水而来，无人能阻挡，无人能撼动！

反超成功，触壁。

唐一白，最后一棒超越对手 0.64 秒，中国队四棒总成绩领先日本队 0.08 秒，中国队拿到了全场分量最重的一块金牌。

冠军，中国！

唐一白上岸后，用一条浅蓝色的浴巾擦了擦身体，接着把浴巾随意往腰间一围，就急匆匆地去接受记者采访了。这个时候，他心率还没缓过来呢，说话都喘着气。

云朵看到他的头发还湿漉漉的，被他随便抹了一把，发型特别另类。当然了，真正的帅哥就算变光头也是帅哥。

由于刚刚剧烈运动还没休息，他的脸呈现淡淡的粉色，眼睛一如既往地明亮如星辰，干净如水晶。

和队友们一起走到电视台记者面前时，他的视线越过摄像机和话筒，看了一眼挤在人群后面的云朵。

云朵正瞪着一双漂亮的杏眼，两眼放光地看着他，嘴角挂着傻笑。

唐一白莞尔，很努力才压下弯起的嘴角，严肃认真地接受了记者的采访。

赛后采访是有时间限制的，之后还会另外安排新闻发布会，而央视是传媒圈的霸主，当然让他们先采访啦！四个人，唐一白最后一个被采访，等采访完他，留给中国记者们的时间基本耗尽了。唐一白最后看了一眼云朵，意思很明显：姑娘，我可以给你加个号。

云朵却十分不争气，此刻情绪仍很激动，一张嘴，嘴唇就哆嗦，她觉得自己可能连流畅的话都说不出来，只好轻轻地把钱旭东推到前面，由这个前辈来完成。

钱旭东不愧为资深记者，表现比云朵淡定多了。

等钱旭东采访完，唐一白也该走了。

他临走前朝云朵招了招手，用口型对她说：过来。

云朵便走到他面前。

他低头笑吟吟地望着她。

她一阵不好意思，轻轻拍了一下胸口，说道："那什么，从今天开始，我就是你的脑残粉了。"

唐一白笑着摸了一下她的脑袋，把她的刘海都弄乱了。

他说："你不适合当我的脑残粉。"

她歪着脑袋问道："那我适合当什么？"

他抿着嘴笑，并不回答这个问题，而是突然弯腰，凑到她耳边压低声音说："今晚老地方见。"

热烫的气息喷到她的脸颊上，火一样燎起了一片红霞。云朵只觉燥热无比，同时又有点无语——这话真是太奇怪了，老地方是哪里啊？谁跟你老地方啊！

他说完这句话，便直起腰，旁若无人地走开了。

现场的媒体工作者们都一脸销魂地看着云朵，云朵闹了个大红脸。

晚上回到酒店，把东西放下后，云朵的腿已经不是自己的了，倒腾着往外面走去，刚走到门口就被林梓拦住了。

他靠在墙上，像是在等她，见她开门，他问道："做什么去？"

"没什么，出去转转。"

"遇到流氓怎么办？我陪你吧。"

云朵赶紧摇头："不用！你忘了我有多么英勇吗？"说着，不等他答话，逃似的噔噔噔跑下楼去。

林梓看着她消失的背影，脸色有些阴郁。

云朵如约来到了"老地方"，就是那片小树林。

昨天让唐一白翻墙后她就特别后怕，生怕他擦到扭到，今天晚上绝对不能再让他翻墙，所以她急匆匆地跑来蹲点了。

她一边等着，一边掏出花露水，在身上喷了好多。日本的蚊子很凶悍，这都十月份了，还精神抖擞的，嗑了药似的。

等了一会儿，看到唐一白高挑挺拔的身影走近，她压低声音轻轻唤他："唐一白——这里——"

唐一白看到了她，走过来，声音带着淡淡的笑意："你很着急？"

"咳，不是。"云朵看到唐一白抓着铁围栏又要翻过来，她一把按住他："别！"

她柔软的掌心，凉凉的指尖，按在他的手背上，触感透过皮肤向大脑皮层传递。唐一白的心跳漏了一拍，注意力放在两人肌肤相贴的地方，一动不动，生怕惊动了这突然降临的亲密。

云朵兀自按着他，说道："不要翻墙了，我们就这样说话。"

"好。"

云朵放下手，不好意思地轻轻擦了一下手心。远处的灯光有些暗，她没看到唐一白脸上淡淡的遗憾。

她举着花露水在唐一白周围喷了一些，然后问道："你找我有什么事？"

唐一白笑："没事就不能找你吗？"

云朵的心跳有些乱，愣愣地看着他，小声说："你什么意思啊？"

我还能是什么意思呢？唐一白忍不住轻笑出声，手从铁围栏中间穿过，轻轻摸了摸她的头，力道轻柔。

感受着掌心干燥凉沁的发丝，他说："我只是想让你陪我说说话。你陪我说话能帮我缓解压力。"

"真的吗？"云朵很高兴，原来她有这么大的作用。

不过，想想也可以理解啦，他和教练毕竟有代沟，好基友们又一个比一个不着调，要么是话痨，要么是中二，好不容易有个稍微正常点的郑凌晔，还是个惜字如金的闷葫芦。

呃，突然有点同情他了呢！

“你想我陪你说什么呢？”她问。

“随便。说说你的事情吧。”

一说这个，云朵还真来了劲。

因为她没见过世面啊，以前光在国内混了，唯一的一次出国是去希腊玩了两天，这回能见到这么多国家的人，偶尔和各国记者聊聊天，很长见识嘛！

唐一白安静地听着她的滔滔不绝，夜色中，她却看不到他温暖如春的笑意。

在吐槽了一下亚洲各国人民的英语发音后，云朵停下来：“唐一白，你怎么不说话？”

“我想听你说。”

云朵有点不好意思，她觉得自己话太多，一点都不文静、不淑女、不矜持。

她停了一下，问道：“你就没有想说的吗？”

有啊，我有很多话想对你说，唐一白心想，只不过现在不是时候。

这时，一道手电光照过来，不远处一个人用流利的普通话说道：“谁在那里？”

云朵有点慌：“糟了，被发现了。我先走了，你明天要加油！”她说着，重重拍了拍他的肩膀，不等他说话，转身就跑。

唐一白哭笑不得：“你不要着急，没事，又不是偷情啊！”

云朵听到这话，跑得更欢了，转眼消失在了小树林中。

唐一白站在原地，微笑着望着茫茫的夜色。

某些事情，想通透的感觉真好，乌云散尽，天空晴朗，连呼吸都觉得轻快了。既然无法阻挡自己靠近她的脚步，他又何必反抗呢？未来很重要，然而当下才是最真实可触、最值得把握的。

我不确定未来会怎样，我只知道现在不能失去你。

那个打手电的人走近一看，奇怪道：“唐一白？”

“嗯，是我，徐领队。”

来人正是国家游泳队的领队，徐天相。

徐天相狐疑地打量着唐一白，问道：“你刚才在和谁说话？”

“我女朋友。”

徐天相见他笑得无比灿烂，不疑有他。

唐一白面不改色地回去了，路上遇到出门瞎转悠的向阳阳，向阳阳吸着鼻子在他身上嗅了嗅，惊奇道："一白，你竟然用兰花香的花露水？好有女人味哦！"

回到宿舍时，祁睿峰看着唐一白，欲言又止。

唐一白问他："怎么了？"

"你真的喜欢云朵吗？"祁睿峰问道。

"当然，特别喜欢。"唐一白坐下来，突然心生警惕，两眼直勾勾地看着祁睿峰："峰哥，你不会要和我抢人吧？"

"我是那样的人吗？"祁睿峰不高兴了，突然又很郁闷："可是，为什么你可以谈恋爱，我却不可以？"

"因为我遇到了一个不能错过的女孩，你还没有遇到。"

祁睿峰有些愣怔。

沉默良久，祁睿峰突然又说道："既然你这么喜欢她，我就再告诉你一件事。"

本来已经答应云朵要保密了，不过秘密存在的意义就是泄露，所以，祁睿峰毫无压力地对唐一白说了泳镜的事。

"所以说，那副泳镜是云朵送给我的生日礼物？"唐一白说着，漂亮的眼眸中染上了笑意，他朝祁睿峰伸出手："赶紧给我。"

祁睿峰却不想给："可是她已经给我了，你让她再给你买一副。"

"不行，给我。"

"那是我备用的，不能给你。"

"我备用的和你换。"

唐一白终于拿回了迟到的生日礼物。

他摩挲着镜框，问祁睿峰："你说我该补什么礼物给她呢？"

"不知道！"

唐一白恍然："对，这种问题你怎么可能知道。"

"……"祁睿峰感觉自己受到了伤害。

第二天，亚运会游泳项目的第五个比赛日，唐一白戴着新的泳镜参加了男子 100 米自由泳的决赛。

云朵一看到他那副泳镜就有点崩溃了，红着脸看完了整场比赛。

比赛结果，唐一白成绩47秒74，刷新了他在这个项目上的个人最好成绩，打破了亚洲纪录和赛会纪录，拿到了一枚毫无争议的金牌。

男子100米自由泳的金牌归属，几乎不出任何人的意料，就连日本当地媒体此前的预测分析也表示，唐一白胜出的可能性比较大，毕竟实力摆在那里。想要松岛由田拿金牌，只能期待唐一白再次抢跳了，而这几乎是不可能的。

赛后的例行采访，唐一白也表示这是正常发挥，而和前两次采访不同的是，今天他的手里多了一副泳镜，正是刚才比赛时他戴的那副。

记者的眼神比较敏锐，问唐一白："我看你今天换了泳镜？就是你拿的这副吧？"

"对。"唐一白点头，眸光微动，轻轻扫了一眼云朵。

云朵恰好也在看他，两人视线相碰，她不知是心虚还是怎么的，赶紧低头假装没看他。

他牵起了嘴角。

记者被他的笑容闪得有一瞬间晃神——帅成这样真是太过分了！幸好姐姐我职业素养高，也只是晃了一下而已。

记者收拾好情绪，又问："为什么换泳镜呢？"

"因为这一副能为我带来好运。"他答道。

《中国体坛报》的采访依然是由钱旭东去的，因为云朵死活不往前迈步。此刻她的心扑腾乱跳，不知该怎样面对唐一白，干脆躲在后面装死。

唐一白一边说话，视线一边往云朵身上扫。

林梓见状，干脆站在云朵身前，彻底断绝了两人眉来眼去的可能性。

唐一白皱了一下眉，面色不善地扫了他一眼。

最终，唐一白也没机会说出"老地方见"之类的话。

唐一白离开后，云朵抚着胸口对林梓说："怎么办啊？我觉得他可能喜欢我！"

林梓面无表情地答："就算他喜欢你，你们也不能在一起。"

云朵皱脸扁嘴："感觉我们都成痴男怨女了。"

林梓说道："如果奥运会之后你们还能这样喜欢彼此，你们就可以在一起了。"

云朵突然有些惆怅，人是会变的，两年之后他们还会在原地等着对方吗？就连相爱的人都会分手呢，何况他们这种藏在心底的喜欢，该是何等脆弱？

或者扪心自问，她两年之后，还会喜欢他吗？她真的不敢说，不敢说“是”，也不敢说“否”。未来充满了不确定性，所有关于未来的预测都是模糊的，斩钉截铁的回答只是对未来的一种错误解读，或者不负责任。

晚上，云朵躺在床上辗转难眠，为她说不出口的喜欢，为他压抑的情感。最后，她长长叹了一口气。也许，与爱情相比，梦想确实更加弥足珍贵。她喜欢他，所以她也喜欢着他的梦想，她不敢说以后，至少现在，她愿意默默地看着他，静静地等他，至于她能等到什么时候，就交给未来吧。

云朵惆怅的时候，唐一白也有点惆怅——云朵今晚竟然没来老地方！

虽然他没有机会和她说，甚至连眼神交流的机会都没有，可是这种默契不应该是很明显的吗？她却没有来。

一定是因为害羞了。

想到她羞得满脸通红的样子，唐一白靠在透视墙上低声闷笑，笑了一会儿发现自己像个神经病。他向墙外望了望，始终没见到她的身影，只好叹了口气，转身离去。

他手里还攥着一块金牌。

今天得了冠军，唐一白本打算用金牌补生日礼物的，现在想想他可能有点冲动，万一吓到她怎么办？所以，还是送点正常的东西吧！

十月五日，亚运会游泳项目的最后一个比赛日，将会产生六枚金牌，其中男子项目分别是 50 米蛙泳、1500 米自由泳和 4×100 米混合泳接力。

50 米蛙泳，中国最有潜力的小将明天因为要参加集体项目，便放弃了这个个人项目。

1500 米自由泳，一直是祁睿峰的强项，只要不出意外，金牌非他莫属。

收官之战是 4×100 米混合泳接力。这个项目，顾名思义，就是四棒选手按照仰泳、蛙泳、蝶泳、自由泳的顺序游接力。在亚洲，这个项目的冠军多数时候落在日本队头上，因为日本人虽然自由泳不够好，但前三棒都很出色，即便在世界级的赛场上，日本队的表现也很亮眼，往往能摘得前三。当然，由于自由泳的瘸腿，他们总是拿不到金牌。

不过，中日在这一项目的交锋上有过一次例外，就是上届亚运会。那时中国队有中国蛙王宋乐，还有唐一白游蝶泳，加上仰泳的赵越也正处于巅峰状态，前三棒游下来，并没有落后太多，为最后一棒的祁睿峰留下了反超的机会，中国队最后险胜日本队。

现在，宋乐已退役，唐一白已转型，而赵越随着年龄的增长，不复当年骁勇，幸而现在压棒的唐一白比当时的祁睿峰要快，所以今天在这个项目上，中国队并非全无希望。

云朵在赛前把双方个人成绩加加减减了半天，最后得出结论：在前三名队员都发挥良好的前提下，唐一白需要在最后一棒游出比松岛由田快 0.75 秒以上的成绩，才能确保中国队争得这块金牌。

这样看起来有点难为人，不过也并非毫无可能，至少昨天唐一白就做到了——100 米自，他比松岛由田快了 0.8 秒。

但这只是给人留了一点希望，因为状态这种东西有点缥缈，往往到了一个高点后就难以为继，唐一白昨天刷新了自己今年的个人最好成绩，这个数字能不能在今天继续刷新，需要打一个大大的问号。

不管怎么说，希望是有的，纠结也是有的，赛场上存在着各种可能性，不到最后一刻，谁也不知道最高荣誉花落谁家，也许这就是体育竞技的魅力所在吧。

就在云朵纠结中国队拿金牌的概率时，上午预赛后，她得知了一个坏消息：中国队游仰泳的赵越，在接力赛预赛中意外受伤，将在决赛中退出比赛。

这简直是一个噩耗。赵越虽然成绩下滑，但是目前在中国，他依然是仰泳游得最快的，要是他不能比赛了，谁来游第一棒？

媒体为此操心，游泳队也在纠结。赵越是最合适的人，原本他都不太保险，何况换个更慢的人？领队带着教练和唐一白等队员一起讨论，讨论来讨论去也没个结果。剩下的几个仰泳队员，根本没有能进亚运会决赛的，而他们的对手是日本名将长谷秀也，上届奥运会冠军，到时候以卵击石，第一棒落下太多，后面三棒根本不用游了。

后来，唐一白说："要不让马若凡试试？"

马若凡是游混合泳的，他之前在日本名将田中勇气手下拿了一块银牌，那场发挥很不错，而混合泳包含四种泳姿，马若凡自然可以游仰泳。

领队拿马若凡的仰泳成绩一合计，感觉至少还有点希望，不过马若凡和明天一样年纪，却是第一次参加大赛，状态可能不稳定，不知道这次他会发挥怎样。

下午，四个队员碰头交流，马若凡对唐一白说："谢谢一白哥。"他知道是唐一白建议他游第一棒的。

唐一白笑:“谢我什么，好好游你的。”

他依次看了看马若凡、明天和郑凌晔，忍不住为他们感到悲伤。这三个倒霉孩子年纪都不大，面对的却都是世界级选手，真是不知道该说什么好了。相比之下，那个松岛由田确实不够他看的。当然了，前三棒累积下来的差距，给他造成的压力绝不会小。

总之，四个人，都是顶着巨大的压力来参加这场比赛的。

唐一白估计了一下，如果前三棒能够把和日本队的差距控制在0.8秒以内，他反超的把握还是有的，不过这个数字他没和队友们说，怕他们太紧张。

晚上七点半，其他三十七个项目都已尘埃落定，本届亚运会的收官之战即将拉开序幕。

从运动员入场开始，整个赛场便一直爆发着掌声和尖叫声。

这是中日最后一场对决，也将是最精彩的一场对决。日本媒体此前将这场决赛称为“复仇之战”，复的是上届亚运会他们大意失金之仇。而中国部分泳迷，将这次收官之战称为“绝地反击”，毕竟中国拿金牌的希望不算大。并且，中国男子游泳队目前拿到了六块金牌，略逊于日本队的七块，那么最后一战，在日本的主场上，如果中国队不能赢得冠军，男子游泳队追平日本的目标又将落空，还会把差距扩大到两块金牌，和上届亚运会相比，了无长进，那样就太打脸了。

所以，最终的结果到底是中国打日本的脸，还是日本打中国的脸，每个人都有自己的答案。

这，将是一场生死之战。

马若凡抓着出发台上的握手器，两脚蹬着池壁，神经紧绷。他的身旁就是世界名将长谷秀也，站在仰泳霸主的身边，马若凡的目光前所未有地坚定。

尽管一白哥并没有要求什么，马若凡还是给自己定了一个目标：在这一棒里，他要把自己和长谷秀也之间的差距控制在0.4秒以内。虽然这个任务前所未有地艰巨，但他一定要完成。

我可能赢不了你，但是我们一定会赢你们。

发令枪响后，他像一只矫健的海豚后抛入水。

根据现场的电子计时器来看，马若凡的出发速度是0.58秒，比长谷秀也还快了 0.03 秒。

这个小将状态很好，许多人这样想。

马若凡的状态确实不错，刚开始还在水中保持了一段时间的领先地位，后来才被技高一筹的长谷秀也反超。

马若凡拼尽全力，游到终点时，看了一眼时间差，正好 0.40 秒。

他稍微有点遗憾，没有游得更好，不过这个成绩足以交差了，应该不会让一白哥他们失望吧?

马若凡到终点时，云朵忍不住暗叫一声“好”——作为记者，她当然知道各个运动员的成绩和水平，马若凡今天算是超常发挥了。

第二棒是明天。

中国泳迷们对明天寄予厚望，毕竟他前天才干掉了日本名将冈本大郎，可是这一棒下来，明天丢了 0.36 秒，中日两队的差距一下子扩大到了 0.76 秒。

这也不能怪明天，状态这种东西并非招之即来，明天也不可能每次都超常发挥。

但是 0.76 秒啊!

云朵的心在滴血，这才第二棒，已经差 0.76 秒了，那么第三棒的郑凌晔呢？谁也不敢指望他能游过日本人，也就是说这个差距还会进一步拉大。

郑凌晔、郑凌晔、郑凌晔……云朵在心里默默地念叨他的名字，她多么希望郑凌晔可以突然爆发，反攻日本名将。

郑凌晔用成绩诠释了什么叫作“四平八稳”，他游得不好也不差，在这一棒输给日本队员 0.22 秒，也就是说，他到终点时，唐一白要比松岛由田迟 0.98 秒入水。

啊……云朵好绝望，0.98 秒，将近 1 秒钟了，根本没给唐一白留反超的机会。

她急得两眼冒火，狠狠地抓着林梓的手臂。

林梓疼得直咬牙：“你要捏死我吗？”

云朵恍若未闻，只死死地盯着泳池中的唐一白。

没有人怀疑唐一白比松岛由田游得更快，但是几乎没有人相信他会反超，实在是差距拉得太大了。

云朵的心口又酸又疼，特别想哭。

这是一个集体项目，0.98 秒的差距不能怪队友，实在是对手太强悍，可是留这么大一个缺口给他，给游得最快的他，云朵一想到此，就特别心疼他。

然而，看着浪花翻飞里那马达一样不休不止的身体，她知道，如果说这一刻唯有一个人没有放弃希望，那一定是泳池中的他。

他游得还是那样快，寸寸逼近对手，但是有点太快了，这才前五十米，云朵真担心他后五十米还有没有力气。

转身，回游，唐一白突然又加速。尽管松岛由田紧跟着也加速了，两人之间的差距却以更快的速度在缩小。

现场的观众抖着旗子、吹着哨子卖命地尖叫着。

泳池中的英雄们自然听不到。

此刻，唐一白的世界是安静的，安静得只有水。

水是我的朋友，也是我的敌人；是我的玩伴，也是我的导师；是我的起点，也是我的终点。

我的对手永远只有一个，那就是水。

我会征服你，我的对手、我的朋友。

我，才是水中的王者。

单边呼吸法，能使人更好地保持直线运动，比双边呼吸减少呼吸次数后，也可以直接提高游泳的速度，代价是空气吸入太少，体力消耗惊人。

唐一白的头偏向左侧，单边呼吸，完全不看右侧的松岛由田。由于体力消耗过大，他感觉自己肺部像是有一团熊熊烈火在燃烧，从未这样痛苦过。

可是，那又怎样？既然呼吸会影响速度，那就不要呼吸了。

他屏住了呼吸。

最后的二十五米，在刚刚提过速之后，唐一白突然又提速了。

现场观众除了觉得不可思议，还是不可思议。中国观众区已经沸腾得有如一锅开水，疯狂的呐喊像声波武器一样，几乎要刺穿人的耳膜。

泳池中的唐一白像是一头急速掠食的鲨鱼，在翻滚的浪花中一往无前，顷刻间追平了对手。

触壁！

全场几乎所有人都看向了电子显示屏。

中国队，总成绩 3 分 31 秒 42。

日本队，总成绩 3 分 31 秒 55。

“啊——我们是冠军！冠军！”中国观众几乎全都跳了起来，抖动着红旗欢呼着。

云朵酸涩的眼眶终于湿润了，眼泪啪嗒啪嗒地掉下来。她捂着嘴巴，激动得睫毛微微颤抖。他做到了，他真的做到了！最后一棒比松岛由田快了1.11秒，这才是真正的惊天逆转。

钱旭东正抓拍着唐一白出水的瞬间，一边拍一边喃喃自语：“这小子是要逆天吧？”

拍完照片，看到云朵泪流满面的样子，钱旭东悄悄翻了个白眼：“看你出息的！”

云朵却无法控制自己的眼泪，只好任它们肆意狂流。

林梓叹了口气，递给她一包纸巾。

唐一白走过来时，看到云朵的眼睛红红的，显然是刚刚哭过。一瞬间，他赢得比赛的喜悦消失了，胸中突然涌起一股怒意，拧着眉看向她：“谁欺负你了？”因为刚出水，心率还不齐，说话喘粗气，他的语气便显得有些霸道，甚至带了点匪气。

举着话筒看着他的电视台记者愣住了——少年，你是在接受我的采访好不啦？！

云朵一张嘴，眼泪又掉了下来。

她一边掉眼泪一边笑：“我太高兴了，唐一白，我为你骄傲！”

她梨花带雨的样子很漂亮，唐一白看得怔了一下，随即，他眉目舒展，笑了。

电视台记者见状，先去采访马若凡等人了——本来她也是打算先采访他们的，只是由于唐一白刚才表现太好，又走在前面，她便有点心急。

唐一白往一边站了站，手越过林梓，把云朵提到了自己面前。

他轻轻歪了一下头，细细打量她，然后笑着说：“不要哭了，更像小兔子了。”说着就忍不住举手想帮她擦眼泪，手举到一半时，他突然意识到身边还有好多人呢，四下一望，果然许多人都一脸八卦地看着他俩。

云朵有些不好意思，胡乱擦了一下眼泪，带着鼻音说道：“你今天游得太好了！”

“喜欢吗？”他的声音很低，低到只有他们两个能听到。

云朵重重地一点头：“喜欢！”

“喜欢谁？”

她张嘴，差点脱口而出“你”，幸好发觉不妥，及时把这个字咽了回去。

她仰头，愣愣地看着他，眼睛瞪得贼大，表情有些呆。

唐一白笑得有些不怀好意。

电视台记者采访完另外三名队员，一看唐一白，正和记者姑娘逗闷子呢，这位真是不放过任何勾搭姑娘的机会。

电视台记者亲切地把他喊了过来。

记者问："觉得自己今天表现怎么样？"

唐一白答："我的队友和我今天表现都挺出色的，面对世界级的强敌发挥稳定甚至超常发挥，我觉得很棒。并且，除我之外，另外三个队友都不到二十岁，他们是中国队未来的希望。"

"出发前，有没有想过自己会拿冠军？"

"没想那么多，不过赛前我们都很有信心，觉得我们有实力打败日本队。"

记者又问了两个问题，等唐一白回答完，她突然特别想问一句"你和那个叫云朵的小记者是什么关系，有没有奸情"，当然了，最后肯定是收住了节操——开玩笑，当着全国观众的面挖掘运动员的情史，她以后还要不要吃这碗饭了？

就这样采访完毕，唐一白临走时，朝云朵挤了一下眼睛。

这回该收到他的信号了吧？

云朵觉得自己可能被唐一白调戏了，她却不知道怎么调戏回来，心脏扑腾乱跳，刚学会跑的小鹿一般。还有最后那个示威的眼神，哼哼哼，等着吧，姐早晚调戏回来，今天先放你一马。

就这样，两人的脑电波又错过了。

当晚，唐一白提着一个盒子站在西墙边等了半天，没等来云朵。

那个盒子里是他托向阳阳买的一个最新款录音笔，是准备补给云朵的生日礼物，结果她还是没来。

事到如今，唐一白不得不承认，他和云朵一点默契都没有。

一定是因为两人还没有成为正式情侣，所以要赶紧表白。

表白嘛，是人生大事，一定要选择好的时间、好的地点，以及浪漫的氛围。

只是，作为一个名运动员，可自由选择的时间真的不多。

没关系，明天他就要回国了。

据他所知，接下来云朵在日本也没什么工作，明天也回去，到时候，他们就可以在家里见面了。

到了他的地盘，还不任由他为所欲为吗？

这样的畅想填平了他没看到云朵的遗憾，于是他高兴地回去了。

第二天，国家游泳队乘坐的航班在上午十点多抵达 B 市。

唐一白一直低着头在大脑里完善自己的表白计划，不知不觉落在了最后。祁睿峰在前面和向阳阳打打闹闹的，也没在意他。他跟着大部队走到出口时，冷不防一大片照相机的闪光灯扑到他身上，连绵的闪电一般。唐一白眯了眯眼睛，稍稍偏过头，等待着眼睛的不适消除。

记者们却蜂拥而至，把他包围起来，数不清的话筒伸到他面前，像是杂生的灌木树枝。紧跟着话筒的是录音棒、录音笔，由于长度有限只能占其次，还有人开着智能手机进行采访。

唐一白看看眼前挤来挤去的记者，再看看他们身后一架架黑洞洞的摄像机，饶是一向沉稳淡定如他，此刻也有点被吓到了。

记者 A：“唐一白，你知不知道你已经成为全民偶像？请问你现在是什么感受？有什么想对粉丝说的？”

我不知道。

记者 B：“唐一白，你觉得是什么使你取得现在这样的成绩？接下来有什么计划？”

计划表白。

记者 C：“唐一白，我代广大女粉丝问你一句，你有没有女朋友？”

很快就有了。

记者 D：“唐一白，你理想中的女孩是什么样的？”

云朵那样的。

记者 EFG……

唐一白在心中把这些啰唆记者的问题回答了个遍,但他一个字也没说出来。

回国之前，伍勇警告过他，下飞机后不要随便接受记者采访，队里会给他安排合适的专访。当时唐一白以为这次还会像以前一样，记者们的主要目标是峰哥，对他完全是抓漏网之鱼，现在看来他真是太天真了。

记者把他围了个水泄不通，而他也不能这样跟他们耗着，于是朝记者们歉意一笑：“对不起，我现在不能接受采访。”

记者们都当没听到这句话，继续聒噪着。

唐一白心想：这些记者一点都不如云朵可爱。

幸好伍总回过头来解救他了，师徒两人合力才脱出重围。

路上，看到祁睿峰同样被一帮记者包围着，两人发扬风格，顺手把他也解救了。

好不容易要上车了，不知道从哪里拥出来一帮粉丝，再次把他们围了起来，各种求签名、求合影、求拥抱。唐一白认为自己已经是一个有主的男人了，不能拥抱其他女人，便把求拥抱的都拒绝了。签名、合影却是拒绝不了的，他签得手都快断了，奈何粉丝们热情太高，只能继续。

有个女粉丝甚至要求唐一白把名字签在她的胸口，唐一白笑着不动："你男朋友会打我的。"一句话把周围人都逗笑了，女粉丝也不好意思再强求。

终于应付完粉丝，他们坐上了归队的专车。

原本唐一白和祁睿峰今天都不打算归队。祁睿峰要转机回家，但是他回家的航班在另外一个机场，需要穿过 B 市，因此，现在他就是搭个顺风车先回市区。唐一白也要回家，不过现在这样的状况，他和祁睿峰也不能等出租车了，先逃离机场为妙。

中午回到家时，唐一白的脚步是轻快的，心情是忐忑的。他推开门，并没有看到他心中的姑娘，只看到一条蠢狗，正叼着一双拖鞋朝他疯跑来。

真的好想一脚把这货踢开啊！

显然，二白的想法和他一样，在看到是唐一白时，它在半路来了个急刹车，叼着拖鞋转身走了。

唐一白欲哭无泪。

二白把拖鞋放回自己窝里藏好，才摇着尾巴过来假惺惺地讨好唐一白。

唐一白理都不理它，走进客厅，看到妈妈正坐在沙发上看杂志，厨房里有声音，应该是爸爸在做饭，没有云朵。

其实从刚才二白的反应就可以看出，因为云朵在时，二白是不会藏她拖鞋的。

唐妈妈抬头看看儿子："回来了？"

"嗯，妈。"

唐一白把行李放到书房，经过云朵房间时，他不甘心地将耳朵贴在门上听了一会儿，里面什么声音都没有。

唐爸爸围着围裙从厨房走出来，路过时，不小心瞥到这一幕，不禁皱着眉抱怨道："豆豆，你怎么越来越猥琐了？"

唐一白再次欲哭无泪。

虽然儿子越来越猥琐，但到底是亲生的，唐爸爸还是准备了丰盛的午餐，为儿子接风洗尘。

坐在饭桌旁，唐一白问道：“云朵没回来吗？”

唐妈妈眨了一下眼睛，挑眉笑望着唐爸爸：“我赢了。”

唐爸爸心服口服地拍出一张百元钞票给她。

唐一白一头雾水：“到底怎么回事？”

“没什么。”唐爸爸解释道，“我和你妈妈打赌，看你能忍多久才问起云朵，我赌一个小时以上，你妈妈赌半个小时以内。现在你坚持了……”他说着，看了一眼手表：“你坚持了十五分钟。”

唐一白摇摇头：“无聊。”

唐妈妈说：“你不无聊，所以你一定不想知道云朵到底去哪里了这么无聊的问题。”

“妈——”

“好了！”唐爸爸看不下去了，“云朵当然是回家啦！她国庆没放假，采访完后要补假的，所以她直接回家了。”

唐一白有些失落：“她怎么没和我说呢？”和他爸妈说都不和他说，看来他在她心中的地位需要提高一下啊。

唐爸爸说道：“豆豆，我们看了你的比赛直播。”

“真的？”唐一白有些意外，看看爸爸，又看看妈妈。

唐妈妈夹着菜，看也不看他一眼，却说道：“嗯，游得还不错，很给中国人长脸。”

唐一白笑了，他一直很希望得到父母的鼓励。

“不过嘛……”唐爸爸突然压低声音，一脸八卦地看着他，“你在泳池里像打了鸡血似的，是不是因为有云朵在一边看着？”

“爸，你想太多了。”唐一白装出一副漫不经心的样子，大口吃着菜。

“哦！”唐爸爸若有所思，“看来我确实想太多了。很好，等云朵回来，我就把她介绍给我们单位的小刘，那个年轻人……”

“爸！”唐一白突然打断老爸，神色严肃地看着他，“你只能把云朵介绍给我。”

唐爸爸举着筷子笑开了花：“哈哈哈，你终于承认了！”

唐妈妈也没绷住，笑了。

既然都承认了，唐一白索性不要脸了，郑重说道："爸、妈，我不在的时候，你们要帮我看好她，不能让她被别的男人拐跑了，尤其要防备一个叫林梓的人。拜托了！"

"林子？你放心，这名字一听就是打酱油的，注定不能成为主角。"

唐一白扶着额："希望你的理论管用。"

吃过午饭，唐一白给云朵发了信息：在家？

云朵：嗯。你呢，回国了？

唐一白：嗯。

云朵：有没有被记者拦？我现在一打开电视，看到的都是你。

唐一白：别提了。

云朵：你要习惯啦！现在你是名人了，出门记得戴墨镜和口罩。

唐一白：今天有记者追问我喜欢什么样的女孩。

云朵：(⊙_⊙)

此刻，云朵的心情绝对不像这个表情那么轻松，她的心跳有些乱了，打字的手指都微微发颤。她盯着手机屏幕，一字一字地打出一句话：那你怎么回答的？

唐一白：我没有回答。

云朵：白白燃烧起八卦之火。

唐一白：教练不让我乱说话。

云朵：不管，你点的火你要灭掉。你到底喜欢什么样的？

发完这句话，云朵屏息盯着屏幕，心房又开始小鹿乱撞了。

想着他的眉眼、他好看的笑容、他温柔的目光，她突然很想他，想抱一抱他，在他宽阔温暖的怀抱里稍作停留。

她看着聊天窗口上显示的"对方正在输入"，当这个状态消失时，她看到了他的回复。

唐一白：你回来，我告诉你。

看到唐一白这句暧昧不清的话，云朵的脸终于还是红了。她无法不去想象他说这话时的样子，一定是眉目温柔的，弯着唇角，低头望进人的眼睛里，春水般的眸光，能让任何女人溺毙其中。他也许会笑，不过多半会笑出几分戏谑，让你恨不得推开他，又忍不住想要靠近他。

云朵捧着手机，红着脸窝在沙发上，忍不住仰天长叹：这回真的是陷进去爬不出来了！

云妈妈走过来坐在她身边，探究地看着她，问：“男朋友？”

“不是。”云朵放下手机。

她最终没有回复他，实在是有点招架不住，不知道该如何回答。

“不是男朋友就给我去相亲。”云妈妈说道。

云朵禁不住哀号：“妈，你就让我清静几天不好吗？我不想相亲。”

“可是我想看到你男朋友。”就这点娱乐了。

云朵咬了咬牙：“妈，过年的时候我带个男朋友回来，行不行？先说好，我再也不相亲了。”

“缓兵之计。”云妈妈一句话戳穿了她。

“真的，真的。我看上一个男人，人很好，等我把他拐到手给你看，好不好？”

云妈妈狐疑地看着她：“真的？什么样的人，有多好？”

“喏，就是他。”云朵指了指电视。

电视正在播放有关唐一白的新闻，主播不厌其烦地讲述着唐一白的“丰功伟绩”，画面是唐一白今天回国时被媒体和粉丝围堵的情景。虽然他没有回应现场的任何问题，但是这些画面就已经具备足够的话题性，不少电视台都在播放。

云妈妈语重心长地劝她：“孩子，有目标是好事，但你不要把目标定得太高，否则会失望的。”

云朵窘了窘：“妈，我知道。”

虽然云妈妈不赞成云朵“目标定太高”，不过终究没有逼她去相亲。当妈的也看出来了，女儿根本没那个心思，也就不强求她了。

云朵过了几天平静的日子，突然有一天，她接到了林梓的电话。

林梓：“云朵，我现在在 N 市。”

云朵：“林梓，你怎么来了？”

“来找你。”

“……”

见云朵一直不说话，林梓小心地说：“如果你不方便见我，那就算了。”

云朵连忙摇头，尽管林梓并不能看到。

她说道：“不是，不是，我不是这个意思，我刚才只是有点惊讶……你怎么没说一声就来了？”

“突然想看看你。”

有那么一瞬间，云朵的内心被触动了，毕竟被人惦念的感觉挺好的。

她收拾了一下便出门去找他。

林梓不想她大老远地跑到机场来，两人便相约在栖霞山景区外面碰头，反正云朵答应过林梓，要带他去栖霞山玩。

虽然云朵的家离栖霞山很近，但是路上堵了很长时间的车，两人几乎同时到达景区。

林梓先找了个酒店放行李。

云朵发现，林梓确实是想去哪里就去哪里，想干什么就干什么，说走就走，从来不带犹豫的，十分任性，也十分令人羡慕。毕竟，人活一世，身不由己的时候多，像他这样随心所欲的，怎能不让人眼热呢?

栖霞山素有“金陵第一名秀山”的美誉，也是著名的观枫景点，只是现在枫叶还没有完全变红，云朵不禁有点遗憾，不能带林梓看到最美的栖霞山。

林梓倒是看得颇有兴致。

此地林木多姿，山涧如练，鸟鸣幽幽，风景如画，虽然枫林只染了一层薄红，山里的景色却十分宜人。

其实景色好不好看不重要，重要的是和谁一起看。

林梓早就意识到了这一点，他想和她一起看景色，看遍这天下的景色。

微微偏头，林梓看着云朵。由于山中露水重，她的刘海已被打湿，凌乱地贴在额上。刚才爬了山，她的脸色绯红，像一朵水分饱满的荷花，一双黑亮的眼睛灵气逼人。

突然，她眼皮微微一掀，看向他：“怎么了？”

林梓摇头笑了笑：“没什么，只是突然觉得你很漂亮。”

“咳。”没有女人不爱听这样的话，云朵自然也不例外，她害羞地摸了一下脸蛋，“真的吗？”脑中闪过的第一个想法竟然是：自己能不能配得上唐一白的美貌?

真是没救了。

后来，两个人站在明镜湖边看风景时，云朵给林梓讲了她小时候的事情。

她那时上小学二年级，由于上学比同龄人早，她是班上年纪最小的一个。小时候，她的身体发育也不好，个子矮矮的，也不知道后来是怎么长到一米六七的，总之那个时候她是班里最弱小的一个。

那年秋天，老师组织秋游，去的正是栖霞山。

小学生到了野外就是撒了欢地玩，云朵当时完全无组织、无纪律，和两个小伙伴追蝴蝶，结果追着追着就不小心掉队了，找不到老师，三个人便溜达到了明镜湖边。

她当时好傻，在湖边也不知道害怕，玩着玩着失足落水了。

掉进湖里她才想起怕来。那股恐惧来自本能反应，整个世界都混乱颠倒了，冰凉的湖水毒蛇一样缠绕周身，又疯狂地往她嘴巴、鼻子里钻。呛水后她觉得好痛苦，拼命扑腾着，却是徒劳无功。最后，她的世界完全黑下来，那一刻她想到了死亡，惊恐的感觉铺天盖地而来，将她吞没。

她似乎听到了岸上两个小伙伴的哭声，可是当时那两个孩子已经吓傻了，哭了一会儿才想起来要找人救她。

冰冷与黑暗中，云朵感觉有人托起了她的身体。

后来根据小伙伴的回忆，她可以肯定，当时那个人的动作很科学。他从她的身后靠近，胳膊从她腋下穿过，手臂按着她的胸口，先将她拉出水面，然后拖着她向后游。

他的胳膊很细很短，身体也小小的，还是个孩子，他却像大人一样临危不乱。

拖到岸边时，由于湖岸太高，他一个人不能保证把她弄上岸，便在水中高喊：“有人吗？帮帮忙！”

此刻留在岸边的那个小伙伴打算下手帮忙，那个孩子却说：“你们太小了，去找个大人来。”

“嗯！”她特别听话。

这时，那个跑去找老师的小伙伴回来了，带来了在路上遇到的两个成年游客。

热心的游客帮助水里的孩子上了岸，还进行了急救，确定云朵无性命之忧后，他们帮几个孩子找到了老师。

这些事都是同学告诉她的，她当时一直昏迷着，到医院才醒来。她爸爸妈妈快吓死了，在得知云朵是被一个小英雄救了后，就向老师打听那个小英雄的姓名，希望谢谢人家，还想弄面锦旗，好好宣扬一下小朋友的英雄事迹。

然而，老师并不知道。

当时场面太混乱，救人的小孩不知道什么时候走了，他们没能问出他的名字，只知道那个小孩年纪不大，也就小学一二年级的样子，长得很好看，让人特别想拐回家当亲儿子养的那种好看。

这成了云朵一家人的心病，多年来，他们一直希望找到那位救命恩人，想当面谢谢他。

只是这座城市这么大，想找一个没有留下任何线索的小孩真是太难了，而且孩子的长相也会随年龄的增长而变化，越往后越难找。

因此，这么多年，云朵一家都没找到她的救命恩人。

这件事的另一个后果是，云朵自此得了恐水症，一见到大面积的水就眼晕、心慌、惊惧。

讲完这件事，云朵对林梓说：“现在你相信我是真的晕水了吧？”

林梓点点头：“我也想谢谢那个人。”

“嗯？”

林梓看着她：“因为他，我才能遇见你，否则你早就投胎了。”

云朵被他逗笑了，摆摆手：“那等我找到他，给你个机会请他吃大餐。”

“好。”林梓点了点头。

他望着平静无波的湖面，轻轻唤了她一声：“云朵。”

“嗯？”云朵偏头看他，见他神色平静，目光深邃。

他说：“我想带你去看看我的妹妹。”

云朵觉得林梓可能会带她去墓地之类的地方看望他妹妹，毕竟，他每次提起妹妹都心情低落，却没料到，他带她去了医院。

安静的医院，白色的病房，像寂静的雪原深处。

云朵一踏进宽敞明亮的病房，就看到了病床上躺着的那个人。

她的五官和林梓手机里那张照片一样，只是瘦了很多，脸色苍白，几乎没有血色。

她闭着眼睛，神态安详，像是沉睡了过去。云朵却觉得她可能不是在睡觉，或者说，她可能一直这样睡着，没有醒来。

云朵看了一眼林梓，他神色平静，眼底的哀伤却遮掩不住。

他说道：“四年了。”

云朵有点难过，这样年轻漂亮的一个女孩子，就该被人捧在手心里宠着，过那种灿烂而肆意的生活，现在她却躺在这里，永远无法睁开眼睛，像死去一样。

云朵抬手搭在林梓的肩上，轻轻拍了拍。她也不知道该怎么安慰他，这种事情实在太沉重了。

云朵一直觉得，成为植物人比直接死亡所带给家人的痛苦更加巨大而深刻。死亡意味着结束，它是剧烈的伤痛，却有时间来抚平，而这样不生不死地躺着，苏醒的希望如此渺茫，每一天都在失望，每一次失望都是折磨，这样的痛苦永无止境。

她忍不住为林梓感到心酸，眼圈顿时红了。

林梓叹了口气，坐在病床前，握起妹妹的手，轻声说道："小桑，我来看你了。"

云朵心想：原来他妹妹叫林桑吗?

林梓又说："小桑，我来给你介绍一下，这是云朵。"

云朵朝她挥了挥手："小桑，你好。"

林梓对云朵笑了笑："她比你大，你可以叫她小桑姐。"

"哦，小桑姐。"

林桑躺在床上一动不动，对两个人的热情互动没有丝毫反应。

林梓对云朵说："小桑以前是个话篓子。"

云朵看不下去了，眼眶湿湿的，她说道："小桑姐会醒来的，到时候你别嫌她烦就好。"

这话说出来，连她自己都不信。

林梓点了一下头："谢谢你。云朵，我想和小桑说些话。"

"嗯，我在外面等你。"云朵说着，转身离开。

转身的瞬间，她无意间扫了一眼他们兄妹握在一起的手，林桑纤细苍白的手腕上，有一道又粗又深的疤痕。

云朵出去后，林梓握着林桑的手，轻声问她："小桑，你觉得云朵怎么样？"

安静的睡美人依然无动于衷。

林梓笑了笑："以前总是催我给你找嫂子，现在我把心上人带到你面前，你睁开眼睛看看，好不好？"

他自言自语着，也不指望她的回答。

唠叨完毕，他松开她的手，轻轻地放回被子里。

他的声音沉了沉，说道："小桑，我知道你在想什么。"他站起身："那个人毁了你，我帮你毁了他，好不好？"

第七章

缘分，妙不可言

云朵回到她租住的房子时，引来了唐氏夫妇和二白的强势围观，两人一狗六道目光嗖嗖嗖地往她身上飞，把她看得莫名其妙。

她摸了摸鼻子，问道："几天不见，叔叔、阿姨，你们……不会不认识我了吧？"

"哪里，哪里！云朵啊，快过来坐。吃点心吗？我们自己做的哦。"唐叔叔招呼她。

云朵走过去，看到桌上摆着黑森林蛋糕。她有些奇怪，明明她才回来，为什么桌上放了三份蛋糕？难道另一份是给二白的？

唐妈妈一眼看出了她的心思，解释道："你叔叔特意给你留的。"

云朵又受宠若惊了："谢……谢谢！"

"谢什么，快尝尝。"

三个人愉快地吃着蛋糕，二白在一旁瞪着眼睛看看这个又看看那个，力图通过卖萌分到一口吃的，然而并没有人搭理它。

都是坏人！它趴在地上，委屈得快哭了。

唐妈妈一边吃着，一边不动声色地打量云朵。小姑娘长得挺漂亮，身材也好，可惜不会打扮，总是马尾辫、T恤或者衬衫、牛仔裤，穿裙子的时候都不多见。

唐妈妈一边看，一边思考云朵穿什么样的衣服好看。她脑补了好几个版本的云朵，发现这姑娘什么风格都能hold住，再看看眼前，真的很想在她那件T恤上戳个窟窿。

云朵察觉到了唐妈妈的目光，有些不好意思："我弄脏衣服了吗？"一边说着，一边低头检视。

她轻轻抖了一下，不小心把掩在领口下的吊坠抖到了衣服外面，唐妈妈看到之后，颇为惊奇："这个吊坠……你自己买的？"

"不是，是朋友送的。"云朵说着，捏了一下吊坠，便放下。

这吊坠正是林梓送给她的那个高仿货，她没事戴着玩。

"我看看。"唐妈妈坐近了一些，仔细看着吊坠上的宝石和碎钻。

云朵笑道："这是仿品，戴着玩的，虽然看起来很真。阿姨，你不要笑我哦。"

"这是仿品？这要是仿品，我……"唐妈妈说到这里突然顿住，像是想到了什么，慢悠悠地靠回沙发上，一改方才的满面惊疑，淡淡说道："我也没什么可说的。"

云朵笑了笑，不疑有他。

唐妈妈的眼珠却转动起来。

臭小子好像说过，有个叫林子的路人甲在打云朵的主意。送个正品珠宝却打着高仿品的名义，那个路人甲也够煞费苦心的，这么努力真是令人感动，一定要想办法搅和一下。

于是，唐妈妈一脸神秘地看着云朵："送你吊坠的这个人，名字里不会有'木'吧？"

云朵惊奇了："阿姨您怎么知道？"

"我不是知道，只是这样是犯忌讳的。你看，"唐妈妈掰着手指，随编随说，"铂金是金属性，宝石是土属性，金克木，木克土，木属性夹在金属性和土属性之间，处境十分艰难。木属性的人不该买这类吊坠，也不该戴，更不该送。除非他名字里除了木还有水，金生水，水生木，这样就没事了。"

云朵被说愣了："他名字里没有水啊！那怎么办？我的名字里好像也有木。"

路女士摆摆手："那没事。'云'本身就是水滴凝结而成的，是水属性，你可以戴。但是这个东西是你那个木属性的朋友送的，你最好不要戴着这个吊坠接近他，否则恐怕对你们两个都不利。当然了，我只是随便分析一下，如果他八字很强那也没关系。你信则有，不信则无。"

云朵其实不太信这类五行八卦的东西，但是谁遇到这种事情都会想一下

“万一”，万一成真了呢？她赶紧摘下吊坠：“那我以后不戴了。”

唐爸爸悄悄朝唐妈妈伸了个大拇指：你够能忽悠的。

然后，云朵和唐氏夫妇一起看电视。

前些天，电视新闻快要被唐一白刷屏了，这几天才稍微减少了，不过新闻减少不代表热度减少，普通人对唐一白的好奇心依然高涨，只是现有的新闻已经挖不出新鲜的东西了。

云朵之前对唐一白的专访和报道，这些天被各大媒体变着花样引用，使得她在传媒圈也小小地火了一把。刘主任之前还给云朵打过电话，恬不知耻地想让云朵再找唐一白拿一次专访。云朵觉得刘主任异想天开，就算唐一白答应，国家队也不可能答应。唐一白现在火成这样，必然要走高大上路线，先出的专访肯定是央视的。

唐爸爸把频道调到央视，对云朵说：“很快要播豆豆的访谈了。”

“嗯。”这根本不出云朵所料，不过她还是有点激动，打起精神看电视。

唐妈妈问云朵：“你知道为什么他现在会火起来吗？得亚运冠军也没有很了不起，那么多人得呢。”

因为他帅啊！现在的颜控越来越多，美颜即正义嘛！而且他也有实力，别说中国了，连日本人、韩国人都把他看作亚洲短距离自由泳的希望，他不火简直没道理。

云朵引用了陈思琪的一句话，答道：“他可能是史上最帅的运动员。”

唐妈妈追问道：“你也觉得他帅？”

云朵觉得自己可能知道了唐妈妈的意思，她低下头，耳根有些热，小声答道：“嗯。”

正说着，访谈开始了。主持人开始介绍唐一白，唐一白看着镜头，微笑着和大家问好。

云朵看到他的笑容，也忍不住笑了。

他好像与生俱来有一种从容淡定的气质，无论遇到什么事情都不会慌张——就算面对变态杀人犯，他也能冷静地评估形势制订计划，更遑论电视台采访——面对主持人的提问，唐一白侃侃而谈，不多说一个字，也不会惜字如金，思路清晰，逻辑清楚，时而还能幽默一把。云朵觉得，这个访谈播出后，肯定又有不少路人被他圈粉了。

真好。她托着下巴，一脸花痴相。

这时，主持人问了一个许多粉丝都非常感兴趣的话题：“我们看了你之前的报纸采访，据说你选择游泳是因为救过一个人？那时候你年纪应该不大吧？职业运动员一般都是从小抓起的。”

唐一白点点头：“对的，当时只有七岁。”

主持人脸上难掩惊讶：“七岁吗？七岁你已经能够救人了？自古英雄出少年啊！”

唐一白笑得有些不好意思：“哪里，也是凑巧，当时溺水的也是一个小孩，否则以我的力气，肯定救不了成年人的。”

看到这里，云朵有种奇怪的感觉，她和唐一白的经历有点相似啊，她小时候溺水，他小时候救人……等等！

云朵突然想起自己的那个救命恩人，也是个小孩，还是个漂亮的小孩，和救人的唐一白多像啊！这个，不会那么巧吧？

这时，主持人对唐一白说：“能不能详细讲一讲当时事情的经过？”

“好的。我七岁那年和爷爷一起去栖霞山游玩，爷爷跟路人下棋时我自己跑开了，到湖边时看到有个小姑娘溺水了。我当时已经学会了游泳，也学了救落水者的要领，没想太多就跳下去救人了。其实小孩子的力气都不大，我当时也是欠考虑，幸好那个小姑娘比较瘦弱。”唐一白说到这里，笑了笑：“小朋友们不要学我，如果遇到这类事，一定要第一时间找周围的大人求助。”

看到这里，唐爸爸点着头满面红光：“我儿子从小就是条好汉！云朵，你说是不是？云朵？”

云朵已经震惊得说不出话来。七岁，栖霞山，湖水……时间、地点完全吻合，已经不需要过多解释了，一定是他！是唐一白救了她！

天哪，这是怎样的缘分？

她像是触摸到了命运的丝线，丝线的另一头牢牢地绑在唐一白手上。

原来有些事情，那么早就注定了。

她短暂地失去了思考和言语的能力，任何思维、任何语言此刻都无法表述她内心的惊涛骇浪，她抓起包，起身，风一样跑了出去。

留下唐爸爸和唐妈妈面面相觑，神情古怪。

云朵在外面奔跑了一会儿，被秋天的凉风一吹，稍稍冷静了一些，她按捺着心中的激动，给唐一白打了电话。

无人接听、无人接听、无人接听……

无奈，她只好又给祁睿峰打电话。

依然是无人接听。

云朵知道，他们应该在训练。她知道自己不该打扰他，但是她控制不住，思绪在脑中疯长，狂草一样，她一定要见一见他，一定要！

于是，她把电话打到了伍勇教练那里。

伍勇正看着唐一白做陆上训练，听到手机响，他接起电话："喂，云朵？"

正认真做药球训练的唐一白立刻停下动作，竖起了耳朵。

伍勇横了唐一白一眼。

他打电话很快，简单交谈了两句。

挂断电话后，唐一白凑过来问道："伍总，云朵找我？"

伍勇翻了个白眼——臭小子太自恋，怎么知道是找你的？就不能是找教练交流工作问题的？

好吧，确实是找他的。

伍勇说道："云朵有急事需要见你。"

"正好我也想见她，她在哪里？"唐一白说着，丢开药球。

"你给我接着练习！她打车过来，一会儿才到。你该干吗干吗。"

唐一白哦了一声，有些失望。

还要过一会儿才能见到她啊？不过，她一回来就急着见他，可见她也很想他。想到这里，唐一白又高兴了。

真是的，谈个恋爱谈得像神经病一样，喜怒无常。

接下来的训练，唐一白觉得时间像是被拉长了，他等了好久，等得都快长出翅膀了，才等来伍总的手机第二次响起。

伍勇挂断电话，朝唐一白摆了一下手："去吧，她在大门口。"

"谢谢伍总！"唐一白跑得比兔子都快。

云朵在出租车上待了几十分钟，现在情绪降了温，又突然觉得有点后悔了，担心自己这样冲动会影响唐一白训练。

她在训练基地的大门口徘徊了几分钟，便看到唐一白修长挺拔的身影跑了过来。

“云朵。”他走到她面前，喊她。

云朵一见到他，又变得激动起来，两眼直勾勾地看着他，说道：“十月十九号。”

“什么？”唐一白有些疑惑。

“你七岁救人那天，是不是十月十九号？”

唐一白想了一下，最后摇了摇头：“这个我还真没记住，不过确实是十月份。云朵，你问这个做什么？”

云朵固执地看着他：“你救人的时候，岸边还有个小孩在哭，后来你没办法把溺水的孩子弄上岸，就让她去找大人，然后你们是被两个大人拉上岸的，对不对？”

唐一白有些惊讶：“这些细节我从来没说过，你怎么知道？”

“我怎么知道？我就是你救的那个人！”

唐一白震惊地看着她，试图从她的表情中寻出一丝一毫开玩笑的证据，然而没有，她情绪激动，眼圈红红的，声线由于太过激动而显得尖细，声调都变了。

他扶着她的肩膀：“你，你……”实在是太震惊了，他竟然也说不出话了。

云朵擦了擦眼角：“唐一白，你是我的救命恩人。”

唐一白目光灼灼地望着她。原来，他们那么早就相遇了吗？缘分真是妙不可言，早早地就让两道完全不同的生命轨迹形成交集。

命运像漩涡一样将他们卷在一起，这是命中注定的，注定他们要在一起，哪怕错过了，也会再相遇，相遇之后，便再也无法招架，再也不能分离，眼里再看不进别人。

他突然感到心怦怦乱跳，扣在她肩头的手微微用力，将她向他怀里带了带。

两人贴得更近，云朵的额头碰到了他的下巴。

云朵说道：“唐一白，这么多年，我和我的家人一直在找你，想要谢谢你，谢谢你救了我。”

唐一白微微低头，嘴唇贴着她的发丝，轻轻嗅着她发间洗发水的香气，是清新的柠檬味道。他有一瞬间的恍惚，听到她叫他，他只是淡淡地嗯了一声。

你是我的，我们注定要在一起，谁也不能让我们分离。他这样想着，只觉心口血气翻涌，却又缠绕着寸寸柔情，化作水，将他温暖柔软的心包裹住。

云朵接着说道：“我也不知道该怎么谢你，这是救命之恩，不知道能怎样报答。唐一白……”

唐一白却突然打断她：“救命之恩，是要报答。”

“嗯？”云朵仰头看着他。

两人离得这么近，她甚至感觉到他的呼吸喷到了她的脸上，于是她红了脸，有点心猿意马：“我……不知道怎么报答啊……”

“简单！”他眯眼望着她，“你亲我一下。”

云朵张了张嘴，万万没想到他的回答是这样的。

“怎么，连这个都做不到？我可是救了你的命。”他说着逼迫的话，眼底却浮起了淡淡的笑意。

云朵的脸彻底烧了起来。

他于她有救命之恩，他提这样的要求一点也不为过，她于是咬咬牙，踮起脚，闭着眼睛靠近他。

唐一白低头看着她红成桃花瓣的脸蛋慢慢靠近，他一动不动，闻着她身上特有的淡淡体香，等着她的芳泽亲近。

她软软糯糯的唇，就这样轻轻贴在了他的脸颊上，那触感很轻、很软，有点点丰润，痒痒的，一直痒到了心里去。

不够，他想要更多，她却一触即分，很快退回去，低头不敢看他。

唐一白轻轻抬起她的下巴，迫使她和自己对视。

他目光灼灼地盯着她，轻轻舔了一下唇角，压低声音对她说：“忘了告诉你，亲脸不算。”

云朵没想到还有人能够把流氓耍得如此恬不知耻又不拘一格。

她不得已仰头，望着他温柔惬意而隐隐有些热烈的目光，那是一片浓烈的深海，而她是游鱼，深陷其中，不能自拔。

她痴迷地望着他，没有动作。

唐一白等不到她的回应，只好亲自动手了。他扣着她的下巴，视线落在她的唇上，缓缓地低下头，凑近。

云朵的心脏轻轻颤着，像是蝴蝶瑟瑟抖动的羽翼。她突然很紧张，紧张得腿都软了，她不敢看他，紧紧地闭上了眼睛。

他的吻却迟迟没有落下来。

云朵睁开眼睛，看见唐一白正望着她的身后，脸色阴沉如浓浓的铅云。

她有些奇怪，转身望去，却见不远处一个人转身背对着他们跑开了，她看到那人脖子上挂着相机，原来是遇到同行了。

只是，这个同行的背影这么猥琐，一定是八卦记者。

唐一白松开云朵，大步追了上去。

腿长就是有优势，没一会儿，他就追上了那个小短腿，等云朵赶到时，他正抓着那人的相机不放。

云朵看到那个八卦记者的脸后，顿时惊叫道："陈思琪？"

"云朵？"陈思琪的表情也很惊悚，"我看着像你，没想到真的是你。你们……你们？"她伸手指指唐一白又指指云朵，询问的意思很明显。

云朵不知道该怎么解释。

唐一白本来脸色很不好，见两人认识，他的表情才缓和了一些，问云朵："朋友？"

云朵点点头："大学同学，现在是个娱乐记者。"

陈思琪朝唐一白摇摇手，笑得特别灿烂："男神你好！我叫陈思琪。"

唐一白心想：谁管你叫什么？他现在有点烦娱乐记者，走到哪里都有他们，乱拍照，拍完还乱写一气。托这些娱乐记者的福，他已经换过好几个"女朋友"了，现在更加夸张，这人竟然打扰他的好事，简直不能忍。

陈思琪见唐一白拧着眉，随时准备爆发的样子，她也有点怕，连忙松手让他把相机拿走："好了，好了，照片你自己删吧。"

云朵凑过来提醒唐一白："照片删掉之后还可以恢复。你看看存储卡是空的吗？空的话就帮她格式化一下。"

陈思琪咬牙："云朵，你重色轻友！"

唐一白莞尔，低头扫了一眼云朵。他眉梢微微垂着，脸上有淡淡的他自己都未察觉的宠溺。

陈思琪看呆了——能被唐男神这样看一眼，死也值了啊！

唐一白最后只删了照片，然后把相机还给陈思琪，说道："我相信你不会把我们的事情报道出去。"

"不会，不会，绝对不会，男神你相信我！"陈思琪说着，举起三根手指头做指天发誓状。

唐一白没听她发誓，带着云朵转身离开了。

陈思琪看着那两个人离去的背影，扶着一棵树用脑袋轻轻地撞着树干：“我为什么要选择娱乐圈,为什么是娱乐圈？这么优质的帅哥被云朵拐走了！”

这边，云朵跟着唐一白快走到基地大门口时，她扶了一下包：“那个，我先走了。”

“急什么，晚上一起吃饭。”

“嗯……嗯？那我晚上再过来。”

“不要走。”唐一白拦住她的去路，“我还要继续训练，如果你没事干，可以跟我进去，等训练完，我们再出去。”

云朵摇摇头：“这样不好吧？好像没有队里的允许，记者不能进入基地。”

唐一白笑望着她：“记者不可以，但家属可以。”

他一句话，又把云朵说得脸红了。

他伸手来抓她的手，她有些不好意思，怕人看见，抽了回来，唐一白却固执地又把她的手抢回来，大大的手掌完全包裹着她的小手。

见她脸红，他笑了：“害羞什么，亲了我就是我的人了。”

“别说了啊！”云朵羞愤地别过脸去。

唐一白和云朵手拉着手走进训练基地，一路吸引了许多人侧目——基地里的人大多数都认识唐一白，此刻见他不声不响就领着个姑娘回来，一点预兆都没有，纷纷觉得诧异。

只有徐领队看到他们时，脸上荡漾着一种“我知道得太多了”的优越感，他朝唐一白笑了笑：“一白，这就是你的女朋友？”说着，笑着打量云朵。

“对。”唐一白答得特别干脆。

“咳。”云朵不知他怎么那么毫无压力地适应了这种新的关系，她现在还陷在因羞涩而导致的别扭当中，这一路都是红着脸走过来的，因为怕别人看到她脸红，她只好低着头。

徐领队仔仔细细地打量着云朵，有些疑惑：“小姑娘看着很眼熟啊！”

云朵只好自我介绍道：“徐领队，您好，我叫云朵，是《中国体坛报》的记者。”

“记者吗？”徐领队干咳一声，不自觉地严肃了些，“云朵，你到里面不要拍照，这是规定。”

“嗯嗯，我知道，您放心吧！”云朵猛点头。

徐领队放行后，唐一白领着云朵走进了训练馆。

训练馆内，中央是泳池，周围是一个个训练室，不同的训练室功能不一样，器材五花八门，什么样的都有。当然，云朵只是从门口瞄一眼，她今天不是来参观的。

她一路跟着唐一白回到了他的训练室。

伍勇手底下不只有唐一白一个运动员，此刻训练室里还有其他人，唐一白回来时，训练室内众人的目光纷纷落在了云朵身上。

“嗨，你们好。”云朵朝他们挥了挥手。

她拽了拽被唐一白握着的手，结果没拽回来。

伍勇是知道真相的，此刻也不觉得奇怪，其他人则有些震惊，纷纷用探究的目光看着云朵。

“我女朋友。”唐一白向他的师兄弟们解释了一句。

向别人介绍她是他女朋友，这一时刻他期待很久了，此刻说出来，真是无比得意，走路都带风。

众人恍然地点头，却依旧一脸八卦地看着他们，期待有更多的解释。

伍勇眉毛一横：“看什么看，都给我训练！任务不做完不许吃饭！”

这样的威胁虽然换来一片哀号，却是立竿见影，众人纷纷埋头继续苦练。

伍勇似笑非笑地看着唐一白：“以为你舍不得回来了呢。”

唐一白笑了：“哪能啊？就算我想这样，我们家云朵也不会答应的。”

云朵眉头一挑，特别想把他嘴巴堵上。

伍勇也有点听不下去了：“谈个恋爱看把你浪的！”

待在一屋子的光棍中间，唐一白只笑笑，不说话。

他帮云朵找了把椅子坐下，然后继续自己今天下午的训练。

他剩下的训练内容已经不多了，第三次药球训练已经做完，接着要做几轮平衡练习。单腿平衡练习，然后俯卧手抱头身体左右转三十次，做三轮；手抱头收腹肘碰对侧膝，三十次，做三轮。再之后做做拉伸。他觉得相对简单的练习，在普通人看来也殊为不易，一旁围观的云朵看了会儿就觉得身上的筋好疼。

完成今天的训练后，也到饭点了。

唐一白抓着白色的毛巾擦了擦汗，对云朵说：“我去洗澡换衣服，你在这里等我一下。”

云朵点了点头。

唐一白离开后，云朵老老实实地坐在椅子上，看着门外来往的行人。

运动员们的训练时间一致，这个时候，大家下午的训练内容陆陆续续都结束了，门外过往的人很多，其中大部分人云朵都见过。

一个高大的身影走过去，似乎朝室内瞥了一下，过了没一会儿，他又倒了回来。

祁睿峰一手扶着门框，惊奇地看着训练室里的人：“云朵？”

“是我啊！”云朵点点头。

他走进来，坐在云朵身旁的器材上，古怪地打量她一眼，问道：“你是来找唐一白的？”

“嗯。”

“哦，我去帮你找他。”

“不用！”她连忙叫住他，“他一会儿就过来。”

祁睿峰点点头。

真巧,昨天唐一白还在惆怅该怎么表白呢,今天云朵就坐在他的训练室里了。

祁睿峰挠了挠头，突然想起另一件事，翻了翻斜挎在肩上的背包，翻出一个手机链来，上面是橡胶做的祁睿峰的 Q 版人物。

他把手机链抛给云朵：“电视台搞纪念活动，送了好多，你是我的粉丝，我给你留了一个。”

“谢谢！”云朵接过来仔细端详，然后笑道：“比你本人可爱。”

“哼哼。”

她看到他挎包里露出一本书的一角，顿时被吓到了：“祁睿峰，你也看书吗？”太难以相信了。

“嗯。”祁睿峰矜持地点点头。

见云朵好奇得像是要炸裂开，他便把书取出来递给了她。

云朵拿过来一看，顿时有点崩溃——《狼性总裁的小萌妻》，什么鬼啊这是？！

她看看书的封面再看看他的脸，目光在两者之间来回游走了好几遍，最后问道：“这书是用来藏私房钱的吧？”说完，她就恨不得打自己一下清醒清醒——祁睿峰可是玩消消乐一路用锤子的土豪，人家用得着藏私房钱吗？

果然，祁睿峰用一种“你不懂得欣赏”的眼神看着她，说：“这本书很好看。”

“真的吗？”云朵翻了几页，一边翻一边问他，“你觉得哪里好看？”

“代入感很强。”

“代入感？”云朵差点吓尿了，“大神，你不要吓我，你是怎么做到把自己代入这个叫……冰雪儿的小姑娘的？”

“是东方昊天！我代入的是东方昊天！”祁睿峰看白痴一样看着她。

“哦，对。”云朵敲了敲脑袋，“霸道总裁嘛，对的，绝对是你。”她安抚性地说道。然后她重点看了看这个东方昊天的戏份，边看边忍不住笑：“哈哈哈，这个人太二了，一点都不像狼嘛，更像一只哈士奇。不过话说回来，哈士奇确实是外形最接近狼的汪星人，所以也不算错啦！狼性总裁……这本书可不可以借给我看？”

“不可以。这本书是从向阳阳那里借的，我看完，你才可以看。”

“阳姐也爱看这类书？”

“对，她代入的也是东方昊天。”

云朵感觉这个世界有点错乱了。

正说着向阳阳，没想到向阳阳就出现了。她从门口经过，手里揪着明天的耳朵，拽着往前走。

明天疼得痛叫，还好眼神比较好，看到训练室里的祁睿峰和云朵，他高呼道：“峰哥救命！云朵姐姐救命！哎呀呀！”

向阳阳听到云朵的名字，果然倒回来往这边看。

见到云朵，她很高兴：“咦，云朵，你怎么来了，是来找一白的？”

云朵心想：是不是全世界的人都知道她是来找唐一白的啊？

祁睿峰说：“向阳阳，你怎么又欺负明天？”

向阳阳气道：“谁欺负他啦？你不知道他干的好事！喏……”她说着，摊开手给他们看：“我花了一个多月编的手链，被他扯断了！还没吃饭就这么大力气，简直讨打！”

她手中躺着两截红色的细长编织物，花纹杂乱，比蚯蚓粗一些，像蚯蚓一样狰狞。如果她不说，云朵很难相信这是手链。

祁睿峰说道：“这么难看的东西，弄坏了一点也不可惜。”

他说出了云朵想说却不敢说的话，于是，向阳阳打了他的头。

云朵连忙说道：“阳阳姐，我可以教你编更漂亮的。”用细线编手链是她初中时候的娱乐，太小儿科了。

向阳阳听她这么说，又高兴起来，很快从兜里摸出丝线让她示范。

云朵无语了，这两个知名动员出门训练要么带总裁小说，要么带玩具丝线，好任性的感觉。她看看明天，不知道这个小朋友会带什么。

明天揉了揉耳朵，从兜里摸出一块糖来，撕开包装纸把糖扔进嘴里嚼了几下，呼——吐出一个大泡泡。

云朵感觉自己来的不是国家队，而是国家队附属幼儿园。

与此同时，唐一白洗完澡换好衣服，没有着急去找云朵，而是鬼鬼祟祟地找到了伍勇。

伍勇有些奇怪：“你跟我说说，你这一脸打算去偷瓜的表情是怎么回事？你不该去约会吗？”

“伍总，我能不能拜托您一件事？”

伍勇翻了个白眼：“准没好事！你说来听听。”

“是这样的，我和云朵今天是第一次约会，我想送她鲜花作为惊喜。”

伍勇气呼呼道：“你想送花关我屁事？你是故意炫耀的吧？欺负我光棍一条？”

“不是，我……没有花。”

“没有就去买。这么弱智的问题也问我，你小学没毕业？”

“是这样的，如果我买了花，云朵就会看到，那就不是惊喜了。”

伍勇寻思了一下，恍然大悟。他直勾勾地看着唐一白，眼神有点悲愤：“老子活了四十年，还不如你个毛头小子会谈恋爱！”

唐一白说道，“所以伍总……”

“简单。”伍勇摆了摆手，“你不是要花吗？花坛里有很多月季，自己去剪，出了事算我的。”

唐一白一脸黑线，剪个月季能出什么事？

他摇摇头说：“我不要月季。”

“那你要什么？”

“我要玫瑰。”

伍勇怒道："滚蛋，没有玫瑰！"

"有的。"

"哪儿有？"

"袁师太养了一盆，就在峰哥他们的训练室里。"

这件事伍勇知道，袁师太那盆花养得很金贵，不然也不会秋天还开花，而且开得特别水灵。

伍勇一脸叹服地看着唐一白："你胆子够肥的，连袁师太的东西都敢想，你不怕她打死你吗？"

"怕啊！所以想请您帮我望风，我就剪一朵。"

伍勇摇摇头："你都快成情圣了。"

唐一白今天刚刚拐到女朋友，随时随地嘚瑟："这就是为什么我有女朋友，而你没有。"

"……"

袁师太还没打唐一白呢，伍勇先把他打了一顿，打完后两人去了训练室。伍勇在门外望风，唐一白进去剪了最漂亮的一支玫瑰，然后仔仔细细修剪一番，务必保证既好看又不会扎到云朵的手。修好之后，他把这朵花小心地放在了挎包里。

大功告成，他去找云朵。

云朵在和向阳阳等人聊天。

向阳阳、祁睿峰和明天都还不知道唐一白和云朵已经在一起了，一听说晚上他们两个人要吃饭，三人瞬间暴露了蹭饭的意图。

云朵不敢答应，好不容易等来了唐一白。

唐一白不用看都知道那三个人想干什么，他笑眯眯地说："不好意思，今天我们要约会。"

三个人张大嘴巴看着他俩，眼神中有震惊，有恍然，也有淡淡的羡慕。

唐一白走过去牵起云朵的手，在六道激光一样的目光扫射下，步伐从容地离开了。

牵着女朋友的手，告别一帮单身狗，瞬间有种人生赢家的感觉呢。

明明是来找救命恩人的，怎么成男女朋友了呢？

不怪云朵，实在是今天这件事情的发展太跳跃，所以当唐一白牵着她的手走出训练基地时，她仍有些不适应。

唐一白见她闷闷地低着头，心中一跳，小心翼翼地轻声问："云朵，你不喜欢我？"

"啊？"云朵诧异地抬头看他，见他一脸紧张，她心底一热，知道这是他在乎她，而她又何尝不在乎他呢？

你喜欢的人恰好也喜欢你，这是最好不过的事情了。

想到这里，她有些释然，摇着头答道："没有啊。"

唐一白神色一松："真好。我也喜欢你。"

如此坦白，听得云朵微微红了脸，撇过头嗯了一声。

唐一白很喜欢看她害羞的样子，柔得像水，脸上一片飞霞，像秋天高挂枝头的红苹果，连圆润的耳垂都红了起来，让他特别想捏一捏，或是低头蹭一蹭、亲一亲。

好吧，此时在大街上，他不能这么做。

唐一白打了辆车，司机师傅认出了他，兴奋地帮自己女儿要了张签名。

唐一白意识到自己忘记戴口罩和墨镜了，下车后，他让云朵走在面前，帮他挡着脸。

云朵气呼呼地扭头看他："欺负人啊？"她比他矮了二十多公分，根本挡不住嘛！

唐一白笑着揉了揉她的脑袋，拉着她的手一路跑进了一所青砖白墙的院子。

这所院子其实是一家餐厅，专门做素食。

唐一白出来前伍勇提醒过他，不要在外面吃肉——他现在受到全国人民的热情关注，伍勇这个当师父的更加谨慎，丝毫不敢马虎——唐一白征求过云朵的意见后，就选了这家餐厅。

餐厅的环境清幽雅致，四水归堂，树影交织，还有人工的白色雾气。客人刚从外面的喧嚣走进来时，都会有瞬间的惊艳和错愕。

夕阳在树的枝叶间洒下一道道金色的光芒，映着缭绕的薄雾，安静神秘，仙气袅袅。

云朵张了张嘴，喃喃道："好漂亮！在这样的地方吃饭，没肉也是可以接受的。"

唐一白笑道："真抱歉让你吃不到肉，下次补上。"

云朵大度地摆摆手："没事，没事，这个地方我喜欢。"

"你喜欢就好。"

唐一白刚进门，服务员就认出了他，不过这里的服务人员都很有职业素质，就算认出了，也没有骚扰，还很贴心地把他们领到了一个角落，这样就不会被太多人发现了。

过了一会儿，服务员又过来，说餐厅经理知道唐一白来了，可以让他们使用包厢。本来包厢只能预订，恰好有一个包厢退订了，唐一白和云朵才捡到这个机会。

云朵禁不住感叹：当名人就是好啊！

换到包厢后，总算不用担心被人认出来了。

唐一白把菜单递给云朵，让她先点菜。云朵点了两个菜后，唐一白拿过菜单加了六个，接着又点了甜点和饮品。

云朵有些担心："会吃不完吧？不要浪费。"

"放心，不会浪费。"

很快，云朵就明白这句"不会浪费"绝对是实在话，因为那个菜量真是小到没朋友啊，不过真的蛮好吃的。

唐一白一边吃一边瞧着云朵，眼里带着盈盈的笑意。

云朵被他看得不好意思，摸了摸脸："我脸上沾东西了？"

"没有。"他摇摇头。

"那为什么看我？"

他笑："看到你食欲就变好了，这叫秀色可餐。"太会夸人了。

云朵有些不好意思，低头用小勺轻轻搅动着面前一小盅汤："你不是一样秀色可餐嘛！"

"那你怎么不看我？"

云朵抬头看他一眼，和他情意满满的热烈目光一对，她心口狂跳。

最后，云朵眼神飘忽，无奈道："唐一白，你调戏人的技能是不是满级了？"

"不知道，我只在你一个人身上试过。"

云朵托着下巴，心里偷着乐——真好，唐一白没喜欢过别人。

不过，她也没有啊！

两人的感情像两张碰到一起的白纸，上面没有任何涂鸦，这样也免去了很多在意和纠结。

真好，他们都有着最纯洁的情感，最简单的爱恋。

心里像是裹了一层砂糖，甜甜的。

云朵托着下巴看了他一会儿，忍不住傻笑起来。

被她这样注视，唐一白的心怦怦乱跳起来。

真是的，女朋友这么可爱，让他怎么把持得住，他挪了一下椅子，离她更近了。

他目光灼灼地看着她的眼睛，然后视线向下，移到她的嘴唇上。

云朵赶忙低头，喝汤掩饰心中的慌乱。

唐一白也不再有进一步动作——反正肉已经到我碗里了，咱们来日方长。

吃过晚饭，唐一白想和云朵一起逛逛街，云朵看了看表，有些着急："你不是每天晚上都有训练吗？"

"没关系，伍总说今晚可以停训一次。"

想到伍总，唐一白有些担心他，毕竟他们得罪的是袁师太这个霸王龙一样的存在。

他拿出手机，这才看见伍总给他发的信息：你什么时候回来？袁师太已经发现了，她在追杀我！你快回来自首！

唐一白看看身旁的云朵，两人今天刚在一起，他怎么舍得这么快就分离？于是无耻地回复伍总：我明早再回去。

没过一会儿，伍总发来了一条语音信息："人渣！叛徒！"

云朵也听到了，吓了一跳："你做了什么？"

唐一白当然不会说实话，他和云朵一起走进了胡同里。胡同窄窄的，两边小店林立，其中有不少酒吧。

幸好是夜晚，唐一白的脸庞掩在明明暗暗的灯光下，没有那么显眼。偶尔有路人拦住问他是不是唐一白，他都一脸镇定地回答："不是，你认错人了。"

云朵特别佩服他的心理素质，说瞎话都不带眨眼的。

唐一白走在云朵后面，一手扶着她的肩膀，一手偷偷从怀里掏出那朵玫瑰花，手臂绕过她的身体，将花递到了她的眼前。

“啊！”云朵为眼前突然出现的玫瑰花激动得惊叫。

玫瑰花娇艳欲滴，散发着馥郁的香气。云朵接过来，闭着眼睛轻轻闻了一下。

唐一白借机靠近她的身体，胸膛几乎贴到她的后背上，长长的手臂从后面绕过，将她完全圈进了自己怀里。

云朵还傻乎乎地闻花呢，等睁开眼睛，才发现她已经陷在他的包围圈里了。两人离得实在太近了，近到她能感觉到他的呼吸喷在她的颈窝处，热热的，痒痒的。

“咳……”不要这样啊，街上这么多人呢！

他低着头，附在她耳边悄声问：“喜欢吗？”说话间，不知是有意还是无意，他的嘴唇轻轻擦了一下她的耳朵。

云朵红着脸，有些惆怅：“唐一白啊！”

“嗯？”

“你这么会谈恋爱，你家里人知道吗？”

唐一白有些郁闷。这个时候不该回答“喜欢”吗？这么好的气氛为什么要破坏掉，真是不解风情！

他揉了一下她的脑袋：“你觉得我很会谈恋爱？”

“嗯！”云朵用力点头，“岂止很会，简直是深谙此道。”她和他在一起才几个小时，已经被迷得有点找不着北了。

唐一白突然翻转她的身体，扶着她的肩膀，表情郑重地看着她：“云朵。”

“怎么了？”他突然换了这么严肃的表情，她有点不习惯。

他抿了抿嘴：“真的只有你一个。”

“什么？”

唐一白叹了口气，抬手轻轻抚着她的脸颊：“以前我的世界只有游泳，从来没有考虑过恋爱。如果不是喜欢你喜欢到无法控制，我也不会选择表白。”

这朴实却动人的话语，让她的心脏轻轻颤动了一下。

“总之，你是我的初恋。”唐一白最后说道。

云朵嘴唇动了动，有些话卡在喉咙里说不出，最后只能垂下眼睛，小声说道：“我知道啊。”

唐一白笑了笑，拉着她的手继续向前走。

云朵一手握着玫瑰花，侧过头看着夜色中他的脸，突然说道：“唐一白，你怎么不问我？”

“问你什么？”

“问我，你是不是我的初恋？”

唐一白停下脚步，低头看着她，笑容有些无奈：“我不敢啊！”

不敢问，因为这样漂亮又性格很好的女孩子，从中学到大学不知有多少人排着队追求，他又怎么能奢望她的情感世界一片空白呢？虽然明知道，他却不敢去触及真相，因为每每想到云朵可能和别的男人牵手、接吻过，他就会被一种名为“嫉妒”的情绪折磨，心在醋水里泡得发皱、发疼，却又毫无办法。

听到他这样的回答，云朵莫名地想笑。

她用玫瑰花轻轻敲了一下他的额头：“笨！”

回家的时候，唐一白连呼吸都变轻快了，而每次看向云朵时，目光中总是带着缠绵。

云朵实在招架不住，不敢看他。

到家九点多，唐氏夫妇还没睡，唐妈妈正窝在沙发上用 pad 玩游戏，唐爸爸坐在她身边看电视，电视里正在转播篮球比赛。唐妈妈说一声“水”，唐爸爸就赶紧把茶几上的半杯水递给她，她喝完后他接过来再放在茶几上，气氛特别温馨、和谐。

唐一白和云朵进屋后，沙发上的夫妻二人都敏锐地看到了云朵手里的玫瑰，两人相视一眼，心照不宣。

唐一白说道：“爸、妈，我有事向你们宣布。”

唐妈妈放下 pad，问道：“你们在一起了？”

云朵红着脸低下头。

唐爸爸笑呵呵道：“你们两个小鬼，不用在已婚夫妇面前炫耀结束单身，而且这种事情一猜就知道，还需要你宣布吗？说个我们猜不到的来听听。”

唐一白扶额：“云朵，你来。”

云朵说道：“叔叔、阿姨，唐一白其实是我的救命恩人，他七岁那年在栖霞山救的那个小孩就是我。”

夫妻俩像是被吓到一样，呆坐在沙发上不动，惊讶地看着云朵。

云朵小声说：“是真的。”

"也就是说，"唐爸爸神情有些恍惚，"豆豆小时候救了你，然后，你们来到同一座城市，再然后，你租房子恰好租到了我们家？"

"对，就是这样。"

唐爸爸抚着胸口："有种老天爷在帮我们选儿媳妇的感觉！如果我不让你们在一起，会不会被雷劈啊？"

"咳。"

唐妈妈那样镇定的人，也久久没能说话。

云朵留他们消化这个消息，她自顾自去洗澡了。今天奔波了一天，风尘仆仆的，情绪又跌宕起伏，现在真的有点累了。

唐一白坐在沙发上，用牙签串起果盘里的苹果块来吃。二白坐在一旁直勾勾地看着他，他轻轻一甩，弹出一块苹果，二白跳起来迅速地张口接住，几乎没有嚼就咽了，然后吐着舌头继续看他。

"豆豆，"唐爸爸八卦兮兮地问，"你和云朵，谁先表白的？"

唐妈妈虽然没有问，此刻也极感兴趣地竖起了耳朵。

唐一白垂着眼睛笑了笑："她先亲的我。"

"啊！"唐爸爸惊讶地张了张嘴巴，"看不出云朵那么有勇气。"

唐妈妈眯着眼睛，看着儿子坏坏的笑容，突然说："云朵今天下午跑出去是要找你说救命那件事的，然后刚才你爸爸问你谁先表白，你却回答谁先亲谁，那么问题来了，云朵亲你到底是主动的还是被动的？"

虽然知道自己老妈是个细节帝，唐一白还是被吓到了："妈，您别这样。"

唐爸爸也恍然："豆豆，你太坏了！"

坏就坏吧！唐一白满不在乎，又捏了葡萄逗二白。

云朵洗完澡路过客厅，唐一白看到她，旁若无人地起身追了上去。

唐妈妈摇摇头，对唐爸爸说："我怎么觉得他比你脸皮还厚呢？"

唐爸爸深以为然："至少厚一个数量级。"

唐一白一直尾随云朵到她房间门口。

云朵有些奇怪，背对着门一边擦着湿漉漉的头发，一边问道："你还有什么事？"

唐一白似笑非笑地看着她："你是不是忘了一件事？"

"什么？"擦头发的动作停下来，她歪头看着他。

唐一白向前走了半步，两人的身体几乎贴到一起，云朵迫不得已后退，靠在了门上，仰头看着他。浅黄色廊灯的映照下，他的身体缓慢地压下来，因背光看不清面目，云朵只觉得他一双眼睛亮晶晶的，荡漾着万般柔情，她不禁有些心慌意乱。

唐一白一手撑着门，他的身体和门形成了一个开放式的小空间，云朵则被夹在这个小空间里，周围萦绕的都是他的气息，温暖，干净，舒适，却使她突然紧张起来。她的后背紧紧贴着门，身体僵立不动，看着他缓缓地低下头，轻声问她："想起来了吗？"

云朵低下头，随即感觉到他的另一只手抚上了她的脸颊，温暖、柔软的指肚轻轻摩挲着，摸到她的耳垂时，轻轻捏了一下。

"哈！"云朵忍不住笑了一下。

唐一白却趁机抬起了她的下巴，不等她反抗，他已经迅速低下头来，四片唇瓣就这样紧紧地贴在了一起。

客厅里叔叔、阿姨的交谈声传来，云朵紧张得要命，心脏一下一下地狂跳着。

她本能地想推开他，却被他抓住双手扣在了胸前，于是她感觉到了他的心跳，也是一下一下狂跳着。

她紧张得快要失去力气，双腿发软，唐一白的手便向下滑，扶住了她柔软的腰肢。他闭着眼睛，激动得睫毛乱抖。唇上柔软的触感传到内心深处，他的双唇张开一条缝，不小心品尝到了她唇瓣的味道，甘甜的，芬芳的，像花瓣一样。

这一刻的幸福，他无法用言语来形容。

然而，这份幸福感很快被打破了。

二白："汪汪汪……"

两人吓了一跳，立刻分开。

云朵心虚地挣开他的怀抱，向旁边逃开。

二白仰着头，很满意地看着他们的反应。它大概觉得自己机智地化解了一起暴力事件，应该居功至伟。

唐一白的脸却阴沉沉的，眼中闪过一道寒光。

二白感觉到危险逼近，耷拉着脑袋，往云朵身边凑了凑，希望她能保护它。

这时，唐爸爸的询问声从客厅传来："豆豆，怎么了？"

唐一白扬声说道："爸，我们把二白炖了吧？"

云朵哭笑不得："别闹！"说着，她弯腰，抚了抚二白的脑袋。

二白高兴地摇着尾巴仰着头，希望云朵摸它的脖子。

云朵心领神会地又抓了几下它的脖子，然后她也不敢看唐一白，转身回了房间。

剩下唐一白和二白对视一眼，谁也没有握手言和的意思，唐一白转身回房，二白也毫不留恋地回了自己的窝。

云朵回房后，平复了一下心情，然后给妈妈打了个电话，告诉妈妈她已经找到了救命恩人。

云妈妈很高兴："找了这么多年，终于找到了，谢天谢地。朵朵，你一定要好好谢谢人家，他要是有什么需要你帮忙的，赴汤蹈火也得帮！"

"嗯嗯，我知道啦！"

"妈再问你一件事。"

"什么？"

"他有女朋友吗？"

云朵有些窘："你问这个做什么？"

"就是想问问你还有没有以身相许的可能性。"

"妈！"云朵想告诉妈妈这个可能性已经变成了必然性，可是她羞于启齿，也就没说。

云妈妈又唠叨了一堆，让她注意身体，注意保暖，注意保湿……然后才挂掉电话。

放下电话，云朵坐在床上，打开电脑，上网搜索唐一白的名字。

不得了，一下子跳出好多新闻，有体育方面的，也有娱乐方面的，比如，唐一白正在准备冬季锦标赛啦，唐一白希望大家不要太关注他啦，唐一白否认某某某是他的女朋友啦，唐一白和女主播娱乐互动啦……总之，唐一白的一举一动都被密切关注着，程度和祁睿峰差不多了。

"难道就因为长得帅吗？"云朵都有点怀疑自己之前的结论了，毕竟，祁睿峰是拿了奥运冠军才这么火，而唐一白呢，只拿了亚运会冠军就获得了这么高的关注度。就算他帅吧，又能怎样？游泳队里帅哥很多啊！

想不通，反正他火了。

云朵在八卦论坛里看了粉丝们盖的花痴楼，里边的图片有一些还是她拍的呢。她一张一张地看，看了一会儿，发现自己口水快流出来了，不得不狠狠地鄙视自己：这货已经是你男朋友了，你还花痴什么，能不能有点出息？

看到自己男朋友被这么多女人喜欢，云朵既高兴又有点着急，特别想在唐一白脑门上盖个戳：私人藏品，别碰！

除了对唐一白本人的花痴帖，论坛里还有同时花痴唐一白和祁睿峰的帖子，内容无非是把唐一白和祁睿峰之间的任何互动行为都解读为“基情四射”。这样的帖子，云朵打死也不看。

按照发帖时间归类，最近的帖子里，唐一白已经被称为“泳坛男神”了。

娱乐媒体也发了不少报道，解读唐一白被视为“泳坛男神”这件事。

逛完了论坛，云朵又去扒微博——身位记者，她关注了好多游泳运动员，其中更新微博最活跃的是祁睿峰，其次是明天和向阳阳等人，至于唐一白，他快懒死了。

刷了一会儿，云朵发现祁睿峰更新了一条微博：唐一白是泳坛男神，那我是什么？

来不及看评论，云朵果断地转发评论了这条微博：你是泳坛吉祥物。

云朵一早起床后，看见房门上贴着一张淡绿色的便笺，上面用粗碳素笔写着：我先回队里了，过些天再来找你，记得想我。

没有落款，但是云朵认得唐一白的笔迹，何况这个屋子里能写出这种内容的，也只有他了。

除了文字，便笺的左下角还画了一幅简笔画，内容是一只狗用爪子捂着眼睛，像是看到了什么了不得的东西。

唐一白画这样一只小狗是要表达什么意思？云朵猜不透。

不过，他画得挺不错的，寥寥几笔，跃然纸上，看来他的天分不只是游泳和数学。

云朵用手机把这张便笺拍了下来，然后将它夹在一本书里——身为记者，她习惯随处拍照。

上班途中，云朵接到了陈思琪的电话。

云朵对陈思琪说：“没想到你能忍到现在，我以为你昨天晚上就会打电话盘问我呢。”

陈思琪道：“春宵一刻值千金！我怎么可能打断我男神的好事，太不讲究了！”

云朵尴尬到冒汗，连忙说：“你想到哪里去了？”

“什么？昨天晚上你们没有那个吗？真可惜，我还想八卦一下床上的细节呢！”陈思琪的语气里充满了遗憾。

云朵则有些暴躁了：“没有！而且，就算有，我也不可能和你分享这种细节好不好？”每次和陈思琪说话，都有种分分钟震碎三观的感觉。

“好了，好了，我不问了。不过，你真是没用，怎么还没把男神拐上床？你不知道有多少女人对着他的身材流口水！”

云朵默默地想，他们第一天在一起就接吻了，这个速度已经是火箭级别了好吗？

她也知道很多人对着唐一白的身体流口水，昨天她去唐一白的微博围观，评论的内容那个无下限啊，简直为她打开了新世界的大门。随后，她红着脸逃了，逃到据说是小学生集散地的贴吧——“唐一白的女朋友”。云朵心想：我就是唐一白的女朋友啊，果断看看，就这样闯了进去。首页有个加精帖，名字既文艺又暧昧，叫《巫山云雨枉断肠》。云朵手贱点进去看了，吓得差点把笔记本电脑扔出去。原来这个帖子是改编自一本名为《巫山云雨枉断肠》的小黄书，改编方式就是把男主角的名字全部改成了“唐一白”，女主角的名字则全部改成了“我”，大段暧昧描写，这样的内容放在“晋江文学网”，估计会变成“□□□□□□□……”这样谜一般的符号。

后来，云朵默默地将那个帖子作为色情信息举报了。

至此，她已经深入了解“有很多女人在对着唐一白的身体流口水”这个事实了。

和陈思琪结束通话后，云朵也到了单位——记者没有严格的坐班时间，来早点来晚点都可以。

她今天到得晚了些，单位已经来了好多人，每个人看到云朵时都热情地跟她打招呼，笑得亲切又灿烂。

云朵当然知道他们为什么这样热情——她曾对唐一白进行过深度的采访报道，据传她和唐一白“私交不错”。她摸了摸鼻子，心想：这算是一人得道鸡犬升天吗？

坐在自己的工位上，浏览了一下新闻后，云朵打开微博刷了刷，然后……电脑死机了？！

云朵揉了揉眼睛，后知后觉地发现，她的微博被转发、评论了无数次，而她没在意，直接点开，导致电脑卡住了。

具体有多少转发呢？也不多，两万多条吧！

简直吓尿了好吗？身为粉丝刚刚破百的小透明——粉丝多半是友情关注——她也有成为热门的那一刻吗？哈哈哈……这个 feel，爽！

嘚瑟完，她才开始看具体内容。

原来有这么多人转发，只是因为她昨天说祁睿峰是“泳坛吉祥物”，看来这个定位得到了很多人的认同。

云朵笑呵呵地看了会儿，转去看私信——陌生人的私信太多了，她一个也不看，只看熟人发的。

向阳阳：云朵干得漂亮！

明天：姐姐你好坏。

祁睿峰：我恨你。

唐一白：调皮。

云朵看着唐一白发的那两个字，莫名地心中一震。

这时，她身后传来一个声音：“在看什么？”

声线清冷，云朵不用回头看也知道是林梓。

她笑道：“没什么，在看微博呢。”

林梓拉了张椅子坐在她身边，看到电脑屏幕上是她和唐一白的私信聊天窗口，再歪头看见云朵脸上淡淡的笑意，他问道：“你今天心情不错。”

“是吗？”云朵说着，不自觉地摸了摸嘴角。

“是因为他吗？”林梓指了指屏幕。

云朵左右看看，突然压低声音对林梓说：“林梓，我告诉你一件事，你要帮我保密。”

林梓很配合地把耳朵凑过来，一边点点头：“好！”

“我们……已经在一起了。”

林梓愣了愣，有些缓不过神来："你……和唐一白吗？"

"当然！除了他还有谁？"云朵红着脸低头，没看到林梓脸上的愕然和失落。

等了一下，没等到他的回应，云朵奇怪地抬头，而此刻他的脸色已经恢复正常。

林梓脸上挂着淡淡的笑意，清俊的面庞却如模板一般僵硬，显得他的笑容有点诡异。

他弹了一下她的脑门："恭喜。"

云朵觉得，他可能是心情不太好，毕竟昨天他才带她看了植物人妹妹，今天她就要和他分享幸福的消息，貌似有点残忍。

她有些歉意，揉了一下脑门，点头道："谢谢。"

林梓站起身："我去吃早饭。"

"哦，好。"

报社对面有一家"永和大王"，已经过了上班时间，此刻在这里吃早餐的人并不多，林梓没排队就取了餐——豆浆、油条、皮蛋瘦肉粥，很简单的早餐。

他坐在冷清的餐厅里，看着盘中被切成一段段，码放整齐的金黄色油条发愣。

他早知道会是这样的结果，他们互相爱慕，早晚会走到一起，虽然速度比他预计的要快一些，而他只能在一旁看着，就像其他许多看客一样。

明明他也是喜欢她的，可是那有什么用？没有回应的感情是一文不值的。

林梓对自己的感情世界有着清醒的认识，他早就知道自己喜欢云朵，从刚刚开始喜欢时就知道，并且他推测自己这份喜欢来自两人日常相处时点点滴滴的汇聚。

他却觉得这份感情无关紧要，如果和她太过亲密，反而会影响他的计划，因此，他一直将这份感情冷处理。

世上的爱恋大体分为两种，有的暴晒于阳光下，有的沉埋于深渊底。

他毫不犹豫地选择了后者，并且理智上，他是乐于看到云朵和唐一白走近的，虽然他经常控制不住地干一些阻挠的事。

不管怎么说，现在，他也算求仁得仁了吧？

我却一点也不高兴，他心想。

提筷子夹起一根油条送到嘴边时，他连嘴巴都懒得张，只好扔开油条，舀了一勺皮蛋瘦肉粥，可是才吃了一口，就再无食欲。

他十指交叉托着下巴，垂着眼睛发呆。

心情的沉闷是无法自我排解的，任何晓之以理的劝说都没有用，他就是难过。

有时候他会想，但凡她有一点点喜欢他，他可能都不会那么坚持了，然而，一点也没有。

她的眼里全是那个人，她为他笑，为他恼，为他着红妆。

每当那个人在场时，林梓都特别想斩断她看他时的眼神——让人嫉妒又心酸的眼神。

林梓叹了口气，握着一根筷子将盘中摞起来的油条一插到底，眯着眼睛，冷冷地咬牙："唐、一、白。"

云朵的午饭是和林梓、程美一起吃的，三个人现在成铁三角了。

云朵觉得程美对林梓有意思，别问她是怎么知道的，有时候女人的第六感就是这么神奇，她就是知道。当然，她不打算说破，一切都要先看林梓的想法，如果程美只是剃头挑子一头热，旁人也不好掺和。

正吃着饭，云朵收到了唐一白发来的信息。她知道他应该是刚训练完正在吃饭，否则没有机会摸手机的。

唐一白：在做什么?

云朵：吃饭呢，你呢?

唐一白：一样。想我了没?

唐一白：我想你了。

云朵觉得她不能被唐一白这么带着，太肉麻了，她不好意思，于是岔开话题：唐一白，你画功不错哦!

唐一白：什么?

云朵翻出手机里那张今早拍的便笺，发给他：就是这个。

唐一白：那应该是我爸画的。

云朵：……

两人都对着手机无言。

云朵没见唐一白回复，以为他老老实实吃饭了，没想到他的电话很快打了过来。

云朵一手轻轻地搅动着面前的鱼丸汤，一手接起电话，轻声说：“喂，什么事？”

“没事。”

云朵有些好笑：“没事你打电话干吗？”

唐一白的声音低沉温柔：“就是想听听你的声音。”

云朵的脸不争气地红了，松开汤匙，心虚地掩着手机，小声说道：“现在听到了？”

“嗯。”

“没事就挂了吧，我吃饭呢！同事都在看我……”何止是看啊，程美和林梓的眼睛都要冒出火来了。

“等等。”

“还有什么事？”

“亲我一下。”

“……”大庭广众之下提这种过分的要求，还要不要脸了啊？

唐一白的声音中带着诱哄：“亲我一下再挂，好不好？”

“……不好。”

“你不亲我，等我再见到你就亲你一百下。”

“……”这样威胁自己的女朋友真的大丈夫吗？云朵咬了咬牙：“从没见过如此厚颜无耻之人！”

“亲我。”

云朵心想：万一他说到做到，再见面时她会不会被他亲成猪头啊？小不忍则乱大谋，我忍！

她努力做着心理建设，扭开头尽量不去看另外两人，就在这熙熙攘攘的餐厅里，对着手机轻轻亲了一下。

真的好羞耻啊！

一天下来，“祁睿峰泳坛吉祥物”被刷成了微博热门话题，而这个称呼大有一种要伴他一生的气势。

一直都把自己脑补成酷、帅、狂、霸、拽总裁的祁睿峰自然对这种称呼容忍度为零，他又给云朵发了条手机短信表达他的心情：我恨你！

恨就恨吧，反正木已成舟。云朵心态很放松，给他回了张咬手绢流眼泪的卡通动图。

下午，林梓的情绪依然不太高涨，耷拉着脸懒洋洋的，像是没睡醒的样子。

云朵有些担心他，想想祁睿峰，想想林桑，她突然眼前一亮，轻轻戳了一下林梓的后背，说道："林梓，我有一个建议。"

"什么？"林梓回过头看她。

"小桑姐不是祁睿峰的粉丝吗？要不……把她的事跟祁睿峰说一下，让祁睿峰去看看她？祁睿峰虽然傲娇又臭屁，但其实心很软啦，跟他好好说他应该能答应的。小桑姐既然那么喜欢他，说不准被他刺激一下就……"云朵说到这里说不下去了，她觉得自己可能电视剧看多了。

林梓却断然拒绝："不行。"

"为什么？"

他答道："没有人希望被偶像看到自己不好的一面。小桑已经成了植物人，我不希望祁睿峰看到她这个样子。"

"是这样吗？"

林梓点了点头："所以，请不要让游泳队的人看到她，答应我。"

"哦，我知道了。"云朵想了一下，还是有点不甘心："那么……她有没有男朋友？或者深爱的人？"

林梓的脸色沉了沉，冷冷地摇头："没有。"

云朵便不再问。

她觉得自己可能管得太宽了，林桑是林梓的亲妹妹，林梓肯定把能想到的办法都想过了，不用她费心。

云妈妈又给云朵安排了一次相亲，云朵终于向她坦白：你女儿现在是有男朋友的人了。

云妈妈连珠炮似的问道："他是哪里人？多大年纪？干什么工作的？月薪多少？长得怎么样？个子高不高？有没有照片？"

她一口气问了一大串问题，把云朵搞蒙了："妈——"

云妈妈有些忧伤："朵朵，你不会是为了让我放心才随便找了个男朋友吧？你不用这样。"

“妈……你想到哪里去了啊？”云朵真为妈妈的脑洞折服，“我把他照片发给你，你自己看。”

“好！”

云朵找了一张唐一白的帅照发给了妈妈，紧接着，她接到了妈妈的电话。

云妈妈在手机那头咆哮道：“这是唐一白！我记得他，上次你还说喜欢他。人家是大明星，冠军！你说是你男朋友就是你男朋友？你当我傻吗？他在采访中可是说过他没有女朋友的。”

“妈，他真是我男朋友啊！那个采访是很久以前的了。”

云妈妈又变得忧心忡忡的：“朵朵，要不你去看看心理医生？万一……”万一是妄想症怎么办啊？

云朵无奈了，又找了一张照片发给她，是她和唐一白在体育大学体育馆前的那张合照。

云妈妈看完后，依然不信：“这张照片也不能证明什么。你是记者，你和唐一白有一两张合照也不奇怪。”

妈妈，你为何如此机智！

云朵只好说道：“等我下次见到他，再拍一张给你。”

“呵呵，我等着。”

晚上八点多，云朵帮二白洗了个澡，把它变成了名副其实的“落水狗”。

二白不喜欢洗澡，不过，云朵按着它洗澡时它不敢反抗，只是委屈地哼哼，特别可怜，可是再可怜也要洗澡。

洗完澡，云朵用吹风机给它吹毛发，快吹完时，唐妈妈敲了敲洗手间的门：“云朵，你有电话，是豆豆的。”说着把手机递给了她。

“啊？谢谢阿姨！”云朵接过手机，随即关了吹风机：“喂？”

“云朵，在做什么？”

“在给二白吹毛呢，它可乖了。”说着，云朵抓了抓二白的脖子：“是吧，二白？”

二白撇过头去：不是！

“出来一下。”

云朵：“什么？”

“出来，我就在外面。”

云朵来不及问，丢开二白就出门了。

唐一白站在路灯下，看着云朵向他跑来。

淡黄色的灯光映照下，他眉目温柔得像静静流淌的河水。

云朵跑到近前，想要停住脚步，他却抬步向前一跨，正好使她撞进了他的怀里。

云朵：“……”怎么就投怀送抱了呢？

唐一白轻轻拥着她，一手抚着她的头发，低声笑着，笑声像琴弦般悦耳。

“咳。”云朵红着脸，想挣开他，奈何他突然收紧手臂，她根本无法逃开。

“你怎么来了？”她问道。

他的所有担忧、所有牵挂，此刻都只化作了简单的三个字：“想见你。”

云朵心中暖暖的，回抱住他，脸埋在他胸前轻轻蹭了蹭。

女孩子不管多么坚强和独立，都渴望有这样一个怀抱可以停靠，并不奢求对方能给予自己什么，只是想从中汲取一点点温暖和力量，足矣。

她小声唤他：“唐一白。”

那声音娇娇软软的，唐一白听得心都要化开了。

他低头小心地亲吻着她的额头，从鼻端发出一声重重的“嗯”。

“我也想你啊！”她说道。

唐一白笑了，抬起她的下巴，几乎没有犹豫，亲吻便压了下来。与初吻时的紧张而急促不同，这次他放轻了力道，仔细感受着她唇瓣的芬芳柔软，轻轻地反复厮磨着。

云朵沉溺在他的温柔里，仰着头任他为所欲为。她的脸烫得要命，身体也紧张得发热，腿已经软了，只好靠在他身上寻求支点。她想要配合他，奈何找不到章法，歪着头动了一下，却突然被他扣住了后脑。

唐一白加重了力道，轻轻咬了一下她的唇瓣，像是惩罚，也像是索求。他扶在她腰上的手臂不自觉地收紧，两人的身体紧紧相贴，一丝缝隙也无。隔着衣服，他也能感受到她身体的火热柔软，以及饱满。

不够！像是一根木柴投入了火里，迅速燃烧起来，这点点柔情怎么能够。身体里有一股莫名的悸动在横冲直撞，撞得他有些焦躁，手不自觉地摩挲着她的身体，本意是化解，却越摸越悸动。闭着眼睛，他的呼吸粗重而凌乱，本能地，他伸出舌头轻轻描绘着她的唇形，又柔韧有力地想要挤开她的唇缝，向更甜美的密地一探究竟。

感觉到他舌尖的压迫，云朵整个人都要烧起来了，心怦怦乱跳着，害羞得要命，偏头逃开了。

唐一白意犹未尽地舔着嘴唇，低头望着她，眸光深邃得像夜空下的海。

云朵不敢和他对视，低着头轻轻挣开了他。

唐一白不敢逼太紧，任由她退开一步，和他保持一点距离。

他双手插在兜里，目光始终停留在她身上，静静地欣赏女朋友害羞的样子。

一阵沉默。

云朵有点尴尬，便问："你今晚又不用训练吗？"

"用的。我刚从泳池出来，偷跑出来的。"

云朵惊讶地仰头，看到他的头发颜色果然比平时深一些，而且蓬松，她抬手插进他的头发里摸了摸，发根还有些潮湿。

唐一白一动不动地任她摸，然后笑道："你不要这样挑逗我，我禁不起。"

云朵收回手，她此刻有些感动，又有些担忧："头发湿着就出门，感冒了怎么办？"

"没事，我身体好。"

云朵摇摇头："下次不要这样了，而且你偷跑出来，被教练发现了怎么办？"

"没关系，最多挨顿打。"

能不能不要把挨打说得这么轻松啊？云朵有些无语。

她看到唐一白的休闲外套有个帽子，便踮起脚，帮他将帽子扣在脑袋上："盖上吧，不能被风吹。"

唐一白笑吟吟的，任由她把帽子扣上，还低下头配合她，像个乖宝宝一样。

做完这些，云朵好奇地问他："为什么不回家呢？非要在这里说话。"

"家里电灯泡太多。"

好吧。

云朵突然想起一件事，说道："唐一白，你能不能帮我个忙？"

唐一白笑："帮多少个都没问题，你说。"

"是这样的，我妈妈不相信你是我的男朋友，你能不能录一个简短的视频告诉她你确实是？"

“好。”

云朵打开手机的录像功能，唐一白对着手机招了一下手，笑道：“岳父、岳母，你们好，我真的是云朵的男朋友。”

“停！”云朵红着脸退出视频，“你换个称呼。”

“换什么？爸爸妈妈？”

“你——”

见她咬牙，唐一白连忙揉她的脑袋安抚：“好了，好了，开个玩笑。来吧。”

录像再次开始，唐一白对着镜头说：“伯父、伯母，你们好，我叫唐一白，是云朵的男朋友。云朵是个好姑娘，我会好好对待她，呵护她，保护她。我也是 N 市人，和你们是老乡，希望有机会可以去看望你们。”

云朵保存好视频，然后发给了妈妈。

云妈妈没有立刻回信息。

云朵问唐一白：“现在，你要不要回家看看叔叔、阿姨？”

唐一白点点头。

两个人正想回去，冷不防树后蹿出一个黑影来，云朵吓了一跳，定睛一看，竟然是二白。

二白吐着舌头朝云朵摇尾巴。

云朵疑惑道：“二白，你怎么在这里？”

二白当然不可能回答她。

唐一白看到二白脖子上拴着狗绳，立刻了然，朝着树后说：“爸、妈，你们在干吗？”

唐妈妈和唐爸爸走了出来。

云朵下巴差点掉下来。

即便是干这种猥琐的事，唐妈妈也像一只骄傲的孔雀，挺胸抬头地走上前，答道：“偷看、偷听，以及偷拍。”

“你们……有意思吗？”唐一白特别无奈。

“没意思。我们走。”

唐妈妈一声令下，唐爸爸就和她一起转身走了，走时还牵走了惹祸的二白。

如果不是他不小心撒手让二白跑了出去，他们一定不会被发现的。唐爸爸不无遗憾地想。

唐一白和云朵走在后面，听到两个长辈讨论着——

唐爸爸："还是你拍照技术好，我拍的都模糊了……这张很漂亮，传给我，我要做手机壁纸。"

唐妈妈："嗯。"

唐爸爸回头问唐一白："豆豆，你要不要？这张照片真的很漂亮，像电影海报。"

唐一白咬了咬牙："不要！"

"云朵呢？"

"不要。"

"你们确定？不要那么快做决定，先看看。"唐爸爸说着，把手机递过来。

那张照片上，路灯昏黄，树影婆娑，他和云朵站在路灯下拥吻，身后的柏油路像一段亮黄色的绶带，四周除了他们，空无一人。

的确是很美的一张照片。

唐一白点点头："传给我一张吧。"

云朵很无奈："你这么快就叛变了？"

唐一白摸了摸她的头："留个纪念。"

然而，当四个人回到家后，唐一白实在忍不住，把这个"纪念"设成了手机壁纸。

至此，他们一家三口都拥有了同样的壁纸。

云朵恨不得挖个坑把自己埋起来，唐一白却恬不知耻地劝她也更换壁纸。后来，云朵果然换壁纸了，不过换的是她和二白的合影。照片上，云朵笑得很灿烂，身旁留给男朋友的位置，被一只吐着舌头的哈士奇占据了。

唐一白一阵羡慕嫉妒恨，看着她的手机，特别想把那张狗脸抠下来。

当晚，唐一白没敢在家留宿，匆匆地回去了。

回去后，唐一白问祁睿峰，得知伍总没来找他，这才放下心来。

唐一白却觉得祁睿峰不太对劲，而这个不对劲也不是突然的，已经两三天了。祁睿峰看到他好像就心情不好，对他爱答不理的，吃饭的时候绝对不坐在他身边，有事也找明天、郑凌晔，或者去找向阳阳，就是不理他。

真是奇怪。

唐一白想了半天，觉得自己也没做对不起峰哥的事，为什么感觉峰哥在疏远他？

对的，就是疏远。

对于祁睿峰这种直肠子的人，不能和他兜圈子，于是唐一白直截了当地问他：“峰哥，你是不是对我有看法？”

祁睿峰一愣：“我对你能有什么看法？”

“那就是还在生云朵的气？”

“我为什么生她的气？哦，她说我是吉祥物，我确实很生气。”

都不是吗？唐一白想到了最坏的可能：“你对我们家云朵有想法？你想跟兄弟抢女人？”

祁睿峰顿时火了：“唐一白，你是不是神经病？”

唐一白摊手：“那你最近刻意和我保持距离到底是为什么？下一步是不是就要和我绝交了？”

“我……”祁睿峰垂头丧气的，“你绝对不想知道原因。”

“不，我想知道。只有我知道了，这件事才能解决。”

祁睿峰用手机调出一段网络视频给唐一白看。

那是网友自制的 MV，曲词缠绵悱恻，画面却是祁睿峰和唐一白互动的剪辑，互相拥抱啦，互相凝望了，相视一笑啦，等等。这个网友真是剪刀手中的高手，平常又正常的互动被他串联起来，特别肉麻，让两个大男人看完有种世界观崩塌的感觉。

唐一白扶额：“这个……你无视吧！”想无视谈何容易，这段视频已经给他造成了心理阴影。

“还有这个。”祁睿峰点开微博，给唐一白看热门留言，大都是让祁睿峰嫁给唐一白的。

祁睿峰闷闷不乐道：“之前大都是让我娶你的，后来我成了吉祥物，就都让我嫁给你了。”

唐一白更加无语了。他突然觉得自己不经常看微博绝对是明智的选择，如果有人天天留言让他娶祁睿峰，他也会受不了的。

祁睿峰忧心忡忡地说道：“我都不知道怎么面对你了。你说万一我被网友们掰弯了怎么办？”

唐一白擦掉额角冒出的一滴汗：“峰哥，你想多了。”就算你弯掉，我对云朵也绝对是忠贞不二的。

“可是我真的不想看到这些，连带着也不想看到你了。”

“……”

感觉要重新估算这份友情的分量了呢！

忍了忍，唐一白说道：“如果你不想看到，就和网友们说清楚吧！他们应该是通情达理的，尤其在面对自己的偶像时。”

“我该怎么说？”

“算了。手机给我。”

唐一白在祁睿峰的微博里输入了一段话：我是一个笔直的人，笔直到不希望任何人在我面前刷我和别人的腐。希望大家理解我，然后不要再让我嫁给唐一白了，娶也不行。好不好？

祁睿峰觉得还不错，点了“发送”。

网友评论——

A：好！

B：好好好，你要怎样就怎样，谁让你是吉祥物呢。

C：感觉那些YY的人关起门YY就好，卖腐卖到真人面前，确实不礼貌。支持峰峰！

D：怎么回事，为什么这条微博没有散发出强大的中二气息？吉祥峰，你转型啦？

……

祁睿峰对网友们的反应比较满意，虽然那个“吉祥峰”的称呼实在是……

过了几分钟，唐一白转发了祁睿峰的微博，评论就一句话：峰哥说得好。

祁睿峰翻了个白眼——你这是在夸你自己吧？

唐一白微博评论的增加速度不逊于祁睿峰，可是当他看到那些评论后，顿时有点崩溃了。

A：我老公才说得好。

B：老公你更博了！天哪，你更博了！天哪！

C：老公，照片呢？好不容易更条微博还只是转发，有没有诚意？爆照，爆照！

D：现在有些女孩子真是不自重，见到一个帅气多金、年轻有为的男人就上去叫人家老公，真的好烦人，请你们放尊重一些！老公，你说我说得对不？

E：老公，我们的宝宝已经三个月大了，你什么时候把他领回家？

唐一白看得直冒汗，赶紧退出了微博。

祁睿峰自言自语着："我还是觉得我应该找个女朋友。"

第二天，唐一白见到伍总时，伍总并没有对他吹胡子瞪眼，这表明伍总确实没有发现他擅自离队的事。

伍总的左眼眶发青，是被袁师太打的，不过他是个讲道理的人，昨天依然买了一大捧玫瑰花赔给袁师太，但是都被袁师太扔掉了。

今天，伍总神采奕奕的，对唐一白说："下午我有点事，你自己训练，自觉一些，不要偷懒。"

"好。"唐一白见伍总红光满面的，忍不住好奇地问道："伍总，什么好事？"

"给你找了个代言。"

唐一白一听代言，忍不住皱眉头："这次又是什么？面膜？乳霜？"

成为名人后，找他做代言的广告商真是五花八门，什么面膜啊、润唇膏啊……这类让他立刻联想到娘娘腔的东西，他真是窘不胜窘，幸好伍总的审美观和他在一条线上，把这些乱七八糟的都推掉了，所以伍总一提代言，他本能地就没有好反应。

伍总笑道："这回的很靠谱，就是不确定你能不能拿下来。"

"到底是什么？"

"回来再和你说。"

唐一白也就没再问。

他并不热衷于广告代言，毕竟代言多了会影响自己的本职工作，而且队里也不建议运动员有太多代言。

下午，伍总回来后，高兴地对唐一白说："我说，有门！明天你和我一起见见广告商。"

"哦。"唐一白刚从泳池里出来，正在做陆上训练。

伍总说道："你就不问问是什么？"

唐一白乐了："伍总，您憋着吧，千万别说。"

伍总被噎了一下，气得胡子直抖："明天我就让你代言面膜，还有口红、指甲油！"

"伍总，我错了。"唐一白连忙赔笑，"到底是什么？"

伍总得意了："是名牌手表哟！"

手表是一个瑞士品牌，名气不算很大，也不小，唐一白听说过。对方看中了唐一白的颜值堪比超模，且人气急剧上升，在中国的知名度很高，个人形象健康阳光。

唐一白无可无不可，伍总让他配合他就好好配合，不过他觉得他也是时候赚点老婆本了，他以后可是要养云朵的。

想到云朵，心里就暖暖的，他低头忍不住牵起了嘴角。

伍总扇了一下他的脑袋，勒令他继续训练。

这时，袁师太从门口走过，伍总屁颠屁颠地跑到门口："嘿！"叫住了她。

袁师太停下脚步，扫了他一眼。

伍总靠着门框，笑得特别贱："告诉你一个好消息，一白要代言名表了哦，呵呵呵……你家小峰最近接代言了没？啊，差点忘了，他接了啊，代言酸奶嘛！呵呵呵……"

袁师太面无表情地朝他走过来，一步、两步、三步……走到伍总跟前，仰头看着他。

伍总竟然有点紧张了："你……你干什么？"

袁师太突然揪住了他的衣领，将他向下拽了拽。

伍总不得不低头，两人离得更近了，脸对着脸。

伍总结结巴巴地说："你……你是要非礼我吗？我……我喊人了啊！"

"神、经、病。"袁师太吐出这三个字，松开他，转身离开了。

"你才神经病呢！"伍总自言自语着，转身回来时，看见唐一白正似笑非笑地看着他。

惹不起袁师太还惹不起你吗？伍总朝他一横眉毛："今天给我加练！"

就因为一个眼神，唐一白被加练了。

加练后，伍总又告诉他一个不太好的消息：领导们又发通知了，让运动员们努力练习英语口语，尤其是知名运动员。负面教材祁睿峰再次被拎出来批评了一番，领导们希望大家不要向他学习。这次动静有点大，据说还要抽查，不合格的扣津贴。

唐一白点点头表示知道了。

于是，晚饭的餐桌上，“英语”再次成了好基友们的话题，大家都忧心忡忡的，连向阳阳这么心大的人都怕自己被抽到。祁睿峰更不用说，面对英语他死猪不怕开水烫，可是他好面子啊，被点名批评的感觉简直不能再糟糕了。

只有唐一白淡定如常。

明天问道：“一白哥，你不担心吗？”

唐一白答道：“不担心，我有一个英语特别棒的女朋友。”

一句话引起了众人的仇视。

明天用筷子狠狠地插米饭，愤愤道：“我为什么要给你说这句话的机会！”

祁睿峰对向阳阳说：“我们也去谈恋爱吧？”

向阳阳立刻暴打他的头：“谁要和你谈恋爱！”

祁睿峰觉得好无辜：“谁说和你谈了？”

唐一白不理他们，安静地给云朵发信息。

唐一白：队里要抽查英语口语。

云朵：啊，那怎么办？什么时候查，现在补还来得及吗？

唐一白：来得及。你帮我？

云朵：可以，我口语还行。当初面试时，领导建议我去海外版，我不想去。

唐一白：嗯。那我有不懂的就问你。

云朵：好。

唐一白：那么，“我好喜欢你，我为你着迷”这句话用英语怎么说？

云朵：……

唐一白：发语音。

云朵：滚！

为了帮唐一白练习口语，云朵做足了功课。她把运动员经常遇到的“英语记者问”整理了一下，做了英语原声的剪辑，先发给唐一白让他尝试听懂，然后她又自己录制了常见的回答，也发给他，让他照着学，还有一些比较难的词汇也标示出来，让他背下。

这样就没问题了吧？她心想。

然而，理想是丰满的，现实是骨感的，万万没想到，唐一白变得不学无术了。两人讨论的时候，他经常把云朵带跑，不把云朵弄得面红耳赤不罢休。对此，云朵有点愤怒。

比云朵更愤怒的是祁睿峰：室友天天秀恩爱，简直瞎了我的狗眼，求问怎么悄无声息地打死他！

时间就这样慢悠悠地流逝，转眼到了冬季锦标赛。

遥想一年前，唐一白还是个默默无闻的运动员，在发布会上一个乌龙直接被某些媒体解读为“小透明想要挑战世界冠军搏出位”，而仅仅用了一年时间，他就向世人证明了，他是中国人的国民偶像，也是亚洲泳坛的希望。

成名后的这段时间，唐一白接受了两次专访，一次是电视台，一次是某著名时尚杂志。

俗话说“娱体不分家”，知名运动员总会被娱乐圈和时尚界关注。唐一白长着一张偶像明星的脸，身材又远远好过偶像明星，个人形象也很好，尤其是在一些人眼中，运动员这个职业本身比乱糟糟的八卦明星要清高，所以最近唐一白吸引了无数时尚圈的目光，还有人邀请他参加时装发布会，只是这类不靠谱的要求在游泳队外围就被挡了，根本到不了他眼前。

其实，基于他的火爆程度，要求专访的媒体有很多，只是国家队认为采访多了会影响训练，而且唐一白现在是有档次的人，不是谁想采访就能采访的，嗯，除了一个人——云朵是想采访他就采访。

云朵自己也有点意外，她受不了刘主任整天的聒噪，就问唐一白能不能接受《中国体坛报》的第二次专访，本来只是应付一下差事，没想到唐一白一口答应了。

云朵有些担心：“会不会有些为难？你不答应也没关系啊！”

“没事。”女朋友不管提什么要求，都必须迎难而上，这是好男友的基本职责。唐一白这样告诉自己。

他找到了伍总，陈述了自己必须接受《中国体坛报》采访的理由：“云朵是我女朋友，我拒绝我的女朋友，我们就会出现感情问题，感情出问题我就训练不好，训练不好就不能游出好成绩。”

伍勇一瞪眼：“我怎么感觉好像为了你能拿金牌，全国人民都得帮着你谈恋爱？”

“不用劳动全国人民，队里通融一下就好。”

“也是啊，你的老婆太多了，全国的单身女性都是你老婆。”

唐一白听到这里，脸黑黑的，看来大家都知道他被粉丝狂喊“老公”的事了啊，真是伤脑筋。

云朵知道吗？知道后会生气吗？会吃醋吗？

难以想象她吃醋的样子。

伍总虽然对唐一白嘲讽了一番，依然尽职尽责地帮他向队里申请了云朵的专访。队里听说了唐一白的“感情论”，觉得有些道理，毕竟运动员们都很年轻，血气方刚的，恋爱谈不好很可能带来坏的影响，加上唐一白目前接的访谈很少，可以放宽一些，于是就答应了。

云朵被这个结果震惊到了：“就这么答应了？”

“嗯。”

“太容易了吧？简直不敢相信，你还是不是全民偶像了？”

“我首先是你的男朋友，其次才是偶像。”

云朵好感动：“呜呜呜，唐一白，谢谢你！”

“云朵，我想听的不是谢谢。”

“那你想听什么？”

“呵。”

他这一声轻笑，像一根羽毛搔在她的心尖，羞得她脸庞微热。最后，她心一横，对着手机重重地么啊了一下。

干完这件羞耻的事情，云朵一抬头，却看到刘主任近在眼前，表情凌乱。

云朵吓得差点把手机扔出去：“刘主任……您，吓我一跳。”

“是你吓我一跳，”刘主任不满地轻轻哼了一声，“不好好工作，上班时间却在这里……哼。唐一白的专访有回音了吗？”

“有了，有了，他答应了。”

刘主任一愣，显然也有些意外，没想到这么艰难的事情都被她拿下了。他也不好意思批评她了，只是丢下一句“好好干”，就去别处巡视了。

云朵拍了拍胸口，对唐一白说：“刚才领导看到我了。好了，不和你说了，你什么时候有空，我去找你？”

"冬季锦标赛结束后吧，我去找你。"

"不用那么麻烦，我是记者嘛，找谁都容易，单位报销打的费哦！"

唐一白却不容拒绝："我那天休假，我去找你。"

"好。"

祁睿峰得知了唐一白要去报社找云朵，有点不理解："为什么不让云朵来找你？"

"你不知道，"唐一白眼睛眯了眯，"那个单位有个野男人成天惦记我女朋友，我必须经常现身，否则那人当我是死的。"

很少听唐一白说狠话，可见他有多讨厌那个野男人。

祁睿峰同仇敌忾了一下，接着又说："休一天假也不能回家，你又去找云朵了，我们去哪儿玩呢？"

"你可以自发加训。"

"呵呵。"

即便是最勤奋的运动员，也是需要休息的，祁睿峰才不可能加训，何况他已经跟向阳阳他们说好了要去玩。

想了想，祁睿峰眼睛一亮："我们跟着你去找云朵玩吧？"

唐一白也学着他冷笑："呵呵。"

冬季锦标赛的举办地点是 D 市。

在这类并不重要的赛事里，许多运动员都选择兼报副项，盯上唐一白死磕的祁睿峰就不说了，唐一白也兼报了一项 100 米蝶泳，和郑凌晔同场比赛。

唐一白的蝶泳成绩很好，曾经可与日本选手一较高下，现在虽主攻自由泳了，可毕竟实力摆在那里，因此赛前不少人看好他夺冠。比赛结果，唐一白确实发挥了正常水平，不过最后的冠军是郑凌晔。

连唐一白都有点意外，倒不是说他有多自恋，而是郑凌晔的成绩一直特别稳定，不论大赛还是小赛，他的成绩都变动很小，可是这次，郑凌晔发挥得比以往任何时候都要好，成绩提高了 0.2 秒。这不是一个很大幅度的提高，但是把这个数字放在郑凌晔身上，会让人觉得很不容易——这是一个突破。

唐一白敏锐地察觉到了这一点，他有些欣慰，又有些好奇，于是问郑凌晔："你是怎么做到的？"

郑凌晔抿了抿嘴，答道：“白哥，我不想拖累你们。”

唐一白顿时了然。

亚运会的混合泳接力他们虽然拿了金牌，形势却不容乐观。明天还好说，成绩的浮动性很大，有希望发挥特别好。赵越保证状态下滑得不那么厉害的话，也还能一战。第三棒蝶泳，中国的实力较弱，到了大赛上只有被虐的份。郑凌晔意识到了这一点，一直在努力提高成绩，至于他是怎么做到的，一定是靠更加刻苦的训练，以及无比坚定的信念。

唐一白拍了拍他的肩膀：“加油。”

兄弟之间，不需要说太多。

本次比赛的亮点除了赛场上，还有赛场外，尤其是唐一白接受媒体采访时，看向某个年轻女记者的赤裸裸的眼神。现场目击者纷纷表示：如果这货没有打云朵主意，他们就把话筒、摄像机、录音笔吃掉。

幸好体育记者还保留了一点节操，不会在没有证据的情况下单凭想象编出一篇新闻稿。

然而，唐一白离开时投向云朵的那个意味深长的眼神，又让一众围观者凌乱了。

记者 A：“你们猜他那个眼神是什么意思？”

记者 B：“洗干净在床上等我。”

记者 CDEF：“……”

一个答案直接终结话题！

都不能愉快地讨论了！

会不会聊天啊你？

第八章

浪花一朵朵

唐一白等人当天晚上坐飞机返回B市，他接着和伍总一起与那家瑞士品牌腕表的中国区某高层吃了顿饭。腕表代言的合同已经签了，近期可能要参加一些宣传活动，还要拍摄广告。对方在见到唐一白之前对他很感兴趣，见到之后特别满意，合同谈得很顺利。

这次高层带给唐一白一对情侣腕表，是他们即将上市的新品，本来想让唐一白戴着参加冬季锦标赛的，却因为欧洲那边耽搁了，腕表一直没送到他手上，等送来时，冬季锦标赛已经开始，只能作罢。

不过他们也没什么遗憾，唐一白炙手可热，以后公开露面的机会肯定很多，并且这次他们的广告策划特别有心机，明明主打产品是情侣腕表，偏偏主角只有唐一白一个人，这就给观众留下一个问题：男式的被唐一白戴了，女式的呢？

各种YY唐一白的女士们，既然不能泡到唐一白，咱还不能戴块和他配对的情侣表吗？

唐一白本人还不知道这些深意，他看到了情侣腕表，自然想到了情侣，而女式手表送给谁，他有着非常明确的目标。

第二天，唐一白带着这两块腕表就去找云朵了。

对于唐一白的到来，云朵已经告诉过单位领导，因此同事们并未惊讶，不过依然兴奋，尤其是女同事，围着他求签名、求合照，云朵只能挤在外面干看着。

最后，还是唐一白先开口了：“对不起各位姐姐，我得做采访了，一会儿还有别的事。”

“啊，你忙，你忙。对不起哦，打扰你这么久。”

“真是一个有礼貌的孩子！”

孩子？唐一白好窘。

他看见云朵在偷笑，不禁微微眯了一下眼睛。

“有机会，姐姐给你介绍女朋友吧？”

唐一白断然拒绝：“谢谢，不用。”

云朵走过来，在众人羡慕嫉妒恨的目光中带走了唐一白。

云朵心想：只是知道她是唐一白的专访记者，她们就这么羡慕她，如果得知她是唐一白的女朋友，她会不会被做掉啊？

两人走进会客室，云朵刚关好门，唐一白突然将她按在了门上，猝不及防的吻压下来，堵住了她的唇。

不带这样耍流氓的啊！

云朵的脑子一下子乱了，用力挣扎着。

唐一白咬了她一下便放开了她。

他舔了舔嘴唇，压低声音笑道：“这是惩罚。”

云朵红着脸推开他，捂着嘴巴含糊说：“办正事！”

一切已经安排就绪，文件、录音笔，甚至包括她喝了一半的咖啡。

云朵帮唐一白拿了一瓶未拧开的矿泉水，唐一白却指指她的咖啡：“我想喝这个。”

“不行，你是运动员，不能喝咖啡的。”

“偶尔喝一次没关系。”

“不行，不行。”

唐一白却伸手来握盛咖啡的马克杯：“不给我喝，我就喝你的。”

“你——”这人怎么越来越无赖了呢？

云朵只好拿了一次性纸杯出门给他接咖啡。

云朵刚一出门，就碰到林梓端着杯子路过，他问云朵：“你做什么？”

“接点咖啡。”

“正好我也去，我帮你吧。”

“哦，好，谢了啊！”

"跟我客气什么？"

林梓拿着纸杯，走到一个无人的角落，躲避了摄像头，蹲在地上假装擦鞋子上的污物，然后，他从怀里掏出一个纸包，打开，把一包粉末都倒进了纸杯里。随后，他起身，从正上方抓着纸杯，用手掌掩盖住杯内的粉末，步伐从容地朝会客室走去。

会客室内，云朵打开了录音笔，不许唐一白再跟她胡说八道。

唐一白便正襟危坐，一本正经地回答她的提问，她看着却又想笑。

这时，林梓敲门走进来，把纸杯放在桌上："云朵，你的咖啡。"

"哦，好，谢谢你啦！"

唐一白将纸杯移到自己面前，挑眉笑了笑："该说谢谢的是我。谢谢。"他笑得有些嚣张。

林梓垂目没有回应，转身离开了。

唐一白端起纸杯，放在鼻端轻轻嗅了一下："还挺香。"

云朵看着他俊秀的眉眼，还有唇角莫名其妙的笑容，突然说道："要不你别喝了吧？"

唐一白瞧了她一眼："为什么？你的跟班不就是我的跟班吗，他给我倒杯咖啡能委屈到他？"

"什么乱七八糟的？"云朵摇了摇头，倾身从他手上拿过来那杯咖啡，"你看，现在到处曝光食品安全问题。许多我们吃的、喝的东西，之所以没有问题，只是因为它没被曝光出来，并不是它真的一点问题都没有。万一这咖啡也有问题呢？要是含有瘦肉精之类的激素呢？"

"你想象力太丰富了，不会的。"他说着，伸手来拿他的咖啡。

云朵却伸开手臂挡住他："不行，不怕一万就怕万一啊！你是运动员，身体经不得半点污染。"

唐一白笑了："虽然你说的话很对，但我还是想喝。"

"不给。"云朵干脆把纸杯里的咖啡都倒在了自己的马克杯里，倒完还晃了晃，保证一滴不剩。

"云朵，你……嗯——"

云朵飞快地亲了他一下，然后扭开头："可以闭嘴了吧？"

唐一白摸着自己的嘴唇，一脸幸福："这是你第一次主动吻我。"

“不要说出来啊！”云朵红着脸，无奈地敲了敲桌子，“录音笔还开着呢！”

好吧，他承认自己有点得意忘形了。

他们只好删掉录音笔里的内容，重新开始。

在唐一白的配合下，这次专访很顺利，四十多分钟就结束了。

结束后，唐一白从挎包里摸出一个大大的盒子放在桌上。

“这是什么？”云朵问道。

唐一白吃一堑长一智，先说道：“录音笔可以关了。”

“哦。”

云朵关掉录音笔后，唐一白打开盒子，云朵看到里面躺着两块腕表，一个大一个小，竟是情侣腕表。

她看着腕表说道：“很漂亮。你买的？很贵吧？”

“不是，是别人送的。”

“谁这么大方？”云朵想着，突然怀疑地瞅着他：“是不是女粉丝？”

唐一白哭笑不得：“想哪里去了？我要做这个腕表的中国区代言，这是厂商送的。”

“啊，唐一白你竟然可以接到这样的代言？你知不知道这类奢侈品找代言都特别挑剔，你这咖位比娱乐圈当红小生都高级了啊！”云朵激动地眼冒星星地看着他。

唐一白揉了揉她的发顶，说了句特别俗的话：“你喜欢就好。”

他把小的那块腕表拿出来给她戴上——她的手腕很细，像是一用力就会掰断，唐一白便刻意放轻了动作。

等给她戴好了，他伸出自己的手：“该你了。”

云朵拿着手表，心潮澎湃——怎么有种交换戒指的感觉？一定是我想太多了。

戴好情侣手表，唐一白看着云朵整理东西，说道：“云朵，今天不要工作了，我们出去玩吧？”

云朵有些好笑：“怎么可能？”

唐一白有些郁闷：“我难得有一天假。”

云朵心软了，却又为难：“可是我怎么跟领导说呢？好好地上着班，突然请假？”

“要不，我跟你们领导说？”

“你怎么说？”

“你不用管。告诉我，你们领导在哪里？”

云朵把唐一白带到了刘主任的办公室，她在门口等他。没一会儿，他就出来了，轻轻扶了一下她的肩膀：“好了，我们走。”

云朵好奇地问他：“你怎么跟刘主任说的？”

唐一白却笑而不语。

不管怎么说，可以翘班去玩耍了，云朵很高兴。

刚刚走出报社大门，唐一白便告诉了她一件悲惨的事：祁睿峰、向阳阳、明天、郑凌晔，这四人组成的邪恶小团体，此刻正在唐一白的家里等着他们回去。

唐一白称呼他们四人为“灯泡男孩”组合，英文名是“DP-boys”。

云朵很惊讶：“他们为什么要来？你不是来和我约会的？”

“我是来约会的，可他们明知道我和你约会，还恬不知耻地跟来了。他们说没地方玩，想跟我们一起，本来还想跟我来报社的，被我劝住了。”

云朵摸了摸下巴：“唐一白，我感觉你才是你们这一拨人的领袖啊，你不和他们玩，看把他们寂寞的。祁睿峰和阳阳姐还是奥运冠军呢。”

唐一白扶额：“别说了，我也不想的。”

云朵倒是很快就看开了，她又不是有异性没人性，况且她也挺想念阳阳姐的。

两个人回到家时，那四个人正守着电视打电子游戏。

郑凌晔别看话不多，打游戏却着实威猛，此刻一挑三，战得正欢。

祁睿峰招呼道：“唐一白，过来弄死他。”

唐一白说道：“峰哥，我们可以出发了。车钥匙在哪里，给云朵吧。”

祁睿峰却坚持要唐一白帮忙报仇：“你先弄死他。”

唐一白无奈道：“我弄不死他。”

“我来。”云朵抄起了手柄。

半分钟后，云朵扔开手柄：“OK，可以出发啦。”

其他人都一脸叹服地看着云朵。

唐一白找到车钥匙，递给云朵：“你来开车，可以吗？”

“应该可以。车上有导航吧？”

“有。”

云朵看了一眼钥匙：“啊，奔驰！”

祁睿峰哼了一声：“大惊小怪。”

云朵有些奇怪：“这是谁的车？”

唐一白答道：“我们从袁师太那里借来的。”

云朵更加奇怪了：“那是谁开过来的？你们可都没有驾照。”

向阳阳答道：“是食堂的炒菜小弟帮忙开过来的。”

车是一辆全尺寸SUV，很霸气，完全能容得下他们六个人。云朵开车，唐一白坐副驾驶，另外四人坐二三排。他们的目的地是近郊的一个度假村，大家想在湖边吃烧烤，车上带着食材。

云朵开车的经验不是很丰富，在市区还好，等上了高速，想想车里坐着什么人，她突然有点紧张了。

两个奥运冠军，一个全民偶像，另外两个稍差，但好歹也是国家级选手——都很值钱啊！这几个人的身价加起来，换成钞票的话，一车厢能装得下吗？这真是一个有深度的问题。

唐一白对云朵说：“感觉像爸爸妈妈带着孩子们出门旅游。你觉得呢？”说完，他期待地看着她，等着她暧昧的承认。

云朵：“我感觉像是在开运钞车。”

度假村很大，依山傍水，不过现在是冬季，湖面结了冰，山也灰蒙蒙的，只间或有一两簇松柏的翠绿。

这个季节，一般都是冲着泡温泉来的，而游泳运动员几乎天天泡在水里，对于泡温泉兴趣都不大，白茫茫的湖边，只有他们一伙人在烧烤。

哦，还有一个老人家在钓鱼。这个时候要是再配点雪，就是“孤舟蓑笠翁，独钓寒江雪”了，特别有意境。

云朵只是这么想了一下，却没想到，像是变戏法一样，阴沉沉的天空突然飘下雪来。

她伸出手，接了几片雪花，忍不住内心咆哮：这样也行啊？！

下雪了，就不能露天烧烤了，幸好度假村酒店设备齐全，可以给他们提供沙滩伞。除了伞，烤具自然也是从酒店租的，还有炭火。其实酒店也提供食材，腌制串好的羊肉、骨肉相连之类的，不过他们基于食品安全考虑，还是自己带了食材。

云朵看到他们从后备厢里取出一堆东西，不管是羊肉还是蔬菜，都串得整齐均匀，很有条理地分门别类，用食品专用塑料袋套了两层，调料盒里面的调料也很齐全。

云朵有些惊讶："这是你们自己准备的？"很不简单嘛！

向阳阳摇头道："不是。是食堂的炒菜小弟帮忙准备的。"

云朵喃喃道："为什么觉得食堂的炒菜小弟出镜率略高啊？有一种他才是隐藏 boss 的感觉。"

唐一白笑着用指关节轻轻敲了一下她的脑门。

几人在沙滩伞下摆开阵仗，开烤。

雪下得越来越大了，纷纷扬扬的，像是仙女从天上撒下的白色花瓣。

那个垂钓的老人似乎不太适应"独钓寒江雪"的意境里乱入一群吃货，他起身，整理了一下东西，准备离开。路过冒着滚滚浓烟的烤具时，老人的脸抽搐了一下，问道："你们买鱼吗？"

"什么鱼？"祁睿峰探头看向他的鱼篓，只见里面躺着十几条银白色的小鱼，个头很小，还不如他的小拇指大，他撇了一下嘴角："这么小。"

老人解释道："这是多春鱼，长不大的。"

明天："好淫荡的名字！"

老人："……"

云朵说道："多春鱼很好吃，而且不用破肚处理，它的消化系统很小，肚子里都是鱼子。"

老人点点头，赞赏地看了一眼云朵，像是找到了知音。

向阳阳听云朵这么说，端着个干净的大盘子挤过来："是吗？那都卖给我们好了！"

云朵有点窘："阳阳姐不要急，还没说好价钱呢！"

老人伸出一个巴掌："这些鱼，五十块钱。"

六个人中有五个人还价技能为零，云朵则是不好意思还价，毕竟是老人家大冷天辛苦钓上来的。

老人见他们犹豫，便又说道："除此之外，我还可以帮你们生火。"

这个条件太给力了，几人连忙点头，纷纷退散。

只见老人从怀里摸出一个绿色扁平的玻璃瓶，里面是高浓度二锅头。他喝了一大口酒，朝着烤炉中的炭火一喷，呼——火苗就冒起来了。

云朵瞪大了眼睛，没想到竟然如此简单。

老人把剩下的半瓶酒送给了他们。

祁睿峰又对他的钓具感兴趣，花三百块钱买了下来。

云朵站在炉子旁边翻烤食物，唐一白用一把扇子帮忙扇着炭火，其他人则负责流口水。

等了一会儿，祁睿峰有点不耐烦，和向阳阳一起去河边钓鱼了。

明天和郑凌晔一人拿两个调料瓶，等着撒调料。

第一批食物烤好后，唐一白拿着一串肉送到云朵唇边："尝尝？"

云朵咬了一块，嚼了嚼，眼睛一亮："好吃！我真是个神厨啊！"

唐一白也笑了，揉了揉她的脑袋，然后把剩下的肉吃掉了。吃完后，他又递给她一串烤熟的蘑菇，然后把她推到一边："你休息一下，我来。"

明天左手一串羊肉，右手一串脆骨，一边吃一边膜拜地说："姐姐你太厉害了！我要嫁给你！"

唐一白淡淡地扫了他一眼。

明天噎了一下，赶紧补救："不是，我的意思是，我要把一白哥嫁给你！"

唐一白牵起嘴角，斜着眼睛看云朵。

云朵红着脸不理他们，招呼岸边的两个人："阳阳姐、祁睿峰，快来吃吧！"

向阳阳提着鱼篓风风火火地跑过来，把里面的鱼倒进盛多春鱼的大盘子里——这么一会儿，她和祁睿峰就钓了五六条，成就感爆棚。她抓了几串吃的，转身又回去了。

自始至终祁睿峰连头都没回，可见有多么专注。

云朵看见雪在他的身上落了一层，估计再过一会儿就看不出他是个人了。

向阳阳显然也发现了这一点，她走过去，用围巾噼噼啪啪帮他把雪都抽掉了。

祁睿峰冷不防被抽一顿，鱼竿都脱手了。

云朵突然有点心疼祁睿峰。

明天和郑凌晔去酒店搬了酒过来。

他俩真是博爱，搬回来的酒各种各样，有葡萄酒，有梅子酒，有啤酒，还有一瓶五粮液，另外也没忘记一白哥的嘱咐，给云朵拿了一瓶果汁。

云朵却想喝点酒。

祁睿峰终于舍得回来了，几人围着烤炉喝酒吃烧烤，快活无边。

雪渐渐变小，目之所及，天地间白茫茫一片，空气格外清新。

云朵把多春鱼用盐和料酒简单腌了一下，放在了烤炉上。这种鱼肉质鲜嫩，鱼子很多，不需要复杂的料理，便能吃到原始的鲜美味道。刚烤好，可怜的二十多条小鱼便被一抢而空了。

今天他们胃口很好，带来的食材都吃光了，还吃了小鱼，几人抚着肚子，收拾狼藉的现场。

可能是因为喝了点酒，云朵觉得自己心跳得有些厉害，扑腾扑腾的，像只快活的小白兔。

唐一白见她红着脸抚胸口，担心她不舒服，问道："你怎么了？"

"没什么，就是觉得……呃，有点激动。"

他摸了摸她的额头："喝酒的原因吧？"

"嗯，应该是。"

"先回酒店休息。"

这几人之中，云朵酒喝得最少，连向阳阳都喝高了，回酒店的路上一直唱歌，祁睿峰还在一旁给她打拍子。

他们决定休息一小时，然后去滑冰。

云朵躺在酒店的床上却怎么也睡不着，心跳依然有些快，头脑格外清醒，觉得自己浑身充满了力量，有种小宇宙在静静燃烧的感觉。

大力水手吃了菠菜也不过如此吧?

啊，到底怎么回事，为什么那个梅子酒的后劲会这么大，难道它其实是壮阳酒?

她只好起来，在手机上刷新闻。

看了差不多一个小时，唐一白来敲她的门，问她醒没醒，他们要去滑冰了。

度假村的露天滑冰场很正规，经过了冰层测试，厚度达标后才开放，不过可能是因为在郊区，滑冰的人不太多。

游泳运动员的身体协调性都很强，就算以前没滑过冰，踩着冰鞋也很快就找到了门道，像小帆船一样穿梭起来。

只有云朵，一次次地摔跤。

云朵无奈地想：明明已经壮过阳了啊，怎么还是这么不给力？

唐一白看不下去了，朝她伸手：“我教你。”

“我不。”云朵固执地爬起来，跌跌撞撞地滑行了几步，扑通，又倒了。

唐一白忍着笑过去扶起她：“疼不疼？”

“不疼。”

云朵想要推开他，唐一白却抓着她的手不放：“跟着我，不要乱动。”

她只好听话，像木偶一样被他拽着走。

她动作幅度小，对他的干扰就少，两人平稳地前行，没有再摔跤。

云朵忍不住偷偷侧头看着他。

唐一白今天穿着一件薄薄的羽绒服，短款，腰间收口，显得腰身窄窄的。脚下踩着冰鞋，显得他的腿长得不像话。

即便是冬天的厚衣服，也难以掩盖他魔鬼般的身材。

男朋友的魅力真是太大了。

唐一白缓缓地停下来，扭头看了云朵一眼，见她眼睛亮亮的，像燃烧着火苗一样，他突然笑了：“你那是什么眼神，好像要扒光我衣服似的。”

“什么呀！”云朵偏开脸不看他，随即推开他的手，独自向前滑去。

扑通——好吧，绝望了。

唐一白再次把她扶起来，这回他从背后扶着她的腰，推着她向前滑，越滑越快，渐渐地远离了人群。

眼前的景色飞快地变化着，云朵没有任何动作被迫向前冲去，吓得大声尖叫：“啊……停！”

唐一白并没有停下来，他低着头，下巴蹭着她冰凉柔软的秀发，然后向前探，找到了她的耳朵，在小巧的耳垂上轻轻吻了一下。

耳朵上突然出现的柔软触感着实让云朵吓了一跳，她忍不住身体用力一抖。

唐一白此刻心神荡漾，没有集中注意力保持平衡，被云朵一带，两人就这么摔了下去。

扑通！扑通！

云朵落在唐一白的身上，刚要爬起来，唐一白却翻身将她压在了冰面上。

云朵还没来得及反抗，便被唐一白牢牢禁锢住，吻落了下来。同时，他的双手插进她的秀发中，固定住她的脑袋不许她乱动。

云朵的脸很热，想提醒他这是公共场所，可是一开口，他灵活的舌头便滑进了她的口腔。一开始有些迷茫，但他很快便找到了节奏，舌尖肆意勾卷着她的香舌。

云朵被他吻得脑中一片空白，觉得身体的力量在不断流失，软软的，心跳更快了。

两个人呼吸凌乱交缠，唐一白舍不得放开她，恨不得就这样与她融在一起，变成一池春水。

云朵渐渐地支撑不住了，呼吸越来越困难，用尽最后一丝力气推开了他。

她喘着粗气，看着他晶亮的眸子，心想：难道我欲求不满了吗？好羞耻！

滑冰滑累了，几个人又跑到K歌房唱了好半天歌，连晚饭都是在那里吃的。

云朵的耳朵遭受了惨无人道的荼毒，出来的时候都快要怀疑人生了。

几个人在酒店休息了一晚，次日起早赶回了队里。

归队后，祁睿峰和唐一白分别接到了国家反兴奋剂机构要对他们进行赛后体检的通知。

体检有赛前体检、赛后体检、赛外体检之分，一般比较重大的赛事，赛前、赛后都要体检，像冬季锦标赛这样规模不大的，多数是赛前体检，偶尔会进行赛后抽查。这次冬季锦标赛原本没有赛后抽查，所以唐一白有些奇怪，问伍总：“不是说没有体检吗，怎么又有了？”

伍总脸色不太好：“你和小峰被人举报了。”

唐一白拧眉：“谁这么无聊？”

运动员如果被人举报使用违禁药，反兴奋剂机构有权随时对他们进行体检，这次又是刚刚比赛完，自然要加一次赛后检查。

伍总摇摇头：“人怕出名猪怕壮。小峰不就经常被举报吗？看开点。”

“嗯。”唐一白点点头，他也没什么看不开的，反正他没做亏心事。

体检当天就进行了，只有尿检一项。没有人喜欢尿检，因为你必须在别人的注视下排尿，想想就头疼。

唐一白也没把这次体检当回事，晚上和云朵通电话时他随口把这事说了，云朵也觉得有些人真是坏，就是见不得别人好。

唐一白抽时间拍摄了那个腕表广告，也是这个时候，他才真正明白对方在打什么主意，果然他还是太年轻了。

视频广告在电视和网络上播出，另外还有图片广告，拍得像模特的写真大片一样，放在时尚杂志里。另外，代理商花钱雇了不少微博段子手，在微博上振臂高呼：今夜我们都是唐一白的女朋友。

广告播放后，腕表的销量好得超过预期，厂商高兴得合不拢嘴。

唐一白却觉得这种情况不太妙，云朵会不会不高兴呢？

云朵：呵，当你看到那么多人戴着和你恋人配对的情侣腕表，而且这还是你恋人各种出卖美色得来的，你高兴一个给我看看？

打电话时，唐一白赶紧低声下气地给女朋友赔不是：“朵朵，我错了。”

朵朵……

太肉麻了，云朵都忘记生气了：“我爸妈才喊我‘朵朵’。”

“现在加一个好不好？”

“好啊，豆豆。”

唐一白：“……”忍了！

唐一白柔声说道：“不要生气了好不好，我真不是故意的。”

云朵觉得自己太心软了，怎么他一哄，她就硬不下心肠呢？她叹了口气，抱怨道：“你怎么不提前跟我说一声呢？”

“我真不知道，如果知道了，我也不干这事。”

“哼哼哼，可是你有那么多老婆。”云朵突然又想起了另一件让她生气的事，“你去看看你的微博吧，你现在不是国民偶像，是国民老公！”

唐一白的声音依然温柔得可以醉死人：“你也可以叫。那么多人叫我‘老公’，我从来没答应过，你叫我就答应。”

云朵被他说得脸红了，小声说道：“你怎么越来越油嘴滑舌了啊？让人一点安全感都没有。”

“怎么会没有安全感？你放心，我们队里除了汉子就是女汉子，除非我是个弯的，否则，绝不会做对不起你的事。”

“还有女明星呢？那个谁漂亮不漂亮？”说到这里，云朵更心塞了，唐一白前几天出席活动，直接被娱乐圈某女明星袭胸了，女明星的粉丝还到处说这对姐弟恋好萌，对此云朵直接回复：萌你大爷！然后，她被追着骂了好久。

此刻，唐一白听她提及此事，委屈地说："你男人被非礼了，你怎么也不同情一下呢？"

"我……"被他这么一说，云朵也没什么不满了，说道，"好吧，安慰你一下，以后躲着点！"

"好，一定。其实你不用担心。"

"怎么讲？"

唐一白笑："她们都不如你漂亮。"

云朵摸着燥热的脸蛋，突然有些惆怅了。

她到底摊上一个什么样的男朋友啊？颜值爆表、双商奇高、嘴巴甜、哄女人技能 max，真的让她毫无招架之力！跟这货在一块，她是不是一辈子都翻不了身了？

吃过午饭，伍勇在训练场外背着手消食，看到袁师太迎面走了过来。

袁师太叫他："伍大胡子。"

"怎么？"

她递给他一份报告单："一白的尿检报告，我顺手帮他拿了。"

"谢了啊！"伍勇接过来，随手翻看了两眼，"都没什么事吧？"

"没事。"袁师太说着要走。

"哎，那个……"伍勇叫住她。

"还有什么事？"

"没什么，就是觉得……你不骂人的时候也挺可爱的。"

袁师太翻了个白眼："神经病。"

下午训练时，唐一白不无期待地问伍勇："伍总，今年元旦咱们放假吗？"

伍勇冷笑："放你大爷。"

唐一白："……"伍总今天又没吃药吧，火气这么大。

好遗憾，不能和云朵一起过新年了，不知道能不能训练完去找她。

接着，伍勇击碎了他的幻想："不只不放假，跨年夜，你训练完还要参加一个活动。”

唐一白的脸顿时垮了下来。

训练他尚能接受，参加商业活动就有点头疼了，主要是娱乐圈里不少姐姐特别奔放，老爱调戏他，更可怕的是某些男人也调戏他。

除了自家女朋友，他真不希望被别人调戏，否则就算他是无辜的，这事多了他也不好向云朵交代。

不止如此，那些在娱乐圈混久了的人都特别会来事，跟谁都是铁哥们，每次参加完活动，总是请唐一白吃饭喝酒。如果他每次都拒绝吧，显得太清高，可不拒绝吧，他哪来那个美国时间跟这个吃饭，跟那个泡吧？有这工夫还不如调戏女朋友呢！

后来还是伍总帮他解决了难题，不论是谁邀请，他只需要回答“教练不许”，反正他的教练本来就长得“不像什么好鸟”——袁师太原话——当这个恶人再合适不过了。

十二月三十一日，唐一白从泳池爬出来后匆匆洗了个澡，便换了衣服去参加某个跨年活动。路上，他给云朵打了个电话，问她在做什么，云朵回答在和唐妈妈逛街买东西。

看样子，他不在身边，她过得一点也不寂寞啊！

唐一白问道：“我爸呢？”

云朵：“放在了老公寄存处。”

唐一白顿时无语，他好像看到了自己的未来。

云朵说了几句就匆匆挂了，她在帮唐妈妈看衣服。

唐一白有点惆怅了，跨年夜他们过得多么热闹，他却要参加莫名其妙的活动。

基于自己运动员的身份，唐一白有充足的理由提前退场，主办方也理解这一点，所以他十点多就出来了。

原计划是赶紧回去睡觉，可是他现在特别想见云朵，所以，去他的规定吧！

他知道爸爸妈妈现在基本不熬夜了，此刻他们应该已经回家或者正在回家的路上，他便给云朵打了电话：“朵朵，我们出来玩吧！”

“玩什么？你该回去睡觉了，明天还要训练呢。”

“我现在要见你，见不到你我就睡不好觉，睡不好觉明天就不能好好训练。”

"好幼稚的理由。"

云朵最终还是拗不过他，半路下了车。

唐爸爸本来打算送她去和唐一白见面的，可是路太堵了，折个来回，回家时必定很晚，影响休息，云朵便固执地拒绝了，自己打车去和唐一白会合。

唐一白穿着藏蓝色风衣，卡其色休闲长裤，棕色牛皮靴，两手插兜站在路灯下等云朵。他的身材太好了，即使戴着口罩，仍引得路人频频侧目。

终于，有两个姑娘大着胆子上前问道："请问你是唐一白吗？"

"我不……"

"啊……唐一白！"姑娘不等他回答就疯了。

唐一白："……"不按常理出牌太可怕了。

两个姑娘立刻围着唐一白要签名、要合影，还打电话想召集小伙伴。

唐一白有点着急，频频抬头看向路上的出租车。

终于，有一辆车停在他们面前，车窗摇下来，露出一个姑娘的脸。

姑娘板着脸一本正经地问："先生，你打车吗？我们顺路捎你一程？"

唐一白微微一笑："好啊！"

那两个不明真相的粉丝见状，连忙讨好道："美女，也捎我们一程吧？"

云朵笑问："你们去哪里？"

"唐一白去哪里，我们就去哪里。"

"呵呵，想得美！"云朵说着摇上了车窗。

唐一白刚拉开车门，听到这话，忍不住笑出了声。

他坐上车，揽着云朵的肩膀，凑近轻声问她："吃醋了？"

他离得太近了，几乎贴在了云朵身上，云朵立刻伸手盖在他的脸上，防止他有进一步的动作："司机师傅看着呢！"

前面的司机师傅立刻说："我什么都看不到，你们随意。"

唐一白臭不要脸地伸舌头舔了一下她的手心。

云朵像是被电了一下，红着脸赶紧收回手，小声说道："你是小狗吗？"

唐一白恬不知耻地笑道："我要是狗，你就是包子。"

司机师傅听不下去了，打开了车载广播。这个时候，他宁可听治疗不孕不育的广告，也不想听别人的情话，单身狗伤不起啊伤不起。

跨年夜，到处都是人，下了车，唐一白又把口罩戴上了。

云朵看看他的一身打扮，说道："你今天真是帅瞎人眼，不看脸也帅。"

唐一白心想：我不穿衣服更帅。当然这话只能在心里想想，不敢说出来，怕被当流氓打。

他从兜里摸出一个小盒子递给她："新年礼物。"

"谢谢。"云朵接过丝绒盒子，打开一看，里面是一个发卡，纯净的黄水晶拼出一串花朵，很漂亮。

唐一白不会错过她眼中透出的欣喜，他很高兴云朵喜欢这件礼物。

他把发卡取出来，帮她卡在头发上。映着路两旁绚烂的灯光，黄水晶越发璀璨，衬着她年轻美好的容颜。

此刻，在他的眼中，她是这世间最美的景色。

他捧着她的脸，眼睛笑得眯了起来："Perfect！我的小公主。"

"谁是你的小公主？"云朵摸了摸发卡，开始翻包，"我也给你准备了礼物，本来打算明天再送的。"

她的礼物是一条自己编的手链。

上次帮向阳阳编了一次，她就想着给唐一白也编一个，编了一半，却被向阳阳看到后强行换走了，她只好重新编，昨天才完工。手链用的是蓝白两色丝线，蓝底像水，白色的菱形首尾相连，像一条条小鱼。她之前编的那条是白底蓝菱形的，为了不和向阳阳撞上，就颠倒了颜色。

唐一白伸手，云朵帮他把手链戴上。

戴好后，他反手扣住她的，十指相交。

他想吻她，可是戴着口罩，算了，先攒着吧。

两人手牵着手逛街，路两旁是各色小店，里边的商品很有创意，逛着逛着就不自觉地买了好多。唐一白完美地发挥了一个男朋友该有的魄力，从头到尾不许云朵花一分钱。

逛累了，他们走进了一间酒吧。

酒吧在举办跨年夜狂欢，昏暗迷离的灯光下，年轻男女在舞池里扭得那个嗨啊，现场歌手对着话筒吼得声嘶力竭。

点酒水的时候，云朵有些犹豫。自从上次唐一白被人举报，她就留了个心眼，有些人呢，就是见不得别人好，没有理由，万一这里有讨厌唐一白的人认出他，在他的酒里下药呢？好吧，她承认自己脑洞有点大，但是不怕一万就怕万一嘛！就算没人认出唐一白，看到他这么帅气潇洒，因为嫉妒下药呢？或者是某个嗑药磕嗨了的人乱投毒，不小心让唐一白中招了呢？或者酒保不小心送错酒，把有药的那个送给唐一白了呢？生活就是这样充满险恶！

她翻着酒水单看了三遍，最后给自己点了一杯血腥玛丽，给唐一白点了一瓶农夫山泉，并且特意叮嘱酒保不许拧开，他们自己拧。

唐一白："……"说好的酒吧狂欢呢？谁家狂欢是喝矿泉水的？！

云朵眨巴着眼睛看着他，嘟着嘴说："我是为你好。"

他真受不了她卖萌，不管她做错什么，他都会立刻原谅她，不带一丝犹豫，何况现在她并没有做错，他并非不识好歹的人，当然知道她是为他好。看着这样的她，他心都要化了，扯开口罩，一把拉过她，低头吻住。

云朵被他亲得浑身发软。

后来他才知道，就因为她超出正常人想象力的小心翼翼，他躲过了无数劫难。

几首歌过去后，酒吧开始倒计时了，午夜即将到来。

云朵和酒吧里的所有人一起高声喊数字，倒计时结束后，欢呼声简直要掀破屋顶。

唐一白坐在角落里，静静地看着神采飞扬的她。这么多年，他一直在为梦想狂奔，从未觉得这每年一次的倒计时有何庆祝的意义，现在静下心来想一想，其实许多事情是不需要纠结意义的，乐在其中就是最大的意义。

他奔跑了这么久，真的感觉孤独了，突然有人陪伴，心房像是被填满，与她一起做什么都开心，哪怕是此刻像傻子一样欢呼。

有你，真好。

欢呼声结束后，酒吧老板跑上台，简短致辞，然后招呼服务员给大家发新年礼物。

云朵听见拿到礼物的人各种嬉笑欢叫，她特别好奇那礼物是什么。

当礼物盘送到面前时，她却有些崩溃了。

盘子里躺着一大堆套套，各种尺寸，可以自选，每人最多领十个。

云朵刚要说话，端盘子的妩媚女招待却突然捂着嘴巴惊呼起来："啊——"

此刻灯光已经亮起来，想必她认出了唐一白。

唐一白赶紧伸出食指挡在唇前："嘘——"

女招待果断闭嘴，直勾勾地盯着他。

唐一白淡定地戴上口罩，在盘子里翻了翻，挑了一个大号的套套：“谢谢。”

女招待莫名地脸红了。

云朵的脸庞也发热，撇开脸说道：“你不要拿啊。”

“不要白不要。我们在这里消费了，当然要拿福利。”唐一白振振有词。

云朵扯了扯嘴角，真是好有道理哦！

已经过了午夜，他们也该回去了。

走出巷子才能打车，唐一白牵着云朵的手，竟有点心猿意马。

路过一家酒店时，他停下来，朝里面频频张望，还别有深意地扭头瞄着云朵。

云朵的脸红得快要滴血了，她用力地想要把他拉开：“快走。”

唐一白看着手中的套套，一脸遗憾：“不用掉多浪费，你说是不是？”

“你……你自己去用吧，我不管你啦！”她说着转身就逃。

他追上来，从后面抱住她，附在她耳边低声笑：“哎，生气了？不要生气了好不好？你要怎样就怎样。”

云朵低着头说：“我们回去吧。”

“好。”

这个时候想要回去也不容易，刚刚跨年，到处都在堵车。

云朵的脑袋一点一点的，困得不行。

唐一白将她搂在怀里：“睡吧。”

也不知在路上堵了多久，他们终于到了家门口，而云朵还没醒呢，迷迷糊糊地感觉自己被人背了起来，然后一阵凉风，吹得她打了个寒战。

唐一白解下围巾，盖住云朵的头和脖子，然后把她背回了家。

唐一白的作息极有规律，几乎没熬过夜，此刻也困得眼皮打架，回到家后二白跑到他面前献殷勤，被他一脚踢开了。

走进云朵房间，他轻轻地把她放在床上。

这个房间已经被云朵改造得面目全非了，床单、被罩是蔷薇色的，少女的颜色，像娇嫩的花朵，配她正好。

他除去了她的外套和鞋子，帮她摆了一个舒服的睡姿。

看着她酣甜的睡相，他弯了弯嘴角，低头轻轻地亲她。

眉毛、眼睛、脸蛋、鼻尖、嘴唇……他用嘴巴描绘她的面容，心内一片柔软，温暖得不像话。

亲着亲着，他突然舍不得离开了。

我这么困，他心想，我已经没有力气走回自己的房间了。于是，他倒在她的床上，掀开被子钻进去，将她搂进了自己怀里。

没有什么复杂的目的，他只是想这样抱着她睡一觉。

她是他的珍宝，把她抱在怀里，酣然入梦，会让他有一种盈满心房的踏实感和幸福感。

唐一白的生物钟一向规律，次日早早地睁开眼睛，云朵还在梦乡里。被子下，两人紧紧相拥，几乎没有空隙，被窝里特别温暖，而她的身体柔软得不像话。

莫名地，唐一白的身体突然有些燥热，他动了一下身体，突然发觉某个部位有了些尴尬的变化，那是男人早上正常的生理反应。

破天荒地，唐一白脸红了。这一刻，他想到了很多，她淡淡的体香，阳台上他不经意间撞见的文胸，昨晚酒吧里的小小福利……

身体里有一团火，在期待炽烈地燃烧，干柴却躺在一旁处于休眠状态，烧不起来。

他深吸一口气，艰难地推开她，坐了起来。

下床后，他把被子给她盖好，然后把大衣拿过来，摸出了口袋里那个福利，把它放进了她的抽屉里。

他把大衣挡在身前，掩饰着尴尬，轻手轻脚地出了门。

唐妈妈刚起床，路过云朵的房间时，不小心看到儿子从云朵的房间走了出来。她瞪大眼睛，随即像是明白了什么，掩嘴嘿嘿地笑了。

“咳！”唐一白连忙解释，“我什么都没做。”

“我知道。”唐妈妈答。

这下，唐一白却觉得奇怪了：“你怎么知道？”

“你的脸上写满了遗憾。”

好吧！他妈妈是福尔摩斯再世，谁都别想蒙她。

唐一白又问：“那你为什么笑？”

“我笑的是，你竟然什么都没做，呵呵。”

唐一白："……"

回到游泳队，唐一白直接去了训练馆。

下水前，他仔细地把昨天云朵送他的手链摘下来收好——带着手链游泳会影响速度，而且手链浸了泳池里的水容易坏掉——等回到陆上训练时，他又谨慎地把手链戴了回来。

祁睿峰看到了这个手链，感觉很奇怪："唐一白，这手链是谁送你的？"

唐一白一笑："你说呢？"

祁睿峰的眼神却怪怪的。据他所知，向阳阳也在编这样一条手链，他见到的时候就快编成了，那么，会不会是向阳阳送的？

向阳阳什么意思，难道是想跟云朵竞争唐一白吗？

祁睿峰感觉到了危机。他居于他们这个小团体的领导地位——至少他自己这样认为——不能允许有如此不和谐的事情发生，阻止，必须阻止。

于是，祁睿峰找到了向阳阳："向阳阳，你把手链给谁了？"

"哎，你怎么知道我手链编好啦？"

他心想：哼，我当然知道。

他说："你到底给谁了？"

"我给谁跟你有什么关系？"

祁睿峰有些恼了："向阳阳，你不能喜欢唐一白！"

向阳阳莫名其妙："谁跟你说我喜欢唐一白？你神经病啊？"

"那你为什么把手链送给他？"

"你哪只眼睛看到我给他了？"向阳阳说着，从口袋里掏出她的手链，"喏，我刚编好，自己还没舍得戴呢。一白戴的肯定是云朵给他编的，你个笨蛋！"

祁睿峰仔细看了看这条手链，发现和唐一白那条不一样，虽然主色和花纹相同，但是是颠倒的。

祁睿峰眼珠转了一下，突然又说："就算不是，你也不能戴这条。"

"为什么？"

"如果戴了，你和唐一白就是在戴情侣手链，云朵看到会不高兴的，而且媒体一定会乱传你俩的绯闻。"

向阳阳摸摸下巴："我竟然觉得你说得很有道理，你难得聪明了一次。"

“所以，”祁睿峰严肃地点点头，“这条手链我帮你戴吧！我和唐一白是兄弟，戴同款手链无所谓啦。”

“好吧。”向阳阳依依不舍地把手链递给他，“你要好好对待它，不要弄坏它！”

“好！”祁睿峰伸出手，“你帮我戴上。”

像是举行一个庄重的仪式，向阳阳帮他戴好了手链，然后他高高兴兴地回去找唐一白炫耀了。

由于今天是元旦，晚上训练结束后，两个好兄弟戴着同款手链参加了游泳队赞助商的活动，一起去的还有另外几个知名运动员。

第二天，一条来自体育圈的新闻纵横于网络，超越娱乐圈某影后的桃色新闻，成为各大网站娱乐八卦版的头版头条——唐一白和祁睿峰戴情侣手链参加活动，举止亲密。

网友：虐死单身狗！

祁睿峰：……

“情侣手链”令某些粉丝陷入了癫狂，前些天才被祁睿峰一条微博打压下去的CP党气焰再次嚣张起来，什么“花色看攻受”“白睿党头顶青天”“白睿大法好”之类的言论遍地都是，陈思琪还特意打电话叮咛云朵千万要看好自家男朋友。

云朵感觉无语又头疼。

陈思琪又说：“你看唐一白微博的留言，那么多叫他‘老公’的，说不好其中有多少男人呢！这年头，同性恋比异性恋还嚣张哦，你别不信。”

“我信！”看看网友们那个兴奋劲儿，总感觉咱异性恋才是小众群体。

云朵觉得陈思琪挺够朋友的，这样一个“有八卦就有一切”的八卦记者能摒弃爱好站在她这一边，多不容易啊！这货节操少得可怜，估计都用在这上面了。

云朵把陈思琪的理论告诉了唐一白，唐一白顿时不想直视自己的微博了，也就更不愿意刷博了。

可是，伍总给他下了硬性任务，每半个月必须更新一次微博，而且必须带图片，当然图片内容不能是猫猫狗狗、山山水水，一定要是他自己。

这个任务不是伍总定的，而是队里。

唐一白的商业价值越来越高，为了保持他的人气，队里让他在社交媒体上适当曝光，反正这样做又不会影响训练。

唐一白有意见只能憋着，不过嘛，上有政策下有对策，他一次性拍了好多照片，慢慢地用，需要发微博了就从余粮里翻，如此一来省了不少力气。

他的微博评论大体如下——

A：老公，你更博了！终于等到你更博！

B：拍照就拍照，穿什么衣服？

C：老公啊，你是不是只有这一套衣服？见你穿了好多次。

D：我就看你什么时候能把这套图发完。

E：老公，我们的宝宝已经四个月大了，你什么时候把他领回家？

……

现在，唐一白不想玩微博了，可是这个任务呢，他又必须得做，怎么办？没关系，哥是有女朋友的人，于是他请云朵帮忙代发微博。

云朵乍一听此要求，有些为难："不太好吧？"就算是男女朋友，也要互相尊重隐私嘛！

"没什么不好的？如果你觉得过意不去，可以把你的微博给我玩。"

"不。"

唐一白却觉得自己这个提议很棒："你的粉丝还不如我的零头多，你不亏。再说，我是你男朋友，有什么是我不能看的？"

竟然觉得他说得好有道理。

云朵想了一下，说道："我还是得先把微博删一删。"

女孩子嘛，心思比较细腻，多愁善感，偶尔会发一些只有自己能看到的秘密日记，文字各种小清新。这些文字如果被别人看到，云朵会觉得相当不自在，于是果断删掉了事。

她就这样被他忽悠着交换了微博。

唐一白还特别体贴地发来了一组套图。

云朵和那些网友一样奇怪："怎么都是穿衣服的？"

唐一白有些羞涩："脱衣服也可以，只是你让我脱到什么程度？"

云朵急道："不是那个意思啦！你不是游泳运动员吗，发泳池照就好了，这样才比较有利于维持人气嘛！"

唐一白笑："你不吃醋？"

"该吃的醋我已经吃了啊！而且，大家都见惯你只穿泳裤的样子了，穿全身衣服才是真奇怪好不好？"

她承认自己吃醋了，这让唐一白心情愉悦，他笑道："好好好，你想要我做什么都行。明天训练时拍几张给你，今天先将就着用吧。"

云朵登录唐一白的微博后，发现信息塞了一堆。公开评论里还好，最多是"老公"这样、"老公"那样地叫，私信箱里就完全是另一种画风了，有崇拜、鼓励他的，有骂他的，有借钱的，有打广告的，竟然还有约他私会的。

当名人果然累啊！

云朵看了一会儿评论，觉得有些评论还是挺好的，知道唐一白看着光鲜，其实训练特别辛苦，叮嘱唐一白注意身体，不要累到，明年世锦赛不要有压力，做好自己就行。总之看着让人特别心暖，满满的正能量。

看累了，她发了一条带图片的微博，配了几句特别鸡汤的话。

片刻后，她收到了一条好朋友发了微博的消息提醒。这个时候她才反应过来，唐一白对她的微博设置了消息提醒。

她笑着打开那条消息，看到了"记者云朵"转发"唐一白"的最新微博，评论是：我老公好帅。

没有一点防备，就这么被他坑了。

她虽然粉丝少，但好歹也是认证用户啊，还和圈子里一些同行互相关注，这样做真的好吗？会不会被人认为她是在犯花痴啊？

云朵只好敲他：你……

"记者云朵"：老公么么哒 ╭(╯3╰)╮

"唐一白"：你玩得很嗨啊！

"唐一白"：赶紧删掉微博啊！

"记者云朵"：由于网络原因，您的信息没有发送成功，请停止继续发送。

"唐一白"：要点脸行吗？

"唐一白"：赶紧删博！

"记者云朵"：为什么要删？

"唐一白"：怕被人看到啊！

"记者云朵"：你很怕别人知道我们的关系？

“唐一白”：不应该是你怕才对吗？

“记者云朵”：我不怕。我们公开吧！

“唐一白”：不要。

“记者云朵”：为什么？嫌弃我？

“唐一白”：公开之后肯定很多人尾随偷拍我们，你可以躲进基地，我躲到哪里去？

“记者云朵”：也对。委屈你了。

“唐一白”：不不不，我一点也不委屈。你赶紧去删博！

“记者云朵”：好。你叫我一声“老公”我就去删。

“唐一白”：我的忍耐是有限度的。

“记者云朵”：好好好，我马上去，老公不要生气。

“唐一白”：……

唐一白退出私信箱后，看到那条微博虽然刚发了一会儿，已经有人留言了，ID 是“林子大了什么鸟都有”。

呵呵，果断拉黑。

春季游泳锦标赛后不久，春节到了。

云朵连着年假一起休，可以在家里待两个多星期，想想就开心。

唐一白比较悲剧，算上除夕这天，他的假期只有三天。

每年春节，唐氏一家三口都要回 N 市，今年也不例外，正好云朵也要回去，于是四个人决定同行。

晚上，云朵在房间里收拾东西。女孩子嘛，东西比较多，而且越收拾越多。

唐一白就轻松了，总共才回去三天，老家什么东西都有，他也没那么讲究，凑合用就行，所以只是简单地拿了几件必要的东西，然后，他坐在自己的房间里，敞着门，手里捧着一本书，时不时地抬头看一眼对面云朵的房间。

她房间的门虚掩着，唐一白能听到里面时不时传来东西挪动的响声，他特别想再进去参观一下，可是云朵已经发话了，不需要他帮忙，所以唐一白一直在自己房间坐着。

云朵一开门，他立刻看向她，视线追着她跑。

云朵总觉得自己被他用眼神调戏着，忍不住步伐加快，回来时还警告地看了他一眼。

唐一白有点郁闷，看来她真的不欢迎他。

二白溜达过来，唐一白看到它旁若无人地用脑袋顶开云朵房间的门，走进去，然后转过身关上了门。

门关好前，它从门缝看了对面的唐一白一眼。

唐一白好想哭——人不如狗啊不如狗。

他拿过手机，给云朵发了语音聊天的请求。

云朵接了，莫名其妙地问他："什么事不能当面说？隔这么近还用手机。"

唐一白说："你过来，我给你看个好玩的东西。"

"我忙着呢。"

"你过来一下。"

云朵有些不服气："你怎么不过来呢？"

"好，我马上过去！"

云朵："……"他就是在等这句话吧？

唐一白的现身速度堪比闪电侠，他推门进去后，做的第一件事就是把二白赶出去，然后关上门，锁好。

云朵戒备地盯着他："锁门做什么？"不会是要做什么坏事吧？

唐一白尴尬地咳了一下："防狗。"说完，他走上前，看到云朵在叠衣服："我帮你？"

"不用。"云朵停下来，歪着头看他，问道："你要和我说什么好玩的？"

"嗯！"他抿了抿嘴，轻轻捏她的脸蛋，笑道，"我觉得我挺好玩的，不信你玩玩？"

"你……"云朵哭笑不得，"唐一白，我发现你越来越像个神经病了！"

唐一白脸皮厚，才不怕她吐槽。

他低头在她脸上亲了一下，然后在她说出反对之前，赶紧坐在椅子上，帮她整理书桌。

云朵擦了擦脸蛋，低头默默地继续忙活。

她整理完衣服，把一个抱枕塞到了行李箱中。

唐一白好奇道："你回家也要抱着它？"

云朵摇头答道："不是，这个抱枕旧了，拿回家去，我再买个新的。"

“再买个什么样的？”

“呃，什么样的都可以，抱着舒服就行。”

“多大的？”

“都行。”

他含笑望着她：“一米八九的行吗？”

“……”云朵像是被噎到一样愣愣地看着他，毫无防备地，她又被调戏了，红霞飞快地爬到了脸颊上，呆呆的，像只吓傻了的小兔子。

唐一白忍俊不禁，坐在椅子上朝她张开双手：“过来。”

就不过去。云朵背过身去。

两人离得不远，唐一白把椅子转了九十度，正对着她，然后弯腰，长臂一伸，准确地拉住她的手臂，接着用力往自己怀里一带。

“啊！”云朵失重地向后倒去，忍不住惊叫起来。

唐一白用力一拽，直接将她拽进了自己的怀里。

她坐在了他的腿上，本能地抱住了他的脖子。

缓冲的力道刚刚卸去，她高高抛起的心还没落下，他已经扣着她的后脑，吻住了她的唇瓣，热烈而缠绵。

他的舌头撬开她的唇齿长驱直入，翘着舌尖轻轻刮着她的上颌，她忍不住向外推他，却正好给了他机会，勾着她的舌头纠缠，像两尾戏水的小鱼。

云朵被他亲得浑身失了力气，大脑一片空白。

晕晕乎乎中，她感觉大腿下有个硬邦邦的东西，硌得她有些难受，她也没想那是什么，只是不舒服地挪动了一下身体。

唐一白闷哼一声，尾音带着淡淡的欢愉，喘息更加粗重，一边重重地亲吻她，一边扣着她的腰向下按，不自觉地加大了力道。

云朵的腿被迫用力抵着那个硬邦邦的东西，感觉它越来越硬了，而且有变大的趋势，像是有生命力一般，唐一白轻轻挺了一下腰，它便跟着动。

她像是突然被棒槌敲了一下天灵盖，瞬间明了。

啊……流氓!

云朵猛地甩开头，两人的唇立刻分开了。

她红着脸看着他，只见他目光灼热，充满了难以言说的渴求。

他凑上前，在她唇上轻轻吻着，一边叫她：“朵朵，我的朵朵……”声音有些急切，有些求而不得的焦躁，压抑的沙哑。

云朵用力推开他，从他身上跳下来，躲到了房间的另一头，红着脸不敢看他：“你出去。”

唐一白此刻也清醒了许多，有些尴尬地道：“朵朵，我……”

“出去啊！”

“好，不要生气，我马上就走。”他起身缓缓地走到门口，打开门，又说道：“那个……对不起。”

回答他的是一个飞过来的靠枕。

唐一白赶紧关上门，逃回去了。

回到自己房间，唐一白靠在床上，盯着自己腿间不安分的东西，皱眉道：“你就不能冷静一点吗？！”

他看着天花板，想想方才那美妙的体验，忍不住舔了舔唇角。继而想到她生气了，他又惆怅起来。

大年三十，他们乘上了飞往 N 市的飞机。

唐一白不确定云朵是否还在生气，一路上特别老实规矩，任劳任怨。

下飞机时，云朵突然对他说：“你明天晚上有空吗？”

“有什么事？”

“那个……我爸爸妈妈想请你来我家吃顿饭。如果你不能来也没关系。”

“能去。”唐一白心想：下刀子我也会去的。

他小心地看着云朵，问道：“你……还生气吗？”

云朵低着头：“我没有生气啊。”

没有生气吗？可是昨天你的样子明明气得快要把房间烧起来了。

唐一白有些纳闷，姑娘的心思果然难猜。当然，他是不可能就这个问题和她辩论的，她没生气就谢天谢地了，何必纠结那些细节。

除夕夜和往常没什么不同，一大家子人在一起热热闹闹地吃年夜饭，然后守岁看春晚，唯一不同的是这座城市的某个角落里有了他的牵挂。

唐一白窝在沙发上一直用手机跟云朵聊天。

亲戚们得知他谈恋爱了，都想见见云朵。

一大堆亲戚，唐一白怕这么多人吓到云朵，有些为难。

最后，唐妈妈说道："我们已经见过了，小姑娘挺好的，很漂亮，就是有点害羞。你们这么多人，把豆豆好不容易骗到手的姑娘吓跑了可怎么办？"

一句话逗得大家哄笑。

唐一白朝他妈拱手表示谢意，他妈妈却看都不带看他一眼的。

第二天下午，唐一白提着礼物去了云朵家。

登门前他是有些忐忑的，担心自己哪里做得不好，担心云朵的爸爸妈妈不喜欢他，却没想到进门之后，云家爸爸妈妈的热情程度超乎了他的想象。那一瞬间，唐一白甚至有种明星开粉丝见面会的错觉。

他疑惑地看着云朵。

云朵悄悄告诉他："我爸爸妈妈已经知道你是我的救命恩人了。"

"哦，难怪。"唐一白说着，又有点拧不过弯来，问她："只是因为这些吗？"

"不，他们本来就很喜欢你。上次我妈妈收到那个视频后，别提多兴奋了。"

唐一白一颗心放在了肚子里："那就好。"

云朵忍不住笑了："你也有怕的事情吗？我还以为你天不怕地不怕呢！"

唐一白趁着云家爸爸妈妈没注意，飞快地亲了她一下。看着她的脸颊微微红了一下，他笑道："我还真是天不怕地不怕，但我怕岳父、岳母不喜欢我。"

"什么岳父、岳母，你给我放尊重点。"

"有什么不好，你还叫我'老公'了呢。"

云朵瞪眼："谁叫你了？你做梦吧？"

唐一白翻手机，调出一张图片给她看，是他上次发的那条微博的截图。

他笑吟吟地道："有图有真相。"

云朵简直不敢相信他能无耻到这个地步，气得捶了一下他的肩膀："你怎么越来越不正常了啊？你以前不是这样的！"以前像一朵莲花一样高贵出尘，现在则像一朵磕了药的莲花。

唐一白心想：你那么可爱，我一看见就想调戏，这能怪我吗？

等吃饭的时间里，唐一白想看看云朵的房间。

并没有什么下流的念头，他只是想看看她成长的地方，反正她已经看过他的了。

云朵的房间布置得很温馨，东西摆放整齐，原木书架上有很多书。随手拿下来一本，唐一白看到书里有很多标记，还夹了花瓣做的书签。

他笑了："你一定从小就是好学生。"

云朵有些得意："还行吧，反正一年级就戴红领巾了。"

"我也戴了。"

"其实你比我强。"云朵说道，"我小时候可没有能力得奥数竞赛的一等奖。话说，你会不会觉得遗憾呢？毕竟咱们中国人的观念里，读书是第一位的，许多人因为书读不好，才去当体育生。我说这话没有冒犯的意思哦，这是事实。"她说着说着，职业病犯了，忍不住用了采访体，然后假设了一个很诱人的情况："如果你像别人一样读书参加考试，没准能考上清华、北大呢。"

唐一白把那本书放回书架，笑道："清华、北大每年有几千名本科毕业生，而奥运冠军四年才出三百多个，我一直觉得我的理想挺崇高的。"

云朵笑了，她就是喜欢这样的他，坚定而从容，睿智而豁达。

她找出一个大的收纳箱，里面都是她从小到大收藏的东西，黑猫警长的小摩托、哆啦A梦和美少女战士的贴纸、还珠格格和神雕侠侣的明信片、魔卡少女樱的文具盒、小猪卡通印章、肯德基送的玩偶，还有各种小人书、游戏机、明星画册，以及周杰伦的磁带、做了一半的毛线钱包，等等。

它像一个大的藏宝箱，满满都是她珍贵的回忆。

女孩子都比较感性，喜欢把记忆具象化，与她相比，唐一白的童年收藏就比较少了，都是边玩边丢。此刻，看到这么一大箱东西，他觉得特别好玩，摸摸这个，动动那个。想象着还是包子样的小朵朵玩这些东西的情形，他忍不住笑了，眉眼弯弯，目光柔和。

笑着笑着，他又有点遗憾，亏了，为什么没有早点认识她呢？

云朵从柜子里拿出两本相册，两人靠在一起翻看。相册里的照片更加清晰地记录着她的成长轨迹，第一张就是她百天时照的大尺度裸照。

唐一白："哈。"

云朵本来没觉得什么，听他一笑，她竟不自在了，脸一红，赶紧翻了过去。

唐一白笑道："你放心，我会对你负责的。"

云朵轻轻哼一声："谁要你负责？"

"不要生气，大不了让你看回来。"

云朵的脸更红了，害羞得有些暴躁：“谁要看你啊？”

唐一白笑眯眯的：“我是指我的百天照，你想到哪里去了？”

“你——”

“好了，好了，不生气。你打我一下消消气吧！”唐一白说着，抓着她的手往自己脸上拍。

云朵又气又笑：“赖皮啊你。”

唐一白抓着她的手贴在自己脸上，他则笑吟吟地望着她，目光有些发烫。

云朵不敢和他对视了，赶紧低下头继续翻相册。

她翻到一张照片，指着里面最瘦小的一个女孩说道：“你看，这就是我们去栖霞山秋游那次。”

“也是咱俩真正意义上的第一次相遇。”唐一白伸出食指轻轻抚摸着照片上她的小脸蛋，突然叹了口气，说道：“我后悔了。”

“后悔什么？”

“当时不该想着当什么无名英雄一走了之，我就该赖着不走，跟你回家，等着你爸妈给咱俩定娃娃亲，那样你从七岁开始就是我的了。”那样，就不会错过你这么多的时光。

既然命中注定我要遇上你、爱上你，并且这样无法自拔，我又何必反抗，不如早点把你捧到手里。

云朵低头，勾着唇角笑：“这个假设不成立，你七岁时可没这么无耻。”

继续翻相册，照片里的小云朵一点点变成了大云朵。“女大十八变”这话在云朵身上得到了集中体现，她小时候又瘦又小，高中毕业时已经长成了一个亭亭玉立的小美女，然后是大学……

翻着翻着，云朵突然说：“唐一白，我要和你坦白一件事情。”

唐一白揽着她的肩头，正轻轻地嗅着她的头发，道：“嗯，什么事？”

“我之前不是跟你说，你是我的初恋吗？”

唐一白动作顿住，有些紧张：“难道……不是吗？”

早就知道不是啊，她那么可爱，肯定早被别的猪拱了。唐一白这样愤愤地想着，浑然不觉他把自己也骂进去了。

云朵摇摇头：“不是……啊，不对，是……哎呀，我不知道怎么说了。你是我的初恋，但是在大学的时候，我和我们班一个男生，其实是有点暧昧的。”

“暧昧到什么程度？”

“就是我们班同学总起哄我和他。他是校草，喜欢他的女生很多，我身边也有女生喜欢他，可他们就是喜欢把我和他往一块撮合。”她说着，指了指照片中的某个男生：“喏，就是他。”

唐一白低头看了一眼，嗯，确实帅。

当然，这种类似于前情敌的存在，他是不会在口头上夸的，便说道：“还行。马马虎虎吧！那后来呢？”

“这事说起来还真是有点狗血。一开始我有点烦，但他对我挺好的，别人起哄的时候他也不辩解，我就以为他喜欢我。女生嘛，都有虚荣心的，我必须承认，被校草喜欢也是一件值得得意的事。我估计我大学的时候女生缘不好也跟这事有关，唯一对我不离不弃的只有陈思琪了。但是他从未向我表白过，我也没和他表白。好，神转折来了，大三那年，我不小心看到他和一个老师接吻。”

唐一白有些惊讶：“老师？”

“对，那个老师比他大六岁还是八岁，我忘了。据说是在那个老师给他做家教的时候认识的，后来就在一起了。大一时候他们就在校外同居，不过一直很低调，没人知道。这都是他自己跟我说的，嗯，他主动跟我道歉了，承认他一直拿我打掩护。”

这个结局比较好，至少不是云朵主动去质问那个男生。唐一白知道这两者有着本质区别。他稍稍放了心，又问：“所以，你好像也不是很喜欢他？”

云朵摇了摇头：“不喜欢。他道歉的时候我除了有点生气他利用我，也没别的情绪，心酸啊、吃醋啊之类的，都没有。后来我仔细分析了一下，觉得应该是性格不合。他虽然长得帅，但总给人一种冷冰冰、阴森森的感觉，还面瘫，我不喜欢这样的。不过我必须承认，他挺优秀的，后来进了新闻部。”

唐一白有些庆幸，幸好那个面瘫的校草心有所属，幸好他的性格不招云朵喜欢，甚至……幸好他拖住了云朵，没让她被别人拐走。

云朵叹了口气：“我一开始挺反感他利用我的，后来想想，他们也挺不容易的。前些天在微信上联系，他说他想结婚，但是家人不同意，因为女朋友比他大好几岁。”

唐一白说道：“我也被比我大好几岁的姑娘表白过。”

云朵来了兴趣，眨巴着眼睛看他：“那你什么反应？”

唐一白失笑，刮了一下她的鼻尖："能有什么反应，拒绝。"

"怎么拒绝的？我感觉你特别会拒绝姑娘。"

"嗯，我对她说，'我怎么可能喜欢你，我永远也不想看到你'。"

云朵惊得张大了嘴巴："你……你至于吗？"

唐一白苦笑："情况特殊，我当时心情很糟糕，而且年纪小，一着急，说话没有留情面。后来我们失去联系了，如果再见到她，我很想和她说声'对不起'。"

云朵忙点头："你确实欠人家一句对不起。我还以为你挺会哄女孩子的呢。"

他笑了："就会哄你。"

大年初一这顿晚饭特别丰盛，并且云家爸妈知道运动员不能随便在外面吃猪肉，一点猪肉都没做。

吃完饭后，云家爸妈让云朵带着唐一白出门玩。

"玩什么呢？"云朵问唐一白。

"什么都可以。"

"那么，我们去逛夫子庙灯会吧？"

"好。"

夫子庙灯会在秦淮河边上，每年举办一次。

云朵和唐一白在夫子庙附近买了一些小吃。

唐一白简直是一个购物狂魔，看到什么都想买，五香豆、蟹黄烧饼、鸭胗、小笼包、旺鸡蛋，还有巧克力、香瓜子、山核桃仁、果汁、酸奶……最可怕的是他光买不吃，拎着一大堆东西，云朵要吃什么他就递什么。

云朵有些无奈："你怎么不吃呢？"

"我不爱吃零食。"

虽然不爱吃零食，但是很享受给女朋友投喂零食的乐趣。

河边有很多人在逛灯会，几乎到了摩肩接踵的地步。

唐一白好奇道："这里每年都这么多人吗？"

"这还算人多？你等元宵节再来看看，保证穿着鞋进来，光着脚出去。"

"有那么夸张？"

"绝、对、有。"

两人聊着天，路过一座码头，码头停着好多画舫，有大有小。

唐一白看着河中慢悠悠划过的漂亮画舫，问云朵“我们要不要也租一条？”

云朵望着波光晃动的水面，想着水下一定是冰冷的、黑暗的、深不可测的，接近绝望和死亡，不安的感觉悄悄爬上心头，她有点怕，向后退了一步。

唐一白知道她怕水，看到她这个样子，他有些心疼，揽着她的肩头轻轻拍着，温声说道：“不要怕，我在这里。你不想坐船我们就不坐。”

云朵却说：“可是我也不能一辈子怕水啊。”

“那又怎样，谁都会有害怕的东西。”唐一白说着，见云朵犹豫，似乎要下什么决心，他了然，将她往怀里带了带，“如果你想试一试，朵朵，我陪着你。只要有我在，你不会有任何事。”

“那是，你可是专业的啊！”云朵紧张之余还有心调侃，然后咬了咬牙，“那我们试试吧。”

唐一白租了一条画舫，他知道云朵只要接近大面积的水就会两腿发软，因此决定不让她亲自登船。他把围巾解下来遮住她的眼睛，把刚才买的那堆小吃递给船工，然后他背着云朵登上了船。

云朵没想到他能体贴她到这样的地步，温柔到这样的程度。黑暗中，她趴在他的背上，眼眶涩涩的。那一刻，她心想：这辈子能遇上这么一个男人，绝对没白活。

上船后，唐一白把云朵抱在怀里，两人坐在船头，然后他拿下了她脸上的围巾。

云朵乍一看到波光粼粼的水面，一阵目眩，几乎是本能地，她又要往后退。

身后是他的怀抱，温热而牢固。

他紧紧地抱着她，在她耳边柔声说：“不怕，不怕，朵朵一点也不怕。”

“不！”云朵的身体轻轻发抖，她感觉自己离那黑暗而绝望的气息如此之近，害怕到失去理智一般，她疯狂地摇着头，“不，不……”

唐一白用力搂着她，以防她动作太过激烈。

他的声音更加低柔：“朵朵不怕，你一直是一个勇敢的女孩，你比你自己认为的更加勇敢。你不要怕，有我在，没有东西、没有人能伤害你。我保护你，我保护你一辈子，我爱你啊，朵朵……”

情不自禁脱口而出的告白，却又那么自然，以至于两个人都没意识到那三个字的分量。

云朵心跳加速，呼吸急促，她死死地抓着他的手，颤着声音叫他：“唐一白，唐一白……”

唐一白回握住她的手，安慰她道：“我在，我一直在。有我在，水没什么可怕的。朵朵，真正可怕的是你内心的恐惧，战胜它，你就能战胜水了。”

“我……我怕。”

“不怕。相信我，有我在，你就算掉到海里去，我都会把你捞上来。我可是浪里一白条。”

云朵被他逗笑了，一咧嘴，眼泪却止不住落下来，啪嗒啪嗒，泪珠落在了唐一白的手背上。

唐一白捧着她的脸，轻轻地吻着她脸上的泪水，一边吻一边说：“水里是我的天下，我的天下就是你的天下，只要有我在，水就不能伤你分毫。”

云朵哭得更厉害了。

唐一白感觉她的身体还在发抖，担心再这样下去她会生病，便想把她抱进船舱。

云朵却固执地要留在船头。

唐一白说得没错，恐惧来自内心，她想要战胜它，首先得面对它。

那是一种怎样的感受啊？她面前是最可怕的阴影，她背后是最温暖的依靠，她处在温暖和恐惧的拉锯战中，虽然吓得脸色发白，却始终不曾闭眼躲避。

画舫靠岸时，她只觉得自己被各种情绪联合洗礼了一番，心力交瘁，不过可能是身体变虚弱了，她竟然没有先前那么害怕了。

她甚至想自己下船，可惜刚站起来，差一点又摔了下去。

恐惧是一种特别消耗能量的情绪，她的腿都被吓软了。

最后，唐一白把她背上了岸，然后也没把她放下来，就这样背着向前走。

云朵伏在他的背上，鼻子酸酸的，突然又想落泪了。

她带着哭腔说：“唐一白，你为什么对我这么好？”

唐一白说：“我不想看到你难过。看到你难过，我比你还要难过一百倍。你行行好，给我笑一个吧。”

云朵被他逗得扑哧一笑，轻轻捶了一下他的肩膀：“你又油嘴滑舌。”

唐一白有点郁闷，委屈地说：“你总说我油嘴滑舌、甜言蜜语，会哄姑娘，可是我跟你说的都是实话啊！”

唐一白把云朵送回家后，说："我过几天又要去澳洲外训，咱们得有一个多月不能见面了。"说到这里，有点惆怅。

身为运动员，本来他俩腻在一起的时间就不多，不过在国家队训练基地，云朵休息日可以去找他，就算两人在一起待不了多长时间，至少能见见面，这回好了，他们只能靠手机解相思之苦了。

次日晚上，唐一白乘坐飞机返回 B 市。

祁睿峰比他先一步归队，两人卸下一路风尘，去吃了个消夜。

吃饭时，祁睿峰神秘兮兮地看着唐一白，欲言又止。

唐一白有点奇怪："峰哥，你到底想说什么？"

"唐一白，大年三十那天晚上，你猜我梦到了谁？"

唐一白挑眉："向阳阳？"

祁睿峰嗤笑一声："我梦她做什么？我梦到林桑了！"

唐一白若有所思地看着祁睿峰，末了问道："峰哥，你是不是想告诉我，你暗恋林桑很多年，现在终于愿意坦白了？"

祁睿峰把脑袋摇得像拨浪鼓："不不不，我怎么可能喜欢林桑，她太娇气了。"他摸着下巴，拧起两道眉毛，神色犹疑："在梦里，她让我转告你，最近小心一点。唐一白，你最近还是小心一点吧。"

唐一白觉得莫名其妙："做梦而已，何必当真？"

"可是我总感觉这次不一样。自从她不见了，我这是第一次梦到她。"

唐一白不以为然："就算她想提醒我，为什么不自己对我说，用得着你来转告？日有所思，夜有所梦，你一定是白天看到和她有关的东西了，所以晚上梦到了她。"

祁睿峰仔细想了一下，点点头："也有可能。大年三十那天，我的队医给我打电话说禁药清单的事，你说烦不烦？过年跟我说那种事，根本不想听。"

唐一白点了点头，沉吟半晌，问道："峰哥，林桑真的一直没有联系过你？"

"联系了啊！"

唐一白意外地看着他："什么时候？"

"就是大年三十那天晚上啊！不是刚跟你说了吗，她托梦给我了。哎，'托梦'这种词好像是形容死人的？"祁睿峰说到这里突然捂住了自己嘴巴——罪过，罪过。

唐一白叹气道："如果她在现实生活中联系你，麻烦你告诉我一声，我想跟她说声对不起。"

祁睿峰不可思议地看着他："你跟她道什么歉？她该跟你道歉吧？把你害那么惨，害你被禁赛，害你断腿，差点一辈子都不能游泳，你……"

唐一白摆摆手，示意祁睿峰不要再说下去了。他说道："峰哥，其实有一件事我一直没和你说过。"

"什么事？"

"我受伤那天，林桑跟我表白了。"

祁睿峰吃惊地瞪大了眼睛，用了将近半分钟来消化自己听到的，然后感慨道："是不是每一个我们俩一起认识的女孩都喜欢你？"

唐一白举出有力反证："阳阳姐就不是。"

"你不要总提她！快说，后来呢？你怎么说的？"

唐一白垂眼看着桌面，有些无奈地说："我把她骂走了，说了一些很伤人的话。"

祁睿峰轻轻拍了拍他的肩膀，叹气道："可以理解，你不要自责了。"顿了顿，他问道："你是不是特别恨她呀？"

唐一白缓缓地摇了摇头："也不是。其实那件事不能全怪她，各方面原因都有吧，要怪就只能怪我自己太倒霉了，但是我在医院里得知自己骨折的那一刻，真的有种天塌下来的感觉。可能是负能量积累太多，完全不能控制自己的情绪，我把火气都撒到她身上了。即便她真的做错了，即便我的腿是因为她骨折的，即便我真的想给她个教训，我也不该用那样的方式。女孩子内心都脆弱，我那样骂她一定特别伤她的心。"

祁睿峰不知道怎么安慰他，沉默了一会儿，说道："我觉得你不用道歉，她肯定不会怪你的。你救过她的命呢，被救命恩人骂几句能有什么？算了，都是过去的事了，你不要想了。"

"嗯，不想了。这么长时间她应该早就看淡了。希望她现在过得幸福。"

正月初八，云朵还待在家里过着猪一样的生活，唐一白已经飞往地球南端，开始了为期四周的外训。

他这次联系的还是弗兰克教练。

一年未见，弗兰克教练见到他时一点不觉得生疏，热情地和他拥抱，说：“我看了你在亚运会的表现，非常出色，这让我对你更加有信心了。”

“谢谢你，弗兰克。今年的世锦赛我要游得更好。”

弗兰克给他制订了周密的训练计划，对他训练时的每一个细节都严格把关，对他的要求比对其他任何人都严格。

这样过了几天，弗兰克有些惊讶地对唐一白说：“你今年的状态比去年好。”

唐一白低头牵着嘴角笑：“我恋爱了。”

“你真的决定了？你忘记我对你的忠告了吗？”

“我没有忘记，我要谢谢你，但我想说的是，我不能错过那个女孩。我不敢说和她在一起后一定能拿金牌，但我绝对敢说，如果我错过了她，我一定也会错过金牌，因为我会忧伤到无心比赛。”

弗兰克笑了：“那我祝福你。”

这样的爱情，没有人舍得不去祝福。

唐一白白天训练刻苦，简直要累成狗，晚上只能利用可怜的一点时间捧着手机从女朋友那里寻求慰藉。

祁睿峰一天都说不了几句中国话，到了晚上唐一白还不理他，别提多郁闷了，他只好找翻译聊天，喋喋不休的，把翻译烦得啊！

此时正是澳大利亚的夏天，黄金海岸最美的季节，每天都能在海滩上看到穿着泳装的男男女女。

唐一白只要往海滩上一站，立刻会吸引来不少狂蜂浪蝶，因为他的身材实在是太好了，不只身材比例好，而且肌肉漂亮匀称，与那些在健身房里练出来的死肌肉完全不是一个概念，让人看了便忍不住怦然心动。加上他颜值高，就算外国人不懂得欣赏东方美，但是美学这东西总有一部分是人类通用的，因此许多欧美姑娘还是觉得他的相貌好看，不同于欧美汉子的好看。

有一次，唐一白在海边散步，两个金发碧眼的比基尼美女扭着小蛮腰向他走过来，他视而不见，绕过她们继续散步，两个姑娘便跟在他身后，一边走一边用英文交谈。

A：“他身材真好，好性感！”

B：“我们和他一起玩吧？”

A：“可他好像不喜欢我们，看都不看我们一眼，他会不会是个 gay？”

B：“可能性很大。我们可以让史密斯去搭讪他。”

A：“那布莱克怎么办？他会不高兴的。”

B：“可以让他们一起玩。”

唐一白：“……”你们外国人太会玩了。

晚上，唐一白和云朵视频通话时，他笑嘻嘻地说：“今天又被比基尼美女盯上了。”

云朵瞪他：“下次说这话时麻烦你哭着说，以证明你真的不喜欢被比基尼美女搭讪。”

唐一白笑道：“我确实不喜欢被她们搭讪，但我喜欢看你吃醋。”

云朵红着脸轻哼：“谁吃醋？你想太多了。”

唐一白却突然说：“朵朵，我教你游泳吧？”

云朵摇了摇头：“我不想学。”

“但是我想教。”唐一白突然开始想象云朵穿比基尼的样子——不行了，那画面太刺激，他要流鼻血了。

云朵还没察觉到他的目的，只是有些无奈：“有你这样的吗？”

唐一白的目光前所未有地严肃：“答应我，你一定要学会游泳，关键时刻能保命。”

“呃……”他这么郑重其事，云朵只好点了点头，“好吧，我自己去游泳馆学就好啦，你忙你的。”

“不行！”

云朵吓了一跳：“你……不用这么激动吧？”

“公共游泳池不卫生，所有人体的分泌物和排泄物都可能出现在泳池中，口水、汗水、尿液、粪便、头皮屑、各类皮肤传染病的病菌，我还听说过泳池里捞出安全套的……”

云朵听得头皮发麻：“你别说了。”

唐一白满意地点点头：“所以，不要去游泳馆。”

“那我怎么学游泳，在浴缸里学吗？”

“我来想办法。”

“好吧。”

唐一白心想：我家朵朵穿比基尼，当然只有我能看。

云朵几乎每天晚上都和唐一白视频通话，她发现唐一白去的时候白白嫩嫩的，去年晒出的小麦色早就捂回来了，可是现在每过几天，他的皮肤就黑一个色度，等到外训结束，他已经完全变成了古铜色，像古天乐一样。

云朵说："唐一白，你真的彻底变成唐一黑了。"

唐一白还挺自恋："是不是很性感？"

云朵坏笑："嗯，像个性感的烤土豆。"

唐一白轻轻挑眉："等我回去收拾你。"

云朵问道："你什么时候回来？"

"后天。"

"上午还是下午？我上午没空，下午有空，可以去接你。"

"不用，太远了，你下班回家等我。"

"好哦。"

唐一白回来的这天，云朵处理完工作，脚步轻盈地回家，心情说不出的雀跃。

要见到唐一白了哦，不是在手机上，是真人版的唐一白哦！

走到门口，她掏钥匙开门，刚把钥匙插进锁孔，门突然被人拉开了。云朵眼前出现一个又高又黑的身影，伸出手臂，用力将她拉进了屋里。

"哎哟！"云朵一声惊叫。

砰！门被重重关上了。

紧接着，不等她反应，他已经用力吻了下来。

她的后背抵着门，两手被他紧紧扣着，动弹不得，只能仰着头接受他暴风雨般的吻。

他的舌头熟练地挤开她的唇齿，伸进去，时而搅动，时而吸吮，像是在急切地渴求什么。

太久不见，相思汹涌成一片汪洋，将他们两个完全淹没。

他疯狂地索吻，她仰头，轻轻转动舌尖，配合着他。

感受到她的回应，他更加激动，粗重地喘息着，捧住她的脸蛋，吻得她唇舌发麻，还不罢休。

由于肺活量的明显差距，每当这种时候，云朵总是比他先承受不住。

她偏开头，大口喘着气。

他低头不愿放过她，她喘息的时候，他就在她红肿的唇上轻轻舔着。

云朵突然说道：“糟糕，钥匙！”

唐一白有点心塞，这么浪漫的时刻，她竟然还有心思想钥匙。

云朵推开他，开门把挂在门外的钥匙拔下来，然后瞪了他一眼。

温柔而娇嗔的眼神，让他顷刻间心软得一塌糊涂。

见她走进客厅，他紧紧跟了过去。

云朵好奇道：“二白呢？怎么不见了？”

唐一白拉住她的手：“不要管二白了。”

云朵却有些不放心：“你把它弄到哪里去了？”

“煮了，就在电饭煲里。”

“喂！”

唐一白拉着她的手坐在沙发上，说道：“你不要担心，我把它关在书房里了。”

“为什么？”

为什么？因为那货也不知道怎么回事，每次看到他亲她，都汪汪直叫。那只蠢狗根本就是电灯泡加警报器，这种时候怎么能让它在场搅和呢？

唐一白摩挲着她的脸蛋，满脸委屈地看着她：“我刚回来，你都不关心一下我，怎么只知道惦记二白？”

“因为它蠢啊！”云朵双手捧着唐一白的脸，柔声道，“好了，好了，不生气了。”

唐一白将胳膊伸到沙发后面，取出一束娇艳的玫瑰花递给她。

云朵红扑扑的脸蛋衬着火红的玫瑰，嘟着嘴巴笑道：“谢谢你。”

唐一白看着她，脖子向前伸了伸，示意她应该用实际行动表达谢意。

云朵便仰脸在他下巴上亲了一下。

他却不满足，食指点了点自己的嘴唇。

云朵红着脸，送上了自己的香吻。

来不及退回来，她已经被他扣住了后脑，亲吻加深。

吻着吻着，他把她推倒在沙发上，伏在她身体上与她唇舌交缠。呼吸再次变得粗重而凌乱，他下意识地摩挲着她的身体。

她被吻得思绪混乱，感觉他轻轻耸了一下腰，身体有了些微变化，连忙抓着他的肩膀轻轻推他，并且偏头躲开他的吻，喘着粗气说："你……你又流氓啊！"

唐一白眼神迷醉，再次捉住她的嘴唇，一边吻一边声音含混地说："朵朵，想你了，我每一天都在想你，朵朵……"

"我也想你。你能不能先起来？"

他却不为所动，顺着脸颊向下，吻着她的颈侧。

柔软而濡湿的双唇触碰着皮肤，伴随着炙热的呼吸，云朵顿时乱了方寸。

这时，外面一阵响动，钥匙插进缩孔的声音清晰地传入耳中。

云朵大惊："快起来，有人回来了！"

唐一白比她反应更快，迅速站起身，她以为这样就算完了，却没想到他又突然弯腰，把她抱起来扛在了肩上。

云朵："……"什么情况啊这是？

唐一白扛着云朵还能健步如飞，在门被打开之前火速撤离客厅，跑进了她的房间，然后将她扔在了床上。

客厅里。

唐爸爸有些疑惑："门没锁，豆豆已经回来了吗？"

唐妈妈点头："应该是。"

唐爸爸扬声叫道："豆豆，豆豆？"

唐妈妈制止他："别叫了。"

唐爸爸："老婆，你发现了什么？"

唐妈妈："沙发还是热的。"

唐爸爸："所以说……"

"所以说，他应该在躲我们。他一个人没必要躲我们，肯定是云朵也回来了。"

唐爸爸恍然："所以，这臭小子……"

唐妈妈抱着胳膊："现在的问题是，二白被他弄到哪里去了？"

两个人最后在书房找到了二白。

二白被关了，心情不好，把书房弄得乱七八糟。唐家爸妈找到书房时，它藏在了窗帘后面假装没有人能看到它，可问题是它只藏了脑袋，屁股留在了外面，瞎子也看得到。

唐爸爸感叹道："感觉咱们成了电灯泡。"

唐妈妈也有点无奈："年轻人谈恋爱就是腻歪。"

此刻，房间里，唐一白把云朵压在身下，温柔地亲吻着她。

云朵脸烫得要命，浑身发软，小声说道："叔叔、阿姨都回来了，你不要这样啊！"

他抓着她的手，探进他的衣服里，轻轻地抚摸。

他张口："朵朵，朵朵……"声音沙哑，一遍遍哀求。

他的眼睛眯着，像暖春融化的湖水，因为强忍着，额角已经沁出细密的汗珠。

云朵感觉自己整个人快要烧起来了，她想抽回手，可惜力气已经完全丧失。她的手掌覆盖在他那火热而紧绷的身体上，窄窄的腰身、完美的腹肌……

外面，唐家爸妈的存在让她惊慌害怕，她不知所措，只想远远地逃开。他的渴求却写了满脸，声音低微而柔软，撞进她的心口，化作万般柔情包裹住了她。

"朵朵，你帮帮我，好不好？"他吻着她的鼻尖，小声哀求她。

"唐一白……嗯——"

他不想听到她的拒绝，立刻堵住了她的嘴巴，然后抓着她的手，顺着小腹一路向下，伸进了运动长裤里。

云朵本能地害怕，吓得缩手，他却牢牢地扣着她的手，按在那里。他微微挺动腰身，蹭着她的手，眉毛拧起，旋即又舒展，眯着眼睛，像是舒服，又像是不太舒服，鼻端发出若有若无的轻哼。

她看到他额上的汗越发多了。

他哑声唤她："朵朵，帮我好不好？求求你……"

云朵觉得自己也要化成水了，化在他的身上。

浑身血液直往头上涌，她张开手，覆盖住那里。

感觉到掌心有些湿，她舔了舔嘴唇，尝试"帮助他"。

毫无章法的动作，却换来他舒服的闷哼。

唐一白眯眼感受着她柔软手指的刺激，从来没有这样舒服过，甜美得像花海，热烈得像太阳，澎湃得像一浪高过一浪的大海，淹没了他。酥爽的电流传遍全身，每一根毛发都在快乐地颤抖。

他看着她花一样的容颜，亲吻她，嗅着她身上的芬芳，挺着腰身配合她，扣着她的手小声指引她。

后来，他绷着身体，两眼失神，像是被按了暂停键一样定住了。

云朵知道他在做什么，羞得脸颊像要滴血。

然后，他身体放松下来，舔舔嘴唇，满足地望着她。

“朵朵，”他喘着粗气叫她，声音愉悦而沙哑，“我感觉自己到了天堂。”

云朵一动也不敢动，低着头不看他，也不说话。她的手还伸在他的衣服下，一片湿热黏腻。

过了一会儿，她抽出了手，坐起身，红着脸去拿床头柜上的抽纸。

唐一白的胳膊比她长，一伸手就拿了过来。

他抽了几张纸，捉住她纤细的手腕，仔仔细细地帮她擦拭。他的动作特别慢，无形中使这个过程变得格外漫长。

云朵害羞得不知如何是好，目光催促地看他一眼，却发现他正望着她，眉角如柳枝低垂，目光温柔，像月色下盛放的莲花。

擦完她的手，唐一白捧着她的脸蛋亲了亲，然后低声说：“等我一下，我先去换衣服。”

云朵也不知是不是自己太敏感了，总觉得他的每一个动作、每一句话都像是在调戏她。

她去洗手间，路过客厅时，看到唐妈妈正坐在沙发上看手机。

见到云朵，唐妈妈只笑了笑：“回来了？”

“嗯。”云朵怕唐妈妈问她别的，不敢停留，赶紧躲到了洗手间里。

唐一白换好衣服后，神清气爽地走出来，看到他妈妈，他假惺惺地说：“妈，您这么快就回来了？”

唐妈妈神态自然，不打算揭穿儿子。

随后，唐一白便和云朵出门约会去了。

他今天晚上就要归队，然后开始冠军赛的赛前集训，这时候自然要抓住机会多和她待一会儿。

运动员们的时间太紧张了，能腾出来陪女朋友的时间更少，谈恋爱也谈不好，还有女朋友耐不住寂寞跟别人劈腿的，多影响情绪啊！所以，队里才不建议运动员们谈恋爱。

情侣约会去的地方就那么几个，唐一白和云朵出门便去了电影院。看海报选电影，两个人最后选了部爱情喜剧片，海报上说这个片子每隔六十八秒钟就有一个笑点。

唐一白给云朵买了爆米花和果汁，云朵给他买了一瓶农夫山泉。好吧，他永远是农夫山泉的待遇。

电影开始了，唐一白发现整个电影院只有他们两个人——花两张票钱就享受了包场，太不可思议了。等他看了几分钟，终于明白了何为偶然性背后的必然性。这种烂得超过底线的片子，还有人看已经算终身成就了。编剧想要逗观众笑的心情是何等迫切，几乎要冲破屏幕喷到人的脸上，可是电影的笑点设置又是何等低级，让人根本不想看。不只不想看，连听都不想听。

唐一白觉得无聊，便开始骚扰云朵，摸摸头，亲两下。见她不理他，他便抢了她的爆米花，不给她吃。他胳膊长，把爆米花举起来，她别想够着。

云朵有些无奈："你干吗？"

"亲我一下就给你。"

"无耻，这里是公共场合，有没有公德心？"

"这里又没人。"

好吧，周围确实一个人都没有，云朵只好吧唧在他脸上亲了一下，然后伸手："给我。"

唐一白一动不动："一点都不走心，再来。"

云朵亲了好几下才终于被他判定为"走心"，然后他收回手，把爆米花搂在怀里，还是没有给她。

云朵顿时怒了，凶巴巴地瞪着唐一白。

唐一白捏了一颗爆米花递到她嘴边："给。"

云朵张嘴，舌头一卷，吃到了嘴里。

于是，唐一白就这样一颗一颗地喂着云朵。

唐一白特别喜欢"投喂女朋友"这种事情，看着云朵鼓着腮帮子吃得起劲，像只快乐的小松鼠，他心里满满的都是成就感和幸福感。他建议每一个男人都应该尝试一下这项有益身心的运动，当然前提是你得有个女朋友。

喂了一会儿，他突然坏笑着，什么也没拿，直接把手指伸到了云朵的唇边。

云朵看也没看，张口叼住，舌头微微一卷，想把嘴边的东西往口里拖，却拖不动。定睛一看，是他的手指头，她气得拍开，瞪他一眼。

唐一白却目光沉沉地盯着她。

云朵脸庞微热，扭头不理他，自顾自地取了果汁喝。

过了一会儿，唐一白又拍了拍她的肩膀。

云朵偏头看他，只见他嘴里夹着一颗爆米花凑近她，笑吟吟的。见她呆愣着不动，他低下头，把爆米花贴在她的唇上，微微用力，挤进了她嘴里。

云朵不得不膜拜了。一桶爆米花而已，被他玩出这么多花样，这是只有神经病才有的思维广度啊！

电影放完，云朵叹了一句："这电影太差劲！"

唐一白说："我觉得还不错。"

"啊？"云朵不敢相信。

唐一白解释道："烂片有烂片的好，正因为它太无聊，我们才可以专心致志地在这里谈恋爱。"

逻辑如此奇特，令人无法反驳。

唐一白很快回到国家队，开始了紧锣密鼓的集训。

今年的冠军赛主要是为世锦赛选拔运动员，唐一白、祁睿峰等名将只要比赛成绩达到世锦赛标准就可以参赛。与此同时，日本、澳大利亚等游泳大国，也相继进行了世锦赛选拔赛，而他们的竞争比中国要残酷一些，一赛定输赢。

对于运动员来说，冠军赛检验的不只是成绩，也是比赛状态的调整，所以就算成绩上没有很大压力，唐一白也不愿懈怠，训练时和往常一样刻苦认真。

伍勇对唐一白的表现比较满意。

之前看到唐一白和云朵腻腻歪歪的，伍勇还担心他会因为恋爱而分心，现在嘛，至少目前为止看不出这种迹象。

几个教练闲聊时也会八卦他们的队员，大家一致认为，整个男子游泳队最有天分的运动员非祁睿峰莫属，而如果说最有大将风度的，一定是唐一白。唐一白是典型的大赛型选手，越是压力大，他的成绩越好。到目前为止，他唯一的一次失误是在去年的亚运会上，50米自由泳决赛抢跳出局，但那次失误后他状态调整得特别快、特别好，第二天就火力全开，之后越战越勇，简直是逆天的节奏。

伍勇忍不住想起几年前，唐一白被禁赛后非要改练自由泳，他觉得这孩子是遭受打击了瞎胡闹，根本不同意，然而唐一白的坚决让他也没辙，最后只好由着唐一白去。

那个时候，伍勇真的想过放弃他。

这个想法其实特别容易理解，如果遇到一个理智点的教练，没准真的就放弃了。一个运动员，三年不能比赛，还断了腿，很可能再也找不回巅峰状态，而他自己又作死地不务正业……国家队资源有限，教练精力有限，如果把这样一个运动员放了羊，谁也不会说什么。

但是伍勇狠不下心，多好的一个孩子啊，聪明又伶俐，悟性也好，心肠也好，只是倒霉了一点，被猪队友坑了。孩子做复健时疼得满头大汗，却一声不吭，咬着牙坚持做，护工都叫停了，他还不停，他说他想早点好，想早点回去游泳。伍勇听了想哭，特别想把那个不知所踪的林桑抓回来打一顿。

后来，伍勇和唐一白深谈了一次，见唐一白很坚决，伍勇也就不再想着把他拧回来。自由泳就自由泳吧，大不了让他自己意识到游不好然后放弃。当前最重要的是让他满怀希望，好好养伤。

由于唐一白是在成熟期转型，队里几乎没人相信他能走很远。

最相信他、最支持他的是祁睿峰，而祁睿峰对唐一白的信任简直毫无理由。

后来，在众多不信任的目光中，唐一白一点点坚持下来，成绩一天天有了起色。

他失意时从不沮丧，得意时也绝不猖狂，淡定得像一棵树。

伍勇非常庆幸自己当初没有狠心。

唐一白回了国家队，每天忙成狗，连出大门的机会都没有。

云朵也开始忙起来。报社的记者总是很短缺的样子，新人的流动性又大，她经常被调去别的组当救火队员，本职工作还要干好，一个人当两个人用，别提多辛苦了。

直到冠军赛前两天，她才稍微放松了些，早早下班去找唐一白。

走出单位，她先去饮品店买了两杯鲜榨果汁，一杯橙汁，一杯石榴汁，然后提着果汁在路边拦出租车。

林梓开车经过，摇下车窗对她说："云朵，你去哪里？顺路的话，我送你吧。"

云朵摇了摇头："谢了！我要去游泳训练基地，我们不顺路，所以不用了。"

林梓歪头问道："去找唐一白？"

云朵低头笑了笑，娇羞如含苞待放的花。

林梓见她如此，眸光微动，笑道："我送你吧，反正闲着。"

“那就麻烦你啦。”

“跟我客气什么，谁让你是我老大呢？”

云朵坐上车后，把两杯果汁放在杯架上。

林梓看看果汁，问道：“给他买的？”

“嗯。”

“云朵，你从来没请我喝过东西。”他说着，略有不满地看着她。

云朵笑道：“是吗？下次有机会请你。”

“不用下次了，就这次吧。我要喝雪梨汁。”

“啊？哦，好，你等我一下，我去帮你买。”

林梓要开车送她，她请他喝杯果汁也是应该的，于是果断下车去买。

林梓望着她的背影，从怀里掏出一包白色粉末来，然后把两杯果汁的盖子都打开，看到了一红一黄。

耳边不禁响起小桑的话：“哥，一白竟然喜欢喝石榴汁啊！哈哈，一个大男生喜欢喝石榴汁很奇怪哦。”

“哥，我今天给他买了石榴汁，他很高兴，让他吃药他都乖乖吃了。”

……

林梓脸色阴沉，把白色粉末全部倒进了红色的石榴汁里。

云朵提着雪梨汁回来时，并没察觉出任何异样，可是当她下车，提着果汁走进游泳训练基地的大门时，她的老毛病又犯了。

石榴是秋天成熟的，而现在是春天，把石榴从秋天保存到春天，其中要加多少防腐剂啊？一定对身体特别不好。如果唐一白喝了石榴汁拉肚子怎么办？他过两天就要比赛了。还是不要给他喝了，现在唐一白饮食的容错率是零，千万不能有闪失。

想到这里，云朵把石榴汁扔进了路旁的垃圾桶里。

唉，浪费食物感觉像是在犯罪，可是那又怎样，为了唐一白，她愿意犯罪。

云朵来过好几次了，门卫也不拦她，云朵就这样堂而皇之地走进了训练室。

唐一白今天下午的训练刚好结束，一脸汗水，连T恤都湿了。

见到云朵，他轻轻刮了一下她的鼻尖，笑道：“等我洗个澡。”

云朵提醒道：“头发吹干再出来。”

“好。”

伍总在一旁啧啧摇头："哎呀呀，有女朋友管着就是不一样。"

洗完澡，唐一白一身清爽地把云朵领走了。

云朵不想耽误他晚上的训练，两人便在食堂吃了晚饭。

看吧，和运动员谈恋爱就是这么坑，约个会只能去食堂。

不过，既然来到了国家队，她和唐一白怎么可能单独约会呢，必须有 DP-boys 的围观啊！向阳阳很兴奋，给云朵打了好多肉菜，看得唐一白直皱眉："阳姐，我女朋友来找我，你兴奋什么？"

祁睿峰说："向阳阳暗恋你女朋友。"说完这话，立刻遭到了向阳阳的毒手。

唐一白眯着眼睛看向阳阳："阳姐，不会是真的吧？"

向阳阳怒道："神经病啊你？我也是女孩子，怎么可能暗恋另一个女孩子？"

明天恍然大悟地拍着脑袋："啊，原来阳阳姐你是女孩子啊？天哪，我认识你这么久才知道你是个女孩子！阳阳姐，你快把小丁丁藏好啊，不要被发现，你可是女孩子！"

"明天！"

接着就是向阳阳满食堂追杀明天了。

云朵被这群活宝逗得乐不可支，不知不觉就吃了好多饭菜。

饭后有一点休息时间，唐一白把云朵带回了宿舍。

回去之前，他一再警告 DP-boys 不要跟过来，还让祁睿峰去找别人玩不要回宿舍，弄得那四个人看他俩的眼神要多猥琐有多猥琐。

云朵不知道该怎么解释，她真的只是想和他单独待一会儿啊！

唐一白的宿舍很宽敞，只是有些简陋。

作为知名运动员，他和祁睿峰其实都可以住单间，不过两人都没有要换的意思，反正已经习惯了。

唐一白把云朵带进宿舍后先亲了个够本，在云朵喊停后，他搬了两把椅子到阳台，两人坐在那里看窗外的风景。

外面有人在散步，竟然还有小孩子。

云朵问道："不会真的有'国家队附属幼儿园'这种东西的存在吧？"

"这附近确实有个幼儿园，但名字不是这个。你看，对面是家属楼，教练和运动员的家属住在里面，有小孩子不奇怪。"他顿了顿，看她一眼："其实你也可以住里面的。”

云朵脸一红：“我不要，离单位太远了。”

“不对，你不能住。”唐一白突然又摇了摇头，“住家属楼要办手续，咱俩没有结婚证，人家不给办。等我们结婚了，你就可以住进来了，然后我们的小孩子就在附近上幼儿园……”

云朵连忙打断他：“什么孩子不孩子的？”

唐一白点点头：“对，我们的小孩可能不在这里上幼儿园。你想，咱俩的小孩上幼儿园得是好几年以后的事了，那时我应该已经退役了，还不知道在做什么呢。”

“大哥，你想得有点远啊！”

“朵朵，我每天训练很无聊的，没事想想这些，可以减轻疲劳。”

云朵突然很同情这些运动员，训练辛苦，娱乐生活只能靠臆想，生活质量直追精神病人。她怎么可以剥夺他唯一的娱乐呢？于是她果断地一竖大拇指：“想得好！”

唐一白眯眼盯着她看了一会儿，突然说：“朵朵，我刚才好像吃多了。”

云朵有点急：“啊，那怎么办？有健胃消食片吗？”

“没有。要不，你帮我揉揉？”

“好吧！只是我也不太会啊！如果不管用，你就去找队医。”

“好。”唐一白说着，撩起 T 恤，露出了腹部。

云朵有些窘：“隔着衣服就好了。”

“这样清楚一些。”

云朵也就不再说什么，找到他的胃部，轻轻按了按，感觉不是很硬，便稍稍放了心，轻轻揉着。她的目光自然而然地落在了他的腹部上，漂亮的腹肌让她怦然心动。

她看得一阵心虚，连忙移开视线，抬起头，恰好对上了他带着温度的目光。

他盯着她，嘴唇微微张开，吐着火热的气息。

云朵从他脸颊上浮现的浅淡潮红中敏锐地察觉到了不同寻常，她垂眼一看，呃，又要耍流氓。

唐一白抓着她的手向下按——他食髓知味，尝试过一次就惦记上了，怎么舍得错过。

云朵连忙缩手："你过几天还要比赛呢，你能不能先安心比赛啊？"

唐一白扣着她的手，喘息着看她："你不帮我我就会憋坏身体，憋坏身体怎么能好好比赛呢？"

"你——"这是什么理由。

最后，云朵还是帮他了。

他渴望地看着她，目光中一片哀求，特别像脱了水的鱼，好像她不帮他他就会渴死。

她就是被他这个样子欺骗了，实在拒绝不了，就帮了。

云朵跟在唐一白身后，红着脸走出了宿舍。

唐一白想送她回去，但是又不能撇下训练，于是想了个折中的办法，让云朵去看他训练，训练完他再送她回家。

云朵问唐一白："我会被很多人看到吧？刚才在食堂就有好多人看我了。你怎么跟他们解释？"

"不用解释，他们都猜到了，你是我女朋友。"

云朵惊道："那怎么办？我们会不会被曝光呀？"

唐一白揉着她的脑袋安抚她："应该不会。"

云朵更觉得奇怪了："运动员们都这么守口如瓶吗？我记得他们挺八卦的呀。"

"八卦也只是在内部八卦，不会对外面说的。因为队里已经下了规定，不让他们随意对别人讲起我的隐私，如果违反被抓到，可能要受处罚。"

云朵叹服了："国家队真的很人性化啊，连这事都管。"

唐一白笑道："也不是每个人的私事都会管。主要是我现在有点商业价值，可以帮队里赚不少钱，所以队里比较重视我的隐私。"

两人到了泳池，伍勇看到云朵，也不意外，让云朵坐在一旁看。

云朵看着唐一白像条美人鱼一样在清澈蔚蓝的池水里游来游去。

伍勇感觉唐一白这回的训练状态很不错，扭脸看看云朵，心中了然。

有女朋友在就是不一样啊！伍勇再次感叹。

又一圈下来，唐一白停在池边，扶着池壁朝云朵挤眼睛。

云朵抿着嘴笑，假装没看到他。

伍勇站在池边，朝着水里的唐一白冷笑："臭小子划水不用手，全靠浪！"

第九章
幸好我有你

今年的冠军赛在 S 市举行。

作为全民偶像，唐一白已经粉丝成群，他参赛的那个时间段的门票总是被早早地抢购一空。没抢到票的粉丝成群结队地在游泳馆外面等着，久久不愿离去，也不知在期待什么奇迹出现，或者只是单纯地想离偶像近一些。

云朵把售票窗口前排的长队拍下来，以证明“泳坛热度依旧，形势一片大好”。

拍完照片，她猥琐地想：要是趁这个时候倒卖唐一白和祁睿峰的比赛门票，一定能发笔小财。

这次冠军赛上，唐一白的男子 100 米自决赛成绩是 47 秒 90，比去年的最好成绩 47 秒 74 差了一些，不过这也不能说明什么问题。47 秒 74 是在亚运会上游出来的，而如果把他当时混合泳接力最后一棒的成绩也放进去对比，这并不算是他的最好成绩。

亚运会和冠军赛不是一个概念，自然也会催生运动员不同状态的发挥。对于像唐一白这样已经拿到入场券的运动员来说，冠军赛只是一个调整状态的时刻，真正的重头戏是今年夏天的世锦赛，而最好的状态自然要留在最重要的比赛中。

不过，从世界范围来看，47 秒 90 今年排世界第三，算是个不错的名次，排在他前面的两个人分别是澳大利亚名将桑格和前奥运冠军埃尔普西。桑格是上届奥运会 100 米自亚军，实力非凡。埃尔普西因为年龄问题状态下滑，今年的最好成绩只比唐一白快了 0.06 秒。另外，法国小将贝亚特以 47 秒 91

的成绩位列第四，和唐一白相差无几。

贝亚特去年在澳大利亚和唐一白有过一点不愉快，当然，唐一白觉得这点小事完全不用放在心上。

这三个人当中，与唐一白竞争最大的是埃尔普西和贝亚特，三人的成绩比较接近。

当唐一白的名字和埃尔普西放在一起时，许多人免不了会想起一年多前那次发布会的乌龙。那个时候，不知有多少人认为“唐一白要挑战埃尔普西”是哗众取宠，而现在，这个集聚了无数人希望的中国运动员，距离那位当世名将只有一步之遥，甚至连一步都不到。

有记者再次向唐一白提起此事时，唐一白微微一笑：“我现在要挑战的是桑格，我的目标是世界冠军，一直都是。”

记者对这样的回答感到意外，总觉得唐一白变得张狂了呢！

唐一白的粉丝看到这段采访，却全都激动得不行。

伍勇得知此事后，责备唐一白：“怎么你现在嘴上也欠把门的了？桑格的状态正处在巅峰时期，想赢他谈何容易？你现在夸下海口，到时候要是输了，看谁被打脸。”

唐一白满不在乎：“打脸就打脸吧，我脸皮厚，不怕打。”

唐一白的目标太高，时间紧迫，伍勇连假都不给他放了，冠军赛结束后归队直接下泳池。

以前这种时候他还能回家一趟的，这次他又迫切地想见云朵，于是拉下脸去问伍总。

伍总抖着胡子冷笑着问他：“你还想不想赢桑格了？想的话就给老子把儿女情长先放一放！女朋友在那里待着丢不了，金牌可是随时会长翅膀飞走的。”

于是，他都没抓住机会回家和云朵约会，只能等云朵有空来找他了。

可是在公共食堂吃个饭，在操场散个步，最多在宿舍单独亲密一下，这算哪门子约会？

就这样过了段凄凄惨惨的日子，伍勇也有点看不下去了。

接下来，唐一白的时间安排只会更加紧张，五月份上高原，六月份再次去澳洲外训，七月份国家队集训，八月份世锦赛正式打响。如果他现在没时间和女朋友约会，以后只怕更加没时间。一连三个多月，算上之前的一个多月，就是四个多月，一天时间也不给他们？太狠了，本王做不到啊！

所以，这天唐一白从泳池出来后，伍勇面无表情地告诉他："明天给你一天假。注意，只有一天。你接下来三个多月都要给我踏踏实实地训练，不许有任何杂念，听到没有？"

唐一白喜出望外："好，一定！伍总，谢谢您！"说完转身就跑。

伍勇喊道："明天才放假，你现在急什么？"

"我今晚就回去！"

"嘁！"伍勇不屑地翻了个白眼，随即摇头笑了。

唐一白没有提前告诉云朵，他要给她个惊喜。

他打车回家，出租车快到目的地时，却突然停了下来，他不禁奇怪："怎么了？"

出租车师傅有点无奈："前边正在施工，不能走了。奇怪了，怎么会施工呢？我们只能绕行了，我先看看怎么掉头。"

唐一白说道："行了，也不远了，我就在这里下车吧！师傅您自己掉头出去吧。"

因为把这位师傅弄进了死胡同，唐一白挺不好意思的，多给了他五块钱小费。

下车，绕过"前方施工，车辆绕行"的牌子，走了没多远，他突然听到女人的哭声，扭头往旁边的胡同里一望，隐隐约约的画面吓了他一跳。

两个男人正围着一个姑娘欺负，其中一个人按住她，手伸进她的衣服里摸，另一个正在解她的裤子。姑娘哭着求饶，可是那两个人渣哪肯放过她。

唐一白看得火大，刚要上前，想了想，掏出手机先报了警。

接着，他抓了一块板砖背在身后，走过去，高声喊道："你们干吗呢？放开她！"

其中一个男人扭头看到唐一白，呸了一口："多管闲事！"

唐一白这才发现，两个男人竟然都戴了面罩，只露出眼睛和嘴巴。他握了握身后的板砖，语气镇定："放开她，我可以假装什么都没看见。"

男人果然放开了姑娘。

另外一人见他松手，也跟着松了手。

这个男人看着唐一白，突然从后腰抽出一根铁棍来："上！揍死他！"

两个人挥着铁棍一起扑向唐一白。

他们人多，还有武器，而唐一白只有一块板砖，他没有硬碰硬，而是转身就跑，希望把这两个人带到大街上——身高优势摆在那里，他自信能跑过他们。

就在此时，胡同口又来了一人，同样戴着面罩拿着铁棍，堵住了唐一白的去路。

这阵仗，唐一白非常怀疑他们是有备而来的。

然而，他来不及细想，那三个手持武器的男人便扑了上来。

唐一白反应快，躲过了几棍，可还是挨了两下。

他顾不得疼，抓住机会搂住其中一个男人的脖子，板砖直拍那人面门，打得那人满脸是血。

可惜他并没有将那个男人打晕，那人扔掉铁棍，和另外一个男人一起抱住唐一白不让他躲，对第三个人嘶吼：“打他！”

第三个人握着铁棍，没有打唐一白的脑袋，也没有打他的肚子，而是朝着他的手腕用力一挥。

唐一白挣扎着躲了一下，却没有躲开，铁棍打在了他的右手腕上，一阵钻心的疼痛刺激着大脑皮层，他忍不住闷哼了一声。

绝望的感觉遍布全身，不只是因为疼，更因为手是游泳运动员身上最重要的部位。

这时，外面响起了由远及近的警笛声，三个男人赶紧抓起铁棍跑了。

唐一白疼得满脸是汗，靠在墙上大口喘气。他的右手一动就疼，感觉很不好。

他用左手轻轻托着右手，朝着胡同口的警察高喊：“警察同志，这里。”

几个警察很快走了过来。看到唐一白浑身是血，脸色惨白，以为他受了重伤。

其中一个警察问道：“刚才是你报的警吗？”

“对，是我。歹徒已经跑了，这儿还有一个姑娘。”他说着，朝不远处那个姑娘待的地方望了一眼，却什么也没看到。

“呃，她也走了。”

警察问：“你现在能走路吗？我先帮你叫救护车。”

“不用，这血不是我的。我伤到手了，可能需要去趟医院。”

“我们送你。”

“好，谢谢。那个，我是个运动员……”

“啊！”警察恍然，“是你，你是唐一白！”

唐一白点了点头，解释道：“是这样的，我是个运动员，出了这种事情，我要先通知教练和队医。您能帮我打个电话吗？”

“可以，可以！”

警察从唐一白兜里掏出他的电话，正好这个时候，手机上有个来电。

警察把手机举到他面前，说道：“这个人给你打电话，接不接？”

“接一下，这是我女朋友。”

警察接了电话，把手机抬高放在唐一白耳边。

警察无意偷听别人谈话，但是手机那头女孩子的声音清清楚楚地传了过来，他完全听得到。

唐一白：“喂，朵朵。”

云朵说道：“训练完啦？”

“嗯。”

“回去了吗？”

“回了。”

云朵感觉唐一白有点不对劲，话怎么这么少，不像他啊？

她奇怪道：“你怎么啦，不开心？”

“不是。”

“你就是不开心吧？”

“朵朵，我现在有点事，一会儿打给你。”

云朵更觉得奇怪了：“你怎么还在喘气呢？应该早就训练完了吧？你今天加训了？”

“对，我加训了。”

“我才不信。唐一白，你是不是有事情瞒着我？好啊，你是不是看上别人了？”

一旁的警察都听不下去了——唐一白也够能忍的，都伤成这样了还跟女朋友逗贫。

警察把手机拿下来，对云朵说：“姑娘，你男朋友受伤了。”

云朵吓了一跳：“你说什么？！”

“我说，你男朋友受伤了。”

“你在和我开玩笑吧？你是谁？”

“我是警察，我没有和你开玩笑，我现在要送你男朋友去医院，你要不要过来看看他？”

“唐一白在哪里？你们在哪里？我马上过去！”

“你去医院找我们吧。”

“哪个医院？”

一句话把警察问住了，附近当然有医院，但他也知道运动员的身体一丝马虎不得，于是他犹豫着问唐一白：“去哪家医院？要不我送你去积水潭？”积水潭医院是骨科名院。

不过，名院也有名院的烦恼，就是人太多了，万一去了排不上，影响伤势，岂不是更麻烦。

“不用。”唐一白摇了摇头，“把我送到附近医院挂个急诊就行，我们队里应该会很快调派专家过来。现在麻烦您给我的教练和队医打个电话，告诉他们我们去哪里，以及……我有可能骨折了。”唐一白说到这里，目光有些暗淡。

“好。”

云朵几乎是飞着出门的，拦了辆出租车去医院，到的时候只比唐一白晚了十分钟左右。

唐一白刚挂完急诊，还没看医生呢，云朵就来了。一眼见到唐一白身上好多血，她吓得面无血色，泪如雨下。

看见她哭，唐一白的心跟着揪疼，特别想摸摸她的头，可惜腾不出手。

他轻声安慰她：“没事，没事，这血不是我的，我只是伤了手腕，很快就能好。”

伤手也不行啊，游泳划水全指望手呢！云朵都要心疼死了，又怕他担心，便胡乱地擦了擦眼泪，低头看了看他的手腕，只觉得好像肿了，也看不出别的问题。

她跟着唐一白去找值班医生，医生问了几句，开了个单子，让他先去拍片。

等片子的时候，云朵紧紧攥着拳头，感觉特别心慌——千万不能有事，千万不能有事啊，唐一白。

她又不敢表现出来，怕影响到唐一白，只好假装很淡定的样子，咬着牙问唐一白：“到底是怎么回事？”

“没什么，遇到几个小流氓，打架了。”

这个理由很难令人信服，云朵知道唐一白并非好勇斗狠的人，就算遇到小流氓也不会主动和人打架。

果然，旁边的警察同志插口说道：“唐一白是见义勇为，看到有人意图强奸年轻女孩，才出手相救。幸好他提前报警了。唐一白，你做得不错。”

唐一白有些不好意思：“你们也不错，出警很快。”

云朵眼圈又红了：“那些坏人抓到了吗？抓到之后能不能先打断手脚？”

警察遗憾地摇头：“我们到的时候歹徒已经跑了。一会儿跟唐一白了解一下情况，我们会立案，尽快抓捕到歹徒。现在关键的问题是那个受害者也不知所踪，她要是在的话，应该能提供不少线索。”

云朵像是听到了笑话：“受害者也跑了？眼看着唐一白被打伤，她跑了？”

警察无奈地点点头：“嗯。目前的情况是这样。”

云朵特别生气：“这种人根本不值得救！”

唐一白偏过脸，用下巴轻轻蹭她的额角：“朵朵，不要生气。”

云朵鼻子酸酸的，眼泪止不住地落了下来。

她摇着头道：“我不是生气，我就是心疼你，我……”越说越哽咽，也不知道说什么好了，只有眼泪扑簌扑簌地向下落着。

唐一白低头轻吻她的眼泪，边吻边说：“朵朵，别难过了，真的没什么大事。”

“没大事？你哄我呢吧？伤筋动骨一百天，一百天之后就是世锦赛，为这次比赛你等了多久？这还叫没大事，那什么才算大事？”

她一番话道出了唐一白心中隐藏最深的担忧。

的确，他最怕的就是这个。

准备了那么久、期待了那么久的比赛，不久前他才发下豪言要拿世界冠军，现在，他却捧着手坐在这里，等着一场几乎已经确定了的宣判，他怎么可能不难过？

手腕被打中的那一刻他就想到了这个后果，心头一直堵着一团阴霾，无论如何也驱散不尽，可是无论他多么难过，他也不想看到他的朵朵难过。

云朵也意识到自己话说得重了，也不顾旁边还有人坐着，捧着他的脸亲了亲，说：“不管怎样，你都是我的大英雄。唐一白，我为你骄傲。”

片子出来时，伍勇带着两个人也风风火火地赶来了。其中一个人是唐一白的队医，云朵认识，另一个是体育医院的骨科医生，姓徐。他们两个和急诊的值班医生一起看了片子，最后得出相同的结论：手腕骨裂。

唐一白得知这个结果，对云朵说："还好。"

云朵气道："好什么，你真当我没文化吗？"

严格来说，骨裂是骨折的一种，不过骨裂没有错位，相对骨折要好治得多，但骨裂也是骨头出了问题啊，怎么可能"还好"。

在一般医生看来，这种骨裂，治起来没有争议，很容易康复，可关键问题是，骨裂的这个人是唐一白，是个游泳运动员，三个多月后要参加游泳世锦赛。

世锦赛对于唐一白的意义和对别人不太一样，他在此之前参加过的重大赛事只有亚运会，从来没有参加过世界性的比赛，而再过一年就是奥运会，在奥运会之前，他只有这一次检验自己实力的机会了，对于他来说，这个机会太难得、太珍贵。

而且，国家队对唐一白寄予厚望，他是今年中国泳军出征世锦赛为数不多的几个夺金点之一，也是男子 4×100 米混合泳接力和男女 4×100 米混合泳接力的压棒选手——男子 4×100 米自由泳接力，亚洲人一般会选择放弃。

可以说，他的重要性和祁睿峰相当，谁也不愿意看到他在这个时候出问题。

伍勇脸黑黑的，问徐医生："最快多久能痊愈？还能参加世锦赛吗？"

徐医生答道："参加倒是能参加，但是有一个问题，以他的情况来看，由我治疗的话最快也要六周才能痊愈，这期间最好不要做剧烈运动，所以最乐观的估计是六周以后他才能正常训练。你觉得他在停训六周之后，能在不到两个月的时间里找回最佳状态吗？"

伍勇哑口无言。他知道这基本是不可能的，游泳运动员一个多月不下水，相当于普通人一年不碰水，再下水需要经过长时间的锻炼才能使身体各部位回归最佳的协作状态，才能重新激发身体潜能。总之，好状态丢起来容易建起来难。

徐医生叹了口气："我先给他打个石膏吧，不然错位了更麻烦。"

伍勇已经不抱希望了，气急败坏地说唐一白："你怎么这么牛呢？什么事都得插一手？你以为你是超人还是蝙蝠侠？看见对方那么多人，你也傻愣愣地上去打？"

唐一白摇了摇头："伍总，您先别骂，我觉得这事不同寻常。"

“怎么个不同寻常？”

“我怀疑他们就是冲着我的手来的。他们知道我的身份，也知道手对于游泳运动员有多重要，他们的目的就是打断我的手。就算我不救那个姑娘，他们也会用别的办法偷袭我。我现在怀疑，跑了的那个姑娘根本就是他们的同伙。”

众人被这个神展开震惊了。

警察问道：“你为什么这样怀疑？你发现了什么？”

“警察同志，您能不能再等会儿，打完石膏我们聊聊？”

“好。”

打完石膏，徐医生去办会诊手续。

伍勇在楼道里背着手来回踱步，眉头拧成了“川”字，像一块乌云，压在眉心无法散去。

警察又叫来一个同事，两个人一起给唐一白做笔录。

根据唐一白的描述，这个案子很可能是一起恶意伤人事件，受害者还是个知名运动员，歹徒一铁棍下去直接打掉了一块潜在的世界金牌。无论从哪个角度讲，他们都需要尽快破案。

警察走后，云朵接到了唐妈妈的电话。

她有点心虚：“喂，阿姨？”

“云朵，你出门了？今晚还回不回来？”

“我……”她不知道该怎么回答，更不知道该不该把这事告诉他们。她朝唐一白眨了眨眼睛，递过去一个询问的眼神。

唐一白摇了摇头。

这么晚了把爸爸妈妈折腾过来也没用，还会影响他们休息，明天再说吧。

那边，唐妈妈察觉到了云朵的犹豫，问道：“云朵，我希望你跟我说实话。你现在已经不是我的租客了，你懂吗？”

“嗯。”

“那你告诉我，你现在和谁在一起？”

“和唐一白。”

唐妈妈沉默了一会儿，问她：“你们……在酒店？”

“不是。”

“不在酒店，那在哪里？”

云朵有些无奈，她不敢骗唐妈妈，便实话实说了：“在医院。”

唐妈妈突然有种很不好的预感，嗓音陡然变紧：“到底怎么回事？”

云朵吓得脸白了一下。

唐一白朝她伸手，接过手机：“妈，对……没事，不小心伤到……骨裂了，已经打好石膏了，医生说问题不大……你们不用过来了……好好好，你是我亲妈，绝对是……嗯，路上小心点，车别开太快。”

挂断电话，唐一白朝云朵笑了笑：“你很怕我妈？”

“也不是。”云朵挠了挠后脑勺，“就是吧，她的气场挺强的。”

其实就是怕啊！

此刻，唐一白正靠在病床上，长腿交叠，恐怖的染血外套已经脱掉了。云朵怕他冷，想给他盖被子，他却不乐意，觉得盖被子显得太虚弱，像个真正的病号。

云朵说：“你现在就是个病号！”

唐一白歪头打量她，轻声说道：“过来。”

“做什么？”云朵走过去，坐在床边。

他抓住她的手，掌心的热量透过皮肤传递到她的肌骨里。

他说道：“你看，我一点也不冷。”

云朵也不知怎么的，眼圈红了，觉得自己此刻太脆弱了，不像话。

她说道：“万一是发烧呢？”说着抽手，摸了摸他的额头。

唐一白乖得像个孩子，任由她探着体温。

她探完要收回手时，他却一把扣住她的手，拉到唇边，轻轻吻着她的掌心。

云朵的泪水在眼眶里打着转。

她宁愿唐一白发火骂人，她愿意充当他的出气筒，只要他能心里好受一些，可是他没有，他把委屈都压在自己心里，用这样温柔的方式安慰着她。

云朵的泪珠终于滚落下来，哭着对唐一白说：“你怎么这么傻呀你？”

唐一白松开她的手，轻轻抚摸她的发顶——他一直想这样做，现在终于腾出手来了——说道：“朵朵，你把我的话当耳旁风。我说过，你难过我就比你还难过，你看你根本不信。”

“我信，我不哭了。”云朵说着，抬袖子胡乱擦着眼泪，一边擦一边流，最后她痛苦地说：“唐一白，你可怎么办呀？呜呜呜……”

“朵朵，几年前我被禁赛时，比现在要绝望得多，可我现在还不是挺好的？你不要担心，现在情况还没那么坏，最差的结果也只是不能参加世锦赛，明年的奥运会我一样可以勇往直前。”

“可是，你从来没参加过世界级比赛，这一次……”

“不要想那么多，事情既然已经发生了，就该无条件接受后果。不能参加世锦赛是一种遗憾，但这不代表我在奥运会上赢不了。我刚改练自由泳那会儿，除了峰哥，连伍总都不相信我能游出好成绩，现在我不是一样做到了？这个世界很神奇，它超乎你的想象，不要总是去担心未来，因为你根本想象不出未来会是什么样的。”

云朵咬着嘴唇不说话。

唐一白突然笑了，说：“而且，我现在有你。”

云朵突然起身，弯腰捧着他的脸重重亲了一下，目光无比坚定地看着他：“唐一白，我相信你，我比相信自己更加相信你。”

唐一白牵了牵嘴角。

伍勇站在病房外，门是开着的，他象征性地敲了敲，然后有气无力地说：“你俩也够心大的，这种时候还能卿卿我我。”

唐一白说：“你是单身汉，理解不了的。”

“你……小兔崽子，你气死我了。老子不理你了！”伍勇说着掉头就走，过了没一分钟，他又回来了，问唐一白：“我说你今天就住在这里了？”

唐一白答道：“看情况。一会儿我问问队医，能离开的话我想先回家。”

这时，云朵的手机响了，来电显示是陈思琪。

陈思琪也不兜圈子，直接吼道：“云朵，你们家唐一白是不是受伤了？”

云朵有些奇怪，不过好在她机智地没有承认也没有否认，只是问道：“你从哪里听来的？”

“有人在网上爆了，说得有鼻子有眼的，连医院是哪家都说了。我接到领导电话，让我火速赶到那家医院。你快告诉我，唐一白到底是不是在那里？”

云朵突然想到一件可怕的事情：“记者们都得到消息了吧？”

“应该是。我就是想提前告诉你一声，如果唐一白真的在那家医院，赶紧将他隔离，不许任何人接近，最好一个记者都别往里放。我身为一个娱乐记者竟然跟你说这些。姐姐这辈子的高尚品质都用在你这里了，别说我不够意思啊！”

“啊，好，谢谢你！陈思琪，你太够意思了，回头请你吃大餐！”

“行了，你赶紧把这件事情弄利索吧！记住，娱记都是无孔不入的，一定要警惕！”

“好！”

挂了电话，云朵急忙对伍勇说：“伍教练，可能有不少记者正往这边赶，我们怎么办？”

伍勇拧着眉头：“这帮记者怎么都跟苍蝇似的？我先去找医院的保安挡一挡，再看看能不能带他去训练局康复中心。”

云朵点点头。

伍勇扭头刚出去，便看到唐一白的队医噔噔噔跑过来，说：“快走，外面有记者！”

“哪儿呢？”伍勇说着，撸袖子就想去赶记者。

队医拉了他一把：“伍教练，你傻了？记者连我都认出来了，怎么可能不认识你？”

伍勇这才发现自己今天确实急昏了头，变傻了。

两个人只好去医院办公室借调值班保安。

云朵回到病房把门锁好，窗户统统关严，窗帘拉上。

唐一白坐在床上，镇定如常，见云朵拉窗帘，他一挑眉：“你要对我做什么？”

云朵嗔怪地瞪他一眼，眼神中带着一种淡淡的蛮横，更多的却是娇软，看得唐一白心里痒痒的。

做完这些，云朵仍忧心忡忡的：“医院的值班保安可能挡不住那么多记者，怎么办？”

“简单，伍总应该会很快雇保镖公司的人过来。”

云朵刚坐下，电话又响了，是唐妈妈，估计他们已经到了。

唐妈妈的声音听起来很焦急，她说：“云朵，我们在住院部外面，可是保安挡着不让进，怎么回事？”

云朵打算去接唐妈妈和唐爸爸进来，想了想觉得自己这个形象对保安来说没有说服力，只好去请值班医生帮忙。

总算把唐爸爸和唐妈妈接进来了，云朵的手机又接二连三地响了起来，她只好留唐一白一家三口在病房说话，她自己跑到楼道接电话。

这几个电话都是同事打来的，孙老师、钱旭东，还有刘主任，都是询问唐一白的情况，问云朵能不能联系到唐一白或者他的教练。前两个人，云朵都搪塞过去了，到了刘主任这里，她没挡回去，因为刘主任坚持让她跟访这件事，必须拿到第一手资料。

云朵有些火大。

刘主任还在喋喋不休地给她分析利弊，说来说去无非是这条新闻对她的职业发展有各种好处。

云朵深吸一口气，说："对不起，刘主任，我办不到。"她做不到在这个时候从唐一白身上攫取任何利益，她只想陪着他。

刘主任怒道："还没做你就知道做不到？我看你最近工作懈怠得很，是不是不想干了？"

云朵也怒了："随便，反正我做不到。"

"你——嘿哟，反了啊你，谁给你的胆子？"

云朵直接挂了电话。

云朵回到病房，唐妈妈对唐一白的数落也接近尾声了。

唐妈妈是个面冷心热的人，对儿子爱的表达和恨的表达差不多，唐一白只好在一旁赔笑脸，他妈说什么他应什么，唐妈妈到最后也没了脾气，深吸一口气，无奈地翻了个白眼。

云朵小心翼翼地站在一边，沉默。

唐妈妈看了云朵一眼，对唐一白说道："今天晚上回去吧！你现在能下地吧？"

"能，伤的是手又不是脚。"

云朵却无奈地说："现在可能走不了，医院大门被好多记者堵住了。我刚才问了一下，地下室可以通到地下车库，但是我估计地下车库也有记者埋伏着，现在的娱乐记者特别丧心病狂。"

"那他今晚只能住在这里了？"

"这得看情况，如果太晚，就不折腾了。伍教练正在雇保镖。"云朵说道，"要不叔叔、阿姨你们先回家睡觉吧，我在这里陪着他。放心，我一定看好他。"

唐爸爸说："云朵，你陪你阿姨回家吧，我来陪床。"

唐一白有点窘："你们不用这样，我又不是丧失行动能力了，都回去吧。"

“不！”云朵固执地摇头，“没人守着的话，我怕有记者混进来，看着点放心。”

最后，大家只好按照云朵说的办。

唐妈妈走的时候把云朵叫到外面，问云朵：“到底是怎么回事？豆豆说得太简单了。”她怀疑他隐瞒了什么。

“应该是被人暗算了。”云朵简单地把事情经过讲了一下。

唐妈妈听罢大怒：“敢打我儿子？抓到之后断手断脚！”

云朵肃然点头：“我也是这么想的！”

唐氏夫妇离开后，云朵抓到两个冒充护士的记者，赶跑后，伍教练终于带来了保镖。之后，伍教练、队医和徐医生都离开了，只留下云朵陪着唐一白。

折腾了一晚上，云朵感觉有点心力交瘁，安顿好唐一白，她便躺在了病床上。虽然困倦，却睡不着，她的注意力都在一旁的唐一白身上。

黑暗中，唐一白说：“朵朵，你睡了吗？”

“没。你怎么也没睡？”

“没有晚安吻。”

云朵有些好笑，摸索着起床，没有开灯，走到唐一白身边，捧着他的脸，低头吻了他一下。像是蝴蝶亲吻花朵，轻轻落下，并未多做停留。

她刚想离开，唐一白却伸出舌头舔了一下她的嘴唇，无比明显的暗示。

云朵便张开嘴，缓缓地加深了这个吻。

她的亲吻像水，宁静和缓，却有着融化一切的柔情。

唐一白沉溺在这样的柔情里，心里暖暖的。他想：一定是因为有她陪着他，他才能那么快地从不能比赛的痛苦里走出来——遇到这样的糟心事，倒霉透顶，但是想到至少还有她在身边，他就觉得老天爷对他没那么刻薄。

一吻毕，云朵松开他，但是依旧捧着他的脸。

拉着窗帘，室内光线昏暗，他们看不到彼此，而这也正有利于一些羞于启齿的话说出来。

她小声说道：“唐一白，我爱你。”

唐一白感动得眼眶发热。他从没想过这三个字竟有这样的魔力，让他飘飘然像是飞到了彩云之巅，又觉得心脏像被蜂蜜包裹住了，甜腻得几乎化掉。

那一刻，他甚至想，为了这句话，死也是值得的。

他扣着她的手说："朵朵，我也爱你。有句话，我其实很想对你说。"

"什么？"

"你觉得我倒霉吗？"

"嗯。"简直不能更倒霉了啊，什么破烂事都被他遇到了。

唐一白却笑道："我以前也觉得我倒霉，但是遇到你之后我觉得我挺幸运的，真的。我想，如果让我用掉这辈子所有的运气来和你相爱，我也是愿意的。"

云朵连忙捂住他的嘴："不许瞎说。你不可能一直倒霉的，以后肯定会一直幸运。"

"我现在就很幸运，遇到你，我已经赚了啊。"

两个人在医院待的这一晚，外面的传闻已经满天飞，唯一的共同点就是唐一白受伤了，而具体伤到哪里、伤到什么程度、受伤原因为何，则是众说纷纭。有人悲伤过度，有人幸灾乐祸，有人浑水摸鱼，有人追着游泳队逼问，还有不少造谣博关注，这个独家爆料，那个重大消息，搞得人晕头转向。到最后，占主导地位的传言是这样一个版本：唐一白和祁睿峰为了女人争风吃醋，打架，祁睿峰把唐一白打成重伤，进了医院。

仅是一个谣言就包含了"女人""暴力""兄弟反目"等最刺激人眼球的信息，难怪能够后来居上。

早上，吃完早餐看到这些八卦，云朵气得直翻白眼。

唐一白说："朵朵，你今天不用去上班吗？"

云朵鼓了鼓腮帮子，像条吃撑了的小鱼："我不想去上班。"

"那你请假了吗？"

云朵看着手指，有点心虚："就算请假我们领导肯定也不批。"

"为什么？"

"我昨天把他得罪了。"

唐一白心思敏锐，很快就想明白她为什么会得罪领导了，不禁有些感动。

想了一下，他说："其实，这件事早晚会被人知道的，不如你先报道吧！近水楼台先得月，不要便宜别人。"

云朵断然否定："不行！谁知道那帮坏人会不会有别的计划？现在不能透露你的情况出去，我也不可能为了新闻而不顾及你的安危。这件事，先看警察和你们领导怎么说。在这件事上，你要听我的。"

唐一白笑了："好，都听你的。只是，你怎么跟领导说呢？"

云朵有点为难："我现在没心情理他，过两天再向他道个歉吧。没事，最坏的结果就是我在报社混不下去了。我还不想混了呢，大不了不干了，我拍纪录片去。唐一白，等你成了奥运冠军，我要给你拍纪录片！"

唐一白笑着点了点头，然后朝她伸手："既然你不好意思，我帮你跟他说一下吧。"

"你要说什么？"云朵把手机递给他。

他没有回答，只是拨通了刘主任的电话，开了免提，说道："喂，刘主任，我是唐一白。"

刘主任显然被吓到了，说话有点结巴："唐……唐一白？"

"对，是我。刘主任，您还记得我吗？"

"记……记得！唐一白啊，你不是受伤了吗，怎么会用云朵的手机打电话？你们……"

"刘主任，我知道您想问什么，我现在就可以回答你。云朵是我的女朋友，昨天她因为我的事情太着急，说话有些欠考虑，您不会放在心上吧？"

刘主任连忙说："不会，不会，可以理解的。唐一白，你到底伤到哪里了，严不严重？"

唐一白却没有回答这个问题，而是说："刘主任，我想帮云朵请两天假，可以吗？"

话都说到这个份上了，刘主任觉得他就算不给云朵假，那个小丫头片子也不会来上班了，而因为这事得罪唐一白也不值得。虽然这小子有点狡猾，怎么问都不说实话，但是既然云朵都把他拿下了，不愁没新闻。想到这里，刘主任爽快地答应了："好。让她好好照顾你吧，你自己注意身体。"

"嗯，谢谢刘主任。另外，很抱歉，您问的其他问题我回答不了，队里有规定，不过估计队里很快就会发布公告了。"

听他这么说，刘主任也没脾气了，只好说："好的，好的。"

唐一白挂断电话后，云朵觉得特别好玩，说道："唐一白，我还没见过刘主任这么吃瘪呢，哈哈。”

唐一白笑着揉了揉她的头——云朵可以继续陪他了，真好。

上午，唐一白接了个电话，是昨天那位警察打来的，说局里专门派了刑侦科高手调查这个案件，在国家游泳队训练基地的对面发现了四个微型摄像头，而这些摄像头设置得很隐蔽，很可能是用来监视唐一白的行动的，这也就解释了为什么唐一白临时决定回家也能被人袭击。另外，昨晚他家附近那个“前方施工，车辆绕行”的牌子是有人故意放的，那里根本没有施工。

许多证据都在指向蓄意伤害。

警察简单说了一下目前的调查结果，又让唐一白仔细回忆有没有遗漏的东西。

和警察结束通话后，云朵和唐一白像猜谜一样猜了半天到底谁会害他，最后却是一点方向都没有。

如此费尽心机，那人得和唐一白有多大仇啊？唐一白能和谁结仇？要说是因为挡了谁的道被除掉吧，这就更奇怪了，在中国短距离自由泳方面，他把许多人远远地甩在后面，不存在挡谁道的问题。

后来，云朵脑洞大开，问唐一白：“会不会是曾经向你表白，然后被你拒绝得很惨的那个姑娘？她因为怀恨在心，回来报复你了？”

“不可能。”

“对哦，我也觉得不可能，我脑洞开太大了。”

上午十点钟，国家游泳队和公安局分别发布了公告，说明这次事件的具体情况，平息谣言。

不过，人民群众的想象力实在是无穷，即便是官方公告，在他们眼中也是“漏洞百出”“疑点重重”，所以有些人仍守着谣言自嗨，对此，这个世界上最厉害的人也拿他们没办法。

随后，伍教练来了，一群保镖开路，把唐一白带到了训练局的康复中心。徐医生在那里又给唐一白做了次检查，确定一切安好。再之后，徐领队也来看望了唐一白。祁睿峰等人正在训练走不开，只能晚上来看他。

当着众人的面，徐医生说：“其实我有一个不太靠谱的办法，可能有利于一白迅速康复。”

伍教练急忙问："什么办法？"

"我跟你们说过吗，我有一个舅爷，今年八十二岁了，他是个中医，专治跌打损伤，在我老家那边挺有名气的。他的医术是祖传的，而且传男不传女，我奶奶都没有资格学。他的一些方子确实能起到加速恢复的作用，当然了，也分人，不是什么人吃了都管用。我觉得，一白年轻，身体底子好，用他的方子希望蛮大的。"

云朵担心地问道："吃他的药会不会有副作用？"

"那倒没有，最多是不管用。"

徐领队问："老人家都八十二岁了，行动方便吗？让一白出门不太安全，能请动老人家过来吗？"

"我问问吧！我舅爷爷来不了也没关系，我还有两个表叔呢，继承了他的医术。"

"行，你先问问，这事我们回去再讨论一下。"

云朵心中燃起了希望，但很快她又冷静下来，毕竟是伤到了骨头，就算加速，能加速到什么程度呢？

徐领队等人离开后，唐一白对云朵说："朵朵，我有一个非常棒的提议。"

"什么？"

"这里空气清新、环境优美，你可以在这里住下来。"

唐一白的话让云朵心中一动。她也很想留下来照顾唐一白，就是不知道院方能不能同意。

对于她的担忧，唐一白说："这件事情留给伍总去烦恼就好了，不过……"

一想到云朵只请了两天假，唐一白又忧伤了。过两天，她不是还要去上班吗？可他还不知道要在这个地方待多久呢！

想到这里，唐一白对云朵说："朵朵，要不，你多请几天假？"

"多久？"

"一个月？"

一个月啊？寒假也才一个月！

云朵有点为难："我倒是没意见，但是刘主任肯定不会答应。"

"这样，你把手机给我，我和他说。"

没病没事地请一个月长假确实有点过分，况且报社现在正缺人呢，怎么能允许一个在编记者离开一个月之久呢？所以，想要打动刘主任，必须给他点甜头。唐一白一下看出此事关键，便对刘主任说：“刘主任，我可以和队里商量一下，在云朵请假的这段时间，她能够对我的康复情况进行跟踪报道，您看如何？”

这是一个巨大的诱惑。

现在外界对唐一白病情的关心程度超出了刘主任的预料，先不说那些铁杆泳迷，连许多本来并不关心游泳的人都因为唐一白成了泳迷，还有不少虽然不关心游泳但是被唐一白的美貌迷得七荤八素的老中青三代女性……甚至连他十五岁的小侄女都在打听唐一白到底怎么样了。

偶尔，刘主任也会感叹这个看脸的世界太肤浅，可是事实摆在那里，新闻工作者必须正视。所以说，如果真能拿到唐一白的跟踪报道，报纸销量肯定大增，这几乎不用怀疑。另外，“拿独家内幕然后被同行各种转载臣服”的感觉是每一个新闻工作者的最爱，刘主任自然也不例外。

刘主任立刻答应了唐一白。

云朵特别佩服唐一白：“我觉得刘主任挺难应付的，为什么感觉他在你面前就是小菜一碟呢？”

唐一白笑而不答，把手机还给云朵，问道：“我们中午吃什么？”

“你想吃什么？我刚才去食堂看了看，菜品挺多的，你想吃什么我去帮你买。也可以订餐，刚才护工留了一份菜单。”

这么乖巧的女朋友，唐一白不舍得她跑前跑后，于是说道：“订餐吧。”

两个人点了四个菜，两荤两素，外加一汤。

唐一白左手不会用筷子，云朵便塞给他一把塑料小勺，但是那个勺子又小又软，很不好用，他不喜欢，于是丢开，然后朝着云朵张嘴：“喂我。”

好吧，天大地大，病号最大。

云朵夹着菜递到他嘴边，喂块香菇，喂块牛肉，再喂点鱼肉……唐一白也不看放到嘴边的是什么，云朵喂什么他就吃什么。

他一直盯着她看，目光像黏人的蛛丝。

云朵被他看得脸颊飘起两朵红云，目光躲闪着，问道：“为什么总看我？”

“你这么美，我怎么看都看不够。”

唐一白对云朵发起了攻击：甜言蜜语。

云朵血槽已空。

唐一白没觉得自己说了什么了不得的话，他认为他是个特别实在的人，说的都是实话。云朵喂他吃东西时，他的注意力确实都在她身上，也没在意她塞进自己嘴里的是什么，反正吃什么都香，也许这就是“秀色可餐”的最佳诠释。

两个人点了一份红烧鲫鱼，肉质鲜嫩，但是刺也多。云朵闷头挑刺，挑好后把鱼肉都堆到了唐一白的碗里。她担心自己挑得太慢，不够唐一白吃，便有点急。唐一白看着她额角沁出了细汗，几绺汗湿的刘海紧贴着额头，她的眼帘轻轻掀动一下，像振翅的蝴蝶，目光凝在筷子下的鱼肉上，特别专注。

内心像是被什么东西填满了，满得几乎要溢出来。

他低声唤她：“朵朵。”

“嗯？”云朵低头应了一声，依旧专心地挑刺。

“我想亲你。”

云朵：“……”

她无奈地捏了捏拳头：“唐一白，你够了，吃个饭你能给我浪成这样，你真是一个天生的流氓！”

唐一白牵起嘴角笑了笑：“好了，不要生气，逗你玩的。不过……”他指了指自己碗中的鱼肉：“你不要给我挑刺了，我不想吃。”

“为什么？我挑得不好吗？”

“不是，我不爱吃鲫鱼。”

云朵抱怨道：“你怎么不早说？”

“抱歉，我忘了。”唐一白用小勺舀着鱼肉都放到了她的碗里，“你吃。”

云朵还在纠结：“可是鱼的营养价值很高，你多少吃一些。你喜欢吃什么鱼？”

唐一白歪头想了一下：“鳕鱼。”那个刺少。

“食堂没有鳕鱼啊。”

“鲈鱼？”那个刺也少。

“这个应该有，那下次我们吃鲈鱼。”

“好。”

吃过午饭两人出门散步。

训练局康复中心是专门为受伤的运动员设立的，地处郊区，环境优美，能看到淡青色的远山，近处是一个小小的湖泊，湖水干净澄澈，湖边种着垂柳，柳条柔绿，随着微风轻轻摇晃，远看像一片片淡绿色的烟雾。

两人手牵着手走在湖边。

云朵看到湖面下有个盘子大的东西在移动，立刻说道："唐一白你看，这里边有乌龟！"

"那不是乌龟，是甲鱼。"

"呃……"云朵挠了挠头，乌龟和甲鱼她总是傻傻分不清楚，"能吃的是甲鱼对吧？要不我们钓一只回去，给你补补身体？"

"你这个小流氓，甲鱼是壮阳的。"

"……"又被他调戏了，云朵只好偏开头不理他。

唐一白却突然惊喜地看着她："朵朵，你不怕了？"

"我怕什么？"云朵反问了一句，随即也反应过来，她望着波光粼粼的湖面，摸了摸心口，"真的啊，我现在一点也不紧张了！天哪！"

她有点激动，离湖岸更近了些。

唐一白怕她掉下去，一手紧紧地抓着她。

她就这样站着，一低头就能看到脚下的湖水，再往前踏一步就能掉下去，可是她一点也不害怕。

过了一会儿，云朵往后退了几步，高兴地跳起来："唐一白，我不怕水了，我不怕了呀，哈哈哈！"

唐一白也很高兴："朵朵，我为你骄傲。"

"唐一白，谢谢你！"云朵踮起脚，勾着他的脖子吻了一下他的脸颊。

突如其来的献吻让唐一白惊喜了一下，他笑着吻了吻她的额头。

云朵站在湖边，搓着手说道："我已经迫不及待地想要学游泳了，哈哈哈！"

唐一白笑道："我也迫不及待地想要教你游泳了。"

因为要在康复中心住上一个月，下午，云朵回家拿了衣物、洗漱用具还有娱乐设备过来，临走前唐妈妈塞给她一沓钱，她不想收，唐妈妈却执意要给。

唐妈妈知道云朵和唐一白在康复中心肯定会用到钱，而按照这孩子的脾气，她肯定会自掏腰包，不跟唐一白要。唐妈妈觉得小姑娘真心实意地对唐一白好，他们也不能亏待她。

至于唐一白的衣物，就要劳烦祁睿峰带过来了——祁睿峰他们晚上会过来看望唐一白。

晚饭前，徐医生过来查看了一下唐一白的情况，他发现唐一白的精神状态不错，之前还以为唐一白是装的，但是装也装不了这么久啊！现在看来这个年轻人的心态真的太好了。

徐医生带来一个好消息，队里经过研究决定，请他的舅爷爷来为唐一白治疗，而那位八十多岁的老人听说受伤的是个为国争光的小伙子，立刻义不容辞地拍胸脯表示一定尽力，他将带着小儿子亲自出马，预计明天上午就能到。

云朵的想法类似于“死马当活马医”。骨裂这种伤，只要别搞错位了，怎么都能治好，既然徐医生已经没办法更快了，就让那位老中医试试吧。

晚上快九点时，祁睿峰、向阳阳、明天和郑凌晔一起来看望唐一白。

唐一白伤得太不是时候了，大家早就预料到了此事的严重后果，因此即便是心最大的祁睿峰，此刻也挤不出一丝笑容来。他们又不会掩饰情绪，一个个心情低落表情抑郁，搞得像是在开追悼会。

唐一白莫名觉得有些好笑，同时他又挺感动的。

祁睿峰说：“唐一白，你好好养伤，不要想太多。”

唐一白笑道：“想太多的是你们吧？我挺好的。”

“世锦赛也没什么大不了的，还不如全运会重要呢！你好好的，奥运会一定拿金牌！”

“好，这次一定不会爽约了。”

祁睿峰离开时给唐一白留了一本书作为消遣，云朵一看书名，《狼性总裁的小萌妻 2》。

唐一白煞有介事地翻了一下，看了几页就看不下去了。

云朵说道：“你该准备睡觉了，早睡早起身体好。”

“好。朵朵，我想洗澡。”

“嗯，我去帮你放水。”

在浴缸里放好水，云朵回来时，看到唐一白正站在客厅里神游。

她说道：“水已经放好了，你去吧。”

唐一白却没有动，而是望着她：“朵朵，我一只手怎么脱衣服呢？”

云朵拍了拍脑门：“糊涂了，我怎么把这事忘了。你等一下，我去找护工。”

唐一白拉住她的胳膊：“不要去。”

“为什么？”

“不想被男人扒衣服。”

这种理由也行？云朵有点无奈：“好，我去找个女护工。”

“好，找个漂亮点的。”

“你——”云朵咬着牙，怒瞪他。

唐一白笑了：“所以，你真的愿意看到别的女人脱我衣服？”

她嘟着嘴巴，当然不愿意了！

他刮了刮她的鼻尖，轻声说道：“要有劳你亲自动手了。”

云朵的脸腾地红了。虽然，她曾友好地帮他处理过生理问题，两人的关系已经亲密到一个高度了，但是，他确实没在她面前脱过衣服啊，裸和不裸完全是两回事。

不过，他的裸体她好像早就看过了？呃……

唐一白掀了一下衣服，催促她：“快点，我要早睡早起。”

天大地大，病号最大。

云朵在心中默念这八字箴言，然后红着脸掀起了他的 T 恤。

这是她第一次以如此动态的方式观看他的身体，从小腹到胸膛，再到手臂。光滑的皮肤包裹着匀称而有力量感的肌群，无意间触碰一下，她立刻心跳加速，脸更热了，像是架在火上烤般，她感觉自己呼出的气息都变得滚烫。

她的气息喷在他裸露的胸膛上，他眯着眼，喉咙动了一下。

云朵想把套头 T 恤从他头上拽下来，奈何他个子太高，她踮起脚也做不到，不禁有些郁闷：“你为什么不坐着呢？”

唐一白偏不坐着，他微微弯腰，方便她拽下 T 恤。

她刚把他的衣服脱下来，冷不防被低着头的他捉住嘴唇吻了一下。

云朵：“……”大哥，你时刻都不忘记调戏人啊！

她赶紧低头，拉着他的运动长裤向下拽。

由于他固执地站立着，云朵只好蹲下来，把他的裤子往下褪，他修长笔直的双腿便这样一览无余地呈现在了她的面前，肌肉结实而匀称，线条流畅完美，像美人鱼的尾巴。

他的腿太长太好看了，莫名地，她就想摸一摸。

嘤嘤嘤，我不是色狼啊！

把他的长裤完全褪下后，云朵想站起来，却被唐一白按住了肩膀。

他低着头看她，小声说道："朵朵，还有一件。"

还有一件就是他黑色的平角内裤。

云朵没好气道："你自己来！"

唐一白充满遗憾地叹了口气。

洗完澡，唐一白在腰间随意围了条浴巾就出来了。

浴巾松松垮垮地围得很低，好像轻轻一碰就能掉下来。他没有好好擦身体，胸前还挂着水珠，头发也湿漉漉的。

云朵不得不承认，他这个样子特别性感。她的眼神有些躲闪，既不好意思看，又忍不住想看，最后她心一横：明明是我男朋友，我怎么就不能看了？

唐一白见她贼兮兮地看着他，有些奇怪："怎么了？"

"没什么，就是觉得你……很性感。"

他笑了："谢谢。那么，你能不能帮我……"

"不行！"她断然拒绝，"你都受伤了，能不能清心寡欲一点？"

唐一白的眼神特别无辜："我是想让你帮我吹吹头发，你想到哪里去了？"

云朵无地自容了，跑到卫生间拿吹风机，然后躲在唐一白的身后帮他吹头发。

唐一白却不打算放过她："朵朵，你就是个小流氓。"

云朵装死不理他。

唐一白又说："看也被你看了，摸也被你摸了，你还有什么不好意思的？"

云朵依旧装死。

唐一白："你刚才那是什么眼神，像是要非礼我。你是不是特别想非礼我啊，朵朵？"

云朵咬牙："唐一白。"

"嗯？"

"你给我闭嘴。"

"好。"

唐一白闭嘴了，拿来桌上的手机玩。

云朵看到他打开微博客户端，发了条特别暧昧的微博：今天被老婆扒光了！ ~(@^_^@)~

云朵急道："唐一白，你是不是忘了，你现在用的是我的微博账号？赶紧删掉啊你！"

唐一白淡定答道："不是你的账号，是我的小号。"

云朵有些窘："你还会玩小号？"

唐一白把手机递给她看，云朵看到微博头像和"唐一白"的一样，状态栏里写的是："我真的是唐一白。"

虽然说的是实话，但肯定没人信。

这个小号的 ID 名称是"浪花一朵朵"，唐一白得意地解释："你看，这个 ID 是我的名字和你的名字的组合。"

云朵说道："其实对你来说，第一个字就足够了。"

在康复中心，唐一白和云朵住的是一套两室一厅的房子，和一般的小区房差不多。

一大早，云朵起床走出房间，看见唐一白只穿着一条内裤在客厅里晃悠。人家有着三百六十度完全无死角的好身材，根本不怕秀。随着长腿的迈动，臀部一起一伏的，窄窄的后腰小幅度地轻轻摆动着，把云朵看得差点就流鼻血了。

她有些无奈地扶额："你……不冷吗？"

唐一白回头，无辜地看着她："没人给我穿衣服。"说得特别理直气壮。

云朵摇头："我真是欠你的。"

身为游泳运动员，唐一白也没觉得这样有多么不妥，反正他经常只穿泳裤出现在大众视线里，这会儿他也不急着穿衣服，而是先去洗漱。

云朵只好跟着他，帮他挤牙膏，两人一起刷牙，刷完牙一起洗脸。唐一白这会儿是独臂侠，洗脸的样子跟小猫似的，云朵看不下去了，撩着水帮他洗，擦干净后顺手往他脸上涂了一些保湿乳。

唐一白还挺不乐意的："这是什么东西？我不用。"

云朵才不理会他的反抗，把保湿乳擦匀了，轻轻拍打他的脸。

唐一白虽然嘴上说着不要，到底还是弯着腰配合她："算了，你要怎样对我都可以。"

擦完之后，云朵捧着他的脸亲了一下："好了，我的大帅哥。"

唐一白笑呵呵地揉了一下她的头发："谢谢，我的小美女。"

吃过早饭，两人窝在沙发上，靠在一起看电影。电影看到一半时，徐医生带着两个人过来了。那两个人，一个头发花白，一个头发全白，面色却都很红润。徐医生给他们简单介绍了一下，全白头发的就是他的舅爷爷，姓康，花白头发的是这位舅爷爷的小儿子，也就是徐医生的小表叔，今年五十五岁。

康爷爷精神矍铄，不苟言笑，一双眼睛炯炯有神，见到唐一白和云朵时，他也只是点了点头。相比之下，那位小康伯伯就和蔼可亲多了，拉着唐一白的手轻轻拍了一下他的肩膀，笑道："你的事情我们都听说啦，好样的！这次我们一定竭尽全力帮你治伤。不是我吹啊，我们老家一个七十多岁的老太摔断腿，我爸给治了，一个月，那个老太就能下地走了。"

云朵听得两眼发亮："这么神奇呀？"

小康伯伯重重点头："那是！我们康家中医治骨伤远近闻名，还有好多外地人慕名找到我家呢。小姑娘，我跟你讲，我爸可不是随便出山的，这不是听说一白是个运动员，急着比赛吗？"说着，他又拍了一下唐一白的肩膀："一白，放心吧，你的骨头交给我们，保准让你一个月之内重返泳池。"

你的骨头交给我们……这话说的，云朵听着怪瘆人的。

康爷爷轻轻咳了一声："多嘴多舌！"虽然是在责备儿子，面色却并不严厉，眼中甚至带了点笑意。

唐一白说："那就拜托你们了。"

康爷爷先给唐一白诊断了一下，望闻问切，诊断的目的不只是为了确定伤情——伤情从之前拍的片子已经能确定了——主要是为了摸一摸唐一白的体质，然后根据体质制订药方。中医的药方变化很大，同样的症状不同人就要吃不同的药，没有一个方子行天下的情况。现在许多养生节目里的专家建议观众朋友吃这个吃那个，还有一些兜售偏方的，什么稀奇古怪的东西都有，这些都不足信。对方可能说得并没有错，但最关键的一点没有交代清楚，这些食物和偏方并不适合所有人，有些人很可能因此吃坏身体。

虽然云朵之前没敢抱太大希望，可是希望摆在眼前，她便不由自主地想抱起来。此刻，她静静地等着康爷爷诊断完毕，期待他能说点振奋人心的话，可是康爷爷并没有像小康伯伯那样鼓励人，他只是点了点头："我先开个方子，试试吧。"

云朵忍不住地问道："康爷爷，您看他的情况怎么样？"

康爷爷看了一眼云朵，不答反问："你和他是什么关系？"

唐一白解释道："她是我女朋友。"

康爷爷点了点头，然后当着这么多人的面，直白地说：“肾主骨生髓，这段时间你们最好不要行房事。”

云朵的脸立刻红成了熟透的虾一般。

唐一白看到她这个样子，很不厚道地笑了，然后朝康爷爷点点头：“好，我记住了。”

康家父子拖了一个大行李箱来，打开一看，里面全是药材——康复中心地处郊区，附近没有大的中药店，他们干脆自己带了不少来。

有名中医的方子大都秘不示人，这可能是祖上留下来的传统，所以康爷爷到底开了什么药，唐一白也不知道，只有小康伯伯看了，然后拿着药方配药。其中有三味药他们没带来，需要派人去同仁堂买。

药也是小康伯伯煎的。

云朵本想帮忙，却因为“从来没煎过药”，被拒绝了。

中午饭四个人一起吃，云朵点了好多菜，还特意给唐一白点了清蒸鲈鱼和猪骨汤。

小康伯伯看到云朵耐心地帮唐一白挑刺，笑呵呵地赞叹：“啧啧啧，一白，你这小媳妇真是选对了。”

唐一白唇角弯弯的，笑望着云朵红霞般的脸蛋，满目都是快要溢出来的柔情。

吃过午饭，唐一白该喝药了。

云朵看见他端着那碗浓得发黑的药汁，喝了一小口，顿时眉头拧成一团，苦着脸道：“这味道真是绝了。”

小康伯伯无奈地看着他：“你以为是在喝茶呢？一口闷掉！”

唐一白闭气一口喝干，舌尖仍残留着那股令人作呕的怪味，他委屈地看着云朵：“朵朵，这东西太难喝了。”

云朵好心疼，给他递水，还剥糖块。

小康伯伯实在看不下去这两个年轻人腻歪，拿着药碗走了出去。

晚上吃完饭又吃完药，两人无所事事，爬上屋顶看星星。

初夏的夜晚，郊区还是有点冷的，唐一白搂着云朵的肩膀，用他的外套把两人盖起来。

这里没有市区那么强的光污染，能看到的星星很多。云朵指着夜空，给唐一白讲星座的故事。她的声音柔细，不疾不徐，娓娓道来，像炎热夏天里一杯清新的柠檬茶。

唐一白安静地听着，一开始还很专注，听着听着便有些沉醉，沉醉在她温柔美好的声线里。他低头亲她的脸颊，温柔的力道像是轻盈落下的雪花。

云朵的声音顿住了，她抓着衣角，胸口小鹿乱撞，轻轻地推了他一下："唐一白……"

"朵朵，朵朵……"唐一白低声唤她，声音里带着热度，"我怎么那么喜欢你呢？朵朵……"

云朵心口发烫，浑身发软，几乎要融化在他火热的吻和怀抱里。

夜风徐徐吹来，吹不散这片天地里的温暖。风中有不知名的花的香气，淡淡的，沁人心脾，几乎要透过人的肌肤渗到心里去。

云朵搂着唐一白的腰，仰着头回应他。她学着他的动作，舌尖探到他的舌根，一点一点触碰。

这样的动作足以令他发狂，搂着她腰的手不自觉地收紧，快要把她箍到自己的身体里。

这个晚上的天台科普活动特别有意义，唐一白特别满意，并表示还会期待下一次。

唐一白发现，自从他受伤后，云朵对他总是温软顺从，乖巧得令人心疼。怎么办，他的朵朵越来越可爱了，他要被她迷晕了。

然而，云朵的体贴和顺从换来的是他的得寸进尺。

第二天早上，云朵发现自己从唐一白的怀抱中醒来，她正枕着他的胳膊，他打了石膏的手臂轻轻搭在她的身上，一条结实有力的长腿勾着她的身体紧贴着他。

云朵以为自己做梦了，她迟钝地仰起头．正好对上唐一白的目光。

他正笑眯眯地看着她，见她醒了，凑过来作势要吻她。

云朵吓得赶紧逃开，滚了两下，咚的一声，摔在了地上。

唐一白："……"

云朵从地上爬起来，紧张地问："怎……怎……怎么回事？你怎么会在我的床上？"

唐一白斜躺在床上，左手拄着头，两条长腿并拢，随意弯曲了一个角度，落在床上。他慵懒从容得像一个贵妇，而且是不穿衣服的贵妇。早晨的阳光透过窗帘的空隙洒进来，照在他的身上，他看上去像是一尊完美的雕像。他的身材太好了，就算挂着个石膏手，这会儿只穿了一条内裤躺在床上，仍让人有种血脉贲张的冲动。

云朵抓了抓头发，无视唐一白抛过来的媚眼，拿起枕头砸他的头："回答我！"

唐一白说："我不记得了。"

"什么意思？"

"可能是梦游吧？"

云朵半信半疑："你以前梦游过吗？"

"没有，我觉得可能是这次受伤的后遗症。"

云朵又砸他："谁家骨裂还带梦游后遗症的？一下从骨外科跨越到神经内科？你就是医学界的奇迹！"

唐一白笑着躲她："朵朵，我错了，我也不知道为什么会梦游，你原谅我这一次好不好？哎哟……疼！"

云朵吓了一跳，丢开枕头爬上床看他，着急地问："哪里疼？是碰到手了吗？"

唐一白却突然翻身把她压在身下，一条手臂撑在她耳边，低头又要吻她。

云朵面无表情地一巴掌盖在他脸上："赶紧洗漱去！"

吃过早饭，两人出门溜达，特别悠闲，感觉提前过上了退休老干部的生活。康复中心北面种着一大片虞美人，此时开得正热烈，火红、雪白、娇黄，交相辉映，像条彩色的织锦，特别漂亮，让人看着，心情就忍不住飞扬起来。

唐一白说："这里很漂亮，适合拍照，我们结婚时就来这里拍婚纱照。"

花园旁边的长椅上坐着两个人，一个是小康伯伯，另一个是名田径运动员。小康伯伯正在给那个田径运动员看手相，已经说到结婚生子了，把那个运动员说得一愣一愣的。

云朵忍不住笑出了声。

小康伯伯看见是他们俩，叮嘱道："不要碰那些花，有毒的。"

"哦。"

这时，那个田径运动员说约了人，先走了。

小康伯伯招呼唐一白和云朵："过来坐，我给你们看看手相。"

云朵先伸出了手，小康伯伯看了一会儿，说道："其实看手相并不只是看掌纹，还要看手的品相。你的手嘛，一看就是有福气的。我再看看掌纹，姻缘线嘛，不错，很美满。事业线……嗯，年轻时会有一些波折。你看，这里是断开的。寿命线也不错。”

云朵的掌纹比较简单，小康伯伯看到这里便丢开她，去看唐一白的。

看了一会儿，他有些奇怪：“怎么回事，你们俩的掌纹差不多，都是爱情美满，事业有波折。要不我再给你们批批八字吧？”

唐一白说：“您真是博学多才，什么都会。”

小康伯伯得意道：“那是，我平常就喜欢钻研易经、八卦之类的东西，治病其实是我的副业。”

越看越像神棍了。

云朵反正也无聊，就坐在旁边听他神侃。

两个人都报上了自己的出生日期和时间、地点，小康伯伯确实有两下子，不用查万年历就掐出了他俩的八字，接着就是一阵神神叨叨的，说唐一白：“你少年坎坷，当然这个坎坷主要是事业上的。不过你不用担心，你会遇到一个贵人，有了贵人相助，你就能化险为夷、披荆斩棘、云开月明、一飞冲天。哦，对了……”他说着，指指云朵：“从命相上看，你应该就是他的贵人。”

云朵捧着脸笑：“伯伯，您真是太会说话了，我好想给您钱呀！”

小康伯伯笑道：“治疗费、药费，还有路费，你们队里都会给我们的，不用你再给钱啦。”

唐一白也笑了。他和云朵一样，并不信这些，不过小康伯伯说了这么多好听的话，实在让人心情愉悦得很。

小康伯伯又说：“我再给你俩对对八字。哎哟，这八字……哎哟哟，这八字，啧啧啧……”

云朵感觉要被他的语气词刷屏了，好奇地问道：“我们的八字怎么了？”

“你们俩呀，是七世怨侣，已经修了七世，都没修成，现在是第八世，总算能修成正果了。我刚才就觉得奇怪，你俩的姻缘线怎么都特别好？哎呀呀，可不得了，你们两个人的好事肯定成，到时候请我喝喜酒哦！”

“一定。”唐一白笑道，“看您说的，我也想给您钱了。”

然后，小康伯伯又给他俩讲了前七世怨侣是什么样的。

云朵觉得这位伯伯真是一个话痨，单从两个人的八字，他愣是编出了七段爱情故事，而且他还有逻辑强迫症，七段爱情故事都按时间顺序排好，讲的时候对应朝代有对应朝代的特色，绝不会出现穿越时空的尴尬。因为时间紧张——他们毕竟还是要吃饭的——他只讲了七个故事的大致情节，然后跟唐一白约好了时间讲具体的。

人才，真是一个不可多得的人才。

晚上睡前，为了防止唐一白再次“梦游”，云朵把房间门锁上了。

她躺下后还没睡着，就听到外面有人叫她，是唐一白：“朵朵？朵朵？”

云朵没有说话，她倒要看看他搞什么鬼。

门把手被人转了转，打不开。

云朵以为他走了，没想到过了一会儿，她听到了钥匙插进锁孔的声音。

她有些无语，下床打开了门。

她看着门外的他：“你梦游还能找钥匙开锁呢？”

唐一白被抓了个现行，然而强大的心理素质让他表现得特别镇定，他揉了揉她的头，试探着问：“朵朵，我能不能和你一起睡？”

“不能。”

他有些郁闷：“我只是想抱着你睡，反正我又不能做什么。”

云朵看着他打着石膏的手，有点心软。人家都是病号了，每天喝那么苦的药，就这么点要求，咱能不满足吗？

一个人困倦的时候更好说话，因为困意会使人精神懈怠。

云朵被他可怜兮兮的模样击败，把他拉进了房间，还不忘警告他：“你真的什么都不能做，大夫说了，你必须禁欲。”

“好。”他信誓旦旦地保证。

她又有些犹豫：“我会不会压到你的手？”

“不会，我睡在你右边。”

躺在云朵的床上，把心上人抱在怀里，唐一白的心中充满了幸福感。她温软的身体散发着迷人的气息，紧紧贴着他。这不经意的诱惑令他口干舌燥，心里痒痒的，像是有什么东西要从内心深处冲出来。

他太了解那是什么了——欲望，挥之不去的欲望，一旦释放出来，便难以控制。

不行，不可以，要先养好伤。当自己是神雕侠侣吗？现在不可以！

唐一白努力压下心头的渴望，深吸一口气，心想：等伤好了，我要做的第一件事不是重入水池，而是先把我家朵朵吃掉。

唐一白在接下来的几天，都过着扎针灸、喝中药的生活。他感觉自己骨裂的地方胀胀的，并不疼，康爷爷说那是他的骨头在生长。

他们本来有家传的神奇膏药可以帮助唐一白快速恢复，可是考虑到他运动员的身份，为保万无一失，还是要等那个裂缝长好、石膏能拆掉再说。

云朵履行了自己“跟踪报道”的职责，介绍了唐一白身体的恢复情况。她给他拍了几张新闻照，最后选的头条新闻图是唐一白站在湖边看风景。他手上打着石膏，用充满渴望的眼神望着湖面，那个孤独感就不用说了，让人看了特别想抱抱他。

这期报纸很快卖脱销了，许多粉丝看到那张照片直接掉了眼泪，然后开始骂那些杀千刀的行凶者，又通过各种方式催促公安局早日破案。

公安局在破案工作上已经有了重大进展，但是他们不能每一步都向群众公布，这样会打草惊蛇，增加办案难度。

他们的重大进展就是，已经抓到了那几个行凶者，三男一女，都是本地的小混混。

被抓到警局后，四个人一口咬定是自己看唐一白不顺眼，死不承认有幕后黑手。

警察们熬鹰似的审了两天，最后那个女孩松了口。

据她交代，确实有人买通他们打伤唐一白。

主使者全程通过电话与他们联系，至于是怎么找到他们的，暂时不清楚，只知道那个人的要求很奇怪——打断唐一白的手。

那人只要求打断唐一白的手，没要求更高难度的重伤，另外还特意交代，只打唐一白就行，不许碰别人。那人还说，骨折在伤情判定上属于轻伤，他们就算被抓到，也不会被关太久。同样基于这个原因，他要求就算他们被抓到了，也要主动承担责任，不能供出主使者，条件是很多很多钱。

几个小混混一开始也觉得这人行为古怪，但是他出手很大方，他们也就接下了这个活。

警察们顺着那个主使者的手机号追查，结果没有查到有用线索。

那人特别小心，和几个小混混的通话内容没有暴露任何个人信息，连声音都做了处理。再结合此人之前的布局，警察们把这个案件归为高智商犯罪。

查到这里就查不下去了，几个办案的刑警只好又来找唐一白了解情况，希望他能想一想自己到底得罪过什么人，或者和什么人存在利益纠纷。

唐一白有点无奈："我确实没有仇人。跟我存在利益纠纷的可能是埃尔普西、桑格、贝亚特这些国外运动员。说实话，我平常接触的人里，有能力搞这种高智商犯罪的不多。我觉得这个背后主使者不一定是我认识的人，会不会只是个陌生人，单纯地看我不顺眼？或者他是桑格的狂热粉丝，因为我说了要挑战桑格拿冠军，所以他想给我个教训？"

警察点点头："有这个可能。你是公众人物，之前确实也有过公众人物被陌生人伤害的案例。好，回去我们再讨论一下，现在我还有一个问题要问你。"

"你说。"

"根据我们的调查，摄像头安装有一段时间了，这说明那个人对你进行了长时间的监控，他早就蓄谋要伤害你。我们猜测，他之前可能做过一些尝试。你仔细回忆一下，之前有没有遇到过一些可疑的事情，比如被人跟踪？"

唐一白仔细想了一下。

云朵在旁边看着干着急，也帮他想。

想了一会儿，两个人对视一眼，都摇了摇头。

"你再仔细想想，除了身体伤害，对方很可能对你投放兴奋剂之类的东西，国外就出现过这种案例。你想想有没有可疑之处。"

云朵听得心中一动，目光闪了闪。

唐一白却被搞得很茫然："没有。我女朋友对这方面看得很严，我已经很久没在外面用餐了，就算是喝水，我女朋友都只给我喝没打开过的矿泉水。"

那个警察佩服地看了一眼云朵："姑娘，你的警惕性很高啊，你很可能因此帮他挡了不少灾。"

云朵不好意思地点了点头。

她有些犹豫，问警察："那个，我想知道，吃兴奋剂是什么感觉？"

警察看了看唐一白。

唐一白有些奇怪云朵为什么这样问，但还是回答了："我也不确定，我没吃过，不过理论上应该是心跳加速，精神亢奋，特别有力量，情绪可能比较烦躁，甚至暴躁。"

云朵惊讶地捂着嘴巴，看看唐一白，再看看警察，她眨巴着眼睛，满脸后怕。

警察看出异样，问道："云朵，你发现什么了？"

云朵的心沉了沉，失神地说："我……我可能吃过那个……兴奋剂。"

"怎么回事？"

"什么时候？"

唐一白和警察几乎同时发问。

云朵紧张地抓住了唐一白的手。

唐一白反握住她，侧头温柔地看着她。

她吞了一下口水，对唐一白说："就是我们一起去度假村玩，在湖边吃烧烤那次。吃过午饭回酒店时我就觉得不对劲，整个下午我都特别亢奋，就像大力水手吃了菠菜的那种亢奋，觉得自己力气变大了。"

唐一白恍然："难怪那次我和峰哥都被人举报了。难道真的有人下药？"

警察问道："你们被举报之后呢？据我所知，你和祁睿峰这两年都没出过禁药问题。"

唐一白点点头："嗯，那次之后一切正常，我那天吃过饭，也没出现朵朵这样的症状，阳姐他们应该也没什么异常。如果真的有人下药，他到底是在哪里下的呢？我们六个人一起吃饭，好像只有朵朵出事了。"

云朵恍然地拍了一下脑袋："是那个梅子酒！那天的梅子酒，只有我一个人喝了。"

"是这样？"

"嗯，我记得很清楚，我当时感觉很亢奋，就怀疑梅子酒里有壮阳成分。"

她一脸严肃地说出这种话，唐一白和警察都忍不住笑出声来。

唐一白捏了捏她的脸蛋，碍于警察在场，没有亲她。

云朵这才发觉自己说的话略羞耻，赶紧捂了一下嘴巴，见唐一白坏笑，她轻轻推了一下他的手臂："不许笑！"

"好，不笑。"他努力将弯起来的嘴角压下去。

警察问道："你确定梅子酒只有你一个人喝了？"

"嗯，我确定。阳姐他们都嫌梅子酒的酒劲小，说是女孩子喝的。明天也没喝，明天喝的是啤酒。"

“度假村是谁定的？”

唐一白答道：“是向阳阳的。我们一个队的，她不可能对我做这种事。”

“嗯，我先去找她了解一下情况。这个度假村很关键，我们会派人去调查。谢谢你们的配合，有进展我会通知你们。”

“不客气，是我们该谢你才对，希望能早点破案。”

警察离开后，云朵拍了拍胸口，一阵后怕，脸还是白的。

唐一白揉了揉她的脑袋，安慰她道：“现在不是没事了吗？”

“太悬了，唐一白，幸好你没喝那个酒，如果你喝了，第二天肯定会检测出兴奋剂成分，那时板上钉钉，神仙也救不了你。太可怕了，到底是谁啊，手段这么阴毒？”

看着她坐立不安的样子，唐一白吻了吻她的额头，笑道：“不要怕，朵朵，现在我不会有危险了。你看，小康伯伯说得没错，你果然是我的贵人。有你管着，我在外面才没有中招。”

“太吓人了，怎么会有人坏到这种程度呢？唐一白，你到底得罪过什么人啊？还是说对方真的只是个变态啊？”

“我也不清楚，先看看警察能查出什么吧。”

唉，也只能先这样了。

然而，令他们失望的是，警察什么都没查出来。也是，都过去那么久的事了，对方又是个高智商罪犯，能留下的痕迹早就被抹掉了。监控录像也看不出什么问题来，所有接触过梅子酒的人都大呼冤枉。折腾来折腾去，警察又回来找唐一白。

“最后一次，这是最后一次。”警察咬着牙，他也不想逼唐一白啊，可是没办法，他对唐一白说，“最后一次，你能不能再仔细想想，你确定没有得罪过什么人吗？”

云朵扯了一下唐一白的衣角，小声说道：“要不，你再想想那个被你拒绝的姐姐？”

唐一白摇了摇头：“不可能是她，她挺善良的，而且她失踪了那么久，我不觉得她能恨我到那个程度。”

警察眼睛一亮：“谁？你们说的是谁？失踪了？这么神秘？”

云朵劝唐一白：“你就跟警察说一下嘛，万一是她呢？痛苦的感情经历最容易导致女人变态。”

“好。”唐一白点点头，看向警察，“这个人几年前和我有点纠葛，她叫林桑，是……”

他话没说完，就被云朵打断了：“什么？！”声调陡然提高，因为太过激动，声线都变细了，带着颤音。

唐一白吓了一跳：“朵朵，怎么了？”

云朵睁大眼睛看着他：“你说，那个人叫什么？”

“林桑。怎么了？”

“她……她是不是有个哥哥？”

唐一白想了一下：“她确实说过她有个哥哥在国外，不过我不记得叫什么了。那时我很忙，和她在一块的时间也不多。朵朵，到底怎么回事？朵朵？”

云朵的眼睛瞪得溜圆，像是受到了极度的惊吓，唐一白叫她她也不理会。

他担心她，抬手轻轻蹭她的脸蛋：“朵朵，你到底怎么了？说句话。”

云朵的眼珠子滴溜溜地转：“唐一白，讲一讲那个林桑的事情吧？”

唐一白有些担忧，揽着她的肩膀，说道：“林桑当时是我的队医……”

刚说到这里又被她打断了。

云朵并非喜欢打断别人的话，只是此刻她太激动、太着急了，她问道：“你的队医是女人？”

“对，你不知道？咦，我好像确实没有强调过她的性别，原来你一直以为她是男人啊？”

云朵耳旁突然响起一个人的声音，男人的口吻漫不经心的，说她的新闻稿“有错别字”——她对唐一白的采访，关于队医事件的披露，有错别字。

那个错别字不就是“他”和“她”吗？

是她，是林梓的妹妹，就是那个躺在病床上的植物人，“小桑姐”。不是重名，就是她。

得不到云朵的回答，唐一白继续说道：“那两年林桑一直是我的队医，后来不是出了那件事吗？”他说着，见警察满脸疑问，于是把队医用错药导致他禁赛的事情简单解释了一下，接着说道：“林桑感到很惭愧，而我那时候一肚子埋怨，对她态度也不好。有一次，她情绪崩溃了，失魂落魄地横穿马路，正好对面有辆汽车驶过来，我冲上去推了她一把，她躲开了，我却被车撞了。幸好只是骨折，可是对于当时的我来说，无异于雪上加霜。我也快崩溃了，偏偏林桑那个时候和我表白，我一时没忍住，把她骂跑了。我说永远不想看到她，结果真的一直到现在都没有看到她。她应该是在和我赌气吧。”

云朵有些意外：“你那年的腿伤是因为她？你救了她？”

“对。”

“你怎么不早和我说？”她有些急。

唐一白察觉到她的情绪有些异常，好脾气地说：“抱歉，我觉得这件事也没什么可说的，况且，咱俩在一起的机会那么少，好不容易陪陪你，说这些太浪费时间、浪费情绪。朵朵，你到底为什么着急，是不是发现了什么？”

云朵抓着他的手：“她没有和你赌气，她自杀了！”

唐一白惊得愣住：“你……你怎么知道？”

“我亲眼看到的。她割腕了，现在变成了植物人！”

“她……她……”唐一白摇着头，震惊过后，又有些自责——她自杀是因为他吗？因为他拒绝她、骂她，说永远不想看到她？

云朵飞快地思考着，她总觉得某些事情之间有些密切的联系，而现在最关键的是抓到能把林桑和这次事件联系在一起的线索。

突然，她想起了那杯咖啡。

是啊，那天她除了喝过梅子酒，还喝过咖啡，而最重要的是，相比梅子酒，咖啡才是最可能被唐一白喝到的。那杯咖啡最初就是端给唐一白的，是林梓端给他的。

一切都清楚了，云朵心中卷起惊涛骇浪，以至于她要深呼吸几下放缓情绪。

然后，她对警察说：“我好像知道凶手是谁了。”

警察把林梓带回局里问话，他并没有逃走。

云朵很难过，她一直真心地把林梓当朋友，却没想到，他从一开始的目的就是复仇，他一直在利用她。他用那么卑鄙阴毒的手段一次次地暗害唐一白，害得唐一白可能会和世锦赛金牌失之交臂。

她又无比庆幸，庆幸唐一白躲过了林梓投放的兴奋剂。打断手只会害唐一白一阵子，兴奋剂则会毁他一辈子。

唐一白震惊良久，才把此事消化完毕。没想到自己如今遭的无妄之灾，竟然是几年前埋下的祸根。他觉得这对兄妹太偏执了，正常人实在难以理解。不过，现在林桑变成了植物人，如果追根溯源，到底还是因为他。

他叹了口气，对云朵说："朵朵，我想去看看她。"

第二天，云朵把唐一白带到了林桑的病床前。

林桑比以前瘦了许多，面色苍白，像一张纸片躺在床上，唐一白几乎要认不出她了。

他低头看着她，说道："林桑姐，我来看你了。这么多年来，我一直想和你说声对不起。当初年少轻狂不懂事，口无遮拦，希望你不要往心里去。好吧，你已经往心里去了。我也不知道说些什么好。谢谢你，谢谢你曾经对我的付出。然后，对不起。"

云朵看到他神色黯然，她莫名地很不舒服，说道："唐一白，你不要这样。不管你做了什么，她自杀的原因都不是你，而是她自己。虽然林桑姐很值得同情，但我还是要说，我不赞同她如此轻视自己的生命。"

唐一白闭了闭眼睛："我懂的，可我总觉得愧对于她。如果我当时说话委婉一些，也许她就不会……"

云朵眼圈红了："不是这样的，唐一白！明明是她害了你，她害得你还不够惨吗？你好不容易挺过来了，她哥哥又跑过来害你！你根本不欠他们什么，相反，是他们欠了你！你已经仁至义尽，别人愚蠢的决定不需要你来埋单！"

唐一白侧头看着她，只见她急得眼泪在眼眶里打转，他有些心疼，抬手轻轻揉了揉她的发顶，温声说道："不要着急。朵朵，你说的我都明白，我不会沉浸于过去中，我也不会为此而折磨自己，我只是……唉。"

云朵上前一步抱住他，脸埋在他怀里，闷声说道："你是不是觉得我不够善良啊？"

"不会。有时候，不分好坏的盲目善良比作恶更加可怕，我懂的。你放心，这世界上我可能辜负很多人，但绝不会辜负你。"

"嗯。"云朵点了一下头，心里酸酸胀胀的，想掉眼泪，但绝不是因为难过。

这时，病房门口响起一道清冷的声音："你们在我妹妹面前秀恩爱，是不是太过分了？"

第十章

Love is the best excitant

云朵一惊，松开唐一白，抬头看到林梓正站在门口。

他抱着胳膊，好整以暇地看着他们，脸色苍白得像吸血鬼。

此刻看到他，云朵还是难过得要命。她对好朋友付出了信任，他却还以利用。重要的是，他之前真的对她很好，还帮助她化险为夷，她为此感动过，不曾想到，到头来这美好的外衣下竟是面目狰狞。

唐一白皱眉看着林梓：“你怎么这么快就出来了？”

林梓走进来：“警察没有任何证据，最多关我二十四小时。”他这样回答着，视线却一直落在云朵身上。

云朵仰头和他对视，只见他面色平静，目光冷清而无半点波澜，双眼像两口枯井。

看着他走到自己面前站定，云朵眼圈红红的，开口问道：“林梓，你是不是一直在欺骗我？你接近我的唯一目的，就是伤害唐一白，是吗？”

林梓看着她，突然从鼻中发出一声轻笑，说道：“你以为呢？”

云朵难受极了，她像是第一次认识林梓，死死地盯着他，目光渐渐冰冷。

林梓移开视线不再和她对视，绕过他们，走到林桑的床前，低头看着她，目光柔和：“小桑不想看到你们，请你们离开这里。”

云朵冷笑：“是没脸看到我们吧？因为她有一个蛮不讲理、心如蛇蝎的哥哥！”

林梓的脸色陡然阴沉下来。

唐一白揽着云朵，轻轻拍了下她的肩头，说："林梓，你不要以为自己可以逍遥法外。"

林梓挑了一下眉："不管你们想指责我什么，都请拿出证据。另外，云朵，你觉得我蛮不讲理？我的妹妹因为他变成植物人，他却只是断了一只手，到底是谁蛮不讲理？"

云朵怒极，挣开唐一白，上前两步抬手，啪地一巴掌扇到了林梓的脸上。

林梓被扇得头一歪，脸上顿时浮起一个淡红色的手印。

唐一白担心他会对云朵不利，连忙上前把云朵拉到身后。

云朵却不管不顾地再次挺身而出，盯着林梓说："我没想到你会这样颠倒黑白。唐一白是林桑的救命恩人，你就是这样对待你妹妹的救命恩人吗？林桑要是知道你这样做，死也不会瞑目的。"

林梓看了她一眼，像是听到了极其好笑的话："他什么时候救过小桑？我知道你急着为情郎洗脱罪名，可也不至于编这么拙劣的谎言吧？"

云朵有些意外："你不知道？你不知道唐一白的腿为什么断？"

"他的腿是被车撞断的，是小桑把他送到医院去的，然后，小桑情急之下向他表白，结果……"他说着，冷冷地看向唐一白，"他让小桑去死。"

唐一白拧着眉："我绝对没有让林桑姐去死，我只是说不想再见到她。"

这时，云朵突然哈哈大笑起来。

笑过之后，她摇着头说："我明白了。我原以为你妹妹只是性格不好有公主病，而事实证明，她何止性格有问题，人品更是差劲。"

林梓拉下脸来："住口，不许这样说小桑。"

"好，我问你，林桑是不是还对你说过，唐一白误服禁药那次是唐一白主动要求吃的，而不是她给唐一白吃的？"

"既然你已经知道了，何必问我？"

唐一白听了连连摇头，他已经不知道说什么好了。

云朵："你被林桑骗了，她对你说了谎，为了推卸责任。你在国外，没办法了解情况，又那么疼爱妹妹，当然林桑说什么你信什么，可是你有没有想过事情的真相到底是怎样的？"

"你认为我说的不是真相，难道你说的就是真相了？"林梓说着，指向唐一白，“你不也是因为喜欢他才相信他的吗？”

“好，既然你不相信，那我问你，唐一白腿骨折那天，林桑为什么突然向他表白？只是因为着急吗？正常情况下，人若是着急，不应该跑前跑后关心病情，然后确定唐一白到底能不能继续游泳吗？哪还会有心情表白？”

林梓没有回答。

云朵继续说道：“因为唐一白舍身救了她，她误以为唐一白对她也有情，所以她表白了。当然，另一个原因是……虽然我很遗憾她成了植物人，但我还是要说，你妹妹真的有公主病，她太自我了，她最爱的人其实是她自己。那种时候，她不管唐一白的伤势，只想知道唐一白是不是也喜欢她，她坚信他们之间的爱可以解除唐一白身体上的痛苦。”

林梓面无表情地看着她：“那又怎样？事实是，我妹妹成了植物人。”

云朵气得想扑上去打他，她冷笑道：“你以为林桑为什么自杀？不是因为难堪，而是因为愧疚。如果唐一白真的喜欢她，她也许还能厚着脸皮接受她造成的后果，可是唐一白一点也不喜欢她，甚至讨厌她，所以她内疚了，觉得自己犯下的错误不可饶恕。如果只是单纯地被拒绝，被她喜欢的男生说一句‘去死’她就去死，那她绝对是个脑残、白痴！你妹妹不脑残吧？

“你以为她为什么跟你撒谎说唐一白让她去死？明明唐一白说的只是不想看到她。因为她自己想死了，而她连承认想死的勇气都没有，才把责任推到唐一白的头上。林梓，你妹妹太脆弱了，她有心理疾病。”

“不可能，小桑不是这样的……”

“在你眼中她当然不是这样的，但很可惜这就是事实。林梓，我记得你说过，你和林桑很小的时候父母便去世了，是你把妹妹带大的。这样看来，林桑性格的形成和你有直接关系。你总说你妹妹自杀是因为唐一白，实际是因为你！你没有为自己的妹妹做一个好榜样，却把她惯得不成样子，又脆弱，又自我，还说谎成性，这都是你的错误。她现在躺在这里，你才是真正的罪魁祸首。既然要报仇，你怎么不先捅自己一刀呢？！”

林梓脸色惨白，只知道摇头。

他可以不承认那些事实，但是林桑悲剧性格的形成确实源于他的骄纵，这一点他无法反驳。之前，他一直下意识地回避着这一点，只想着为妹妹报仇，如今真相被云朵如此血淋淋地揭开，他措手不及。

“所以，”云朵说道，“林梓，你赶紧去公安局自首。如果不去，我就以牙还牙，打断你妹妹的骨头，一天一根，我说到做到。”说完，她朝唐一白一挥手：“我们走！”

唐一白小跟班似的跟着她朝外走去。

走到门口时，林梓突然叫她：“云朵。”

云朵停下脚步，并没有回头。

林梓说：“你……是不是特别恨我？”

“我不恨你，我只是看不起你。”

走出医院后，云朵的气还没消，一直板着个脸。路过一个三四岁的小朋友，她看了小朋友一眼，小朋友顿时被吓哭了。

云朵看了身旁的唐一白一眼，发现他正安静地凝视着她，眼神火热。

云朵有些不好意思地摸了摸后脑勺：“你……看什么？”

唐一白突然把她拉进怀里紧紧地抱住。

他的怀抱还是那样宽厚而温暖，他的一只手按在她的后背上，轻轻摩挲着，掌心的热量透过单薄的衣物传到了皮肤表层。

云朵身体一松，靠在他的怀里，脸贴在他胸前蹭了蹭，小声说道：“大街上呢。”

唐一白搂着她不肯松手。

他有很多话想说，此刻却喉咙发紧，胸口滚烫，暖得他快要落泪了。他只好低头用下巴亲昵地磨蹭着她的颈窝，嗅着她发丝上的淡香。

他的朵朵，平时软萌得像只小兔子，今天竟突然变成了暴走小兔，而这一切都是为了维护他。他真的得感谢上苍，让他何其幸运地遇到她，爱上她，而她刚好也爱他。他想：这辈子有她就够了，即便拿不到金牌，也没什么遗憾的。

朵朵啊，我的朵朵，我这辈子都不会放手了，我要用我余下的生命来爱你，我要把我此生所有的爱都给你。

唐一白一直没说话，云朵有些别扭，问道：“姐刚才帅吧？”

“帅得无人可及。”虽然唐一白很感动，但他仍不忘叮嘱云朵：“朵朵，你不要真的去打林桑。”

“为什么？你心疼她呀？”

“不是。我只是不希望为了这件事把你自己也搭进去，毕竟故意伤害是犯法的，即便对方是植物人。你放心，君子报仇十年不晚，就算警察找不到证据抓他，这个仇我也记下了，以后一定会有机会找回来的。无论如何，我都不希望你为此去冒险。”

“好吧！你放心，我只是吓唬他而已。士气，士气懂不懂？”

他笑着刮她的鼻子：“懂。”

下午，警察给唐一白打了个电话，对于林梓的事情表示抱歉。

虽然林梓有重大嫌疑，但是他们找不到任何证据，局里甚至连测谎仪都动用了，依旧拿林梓毫无办法。

第二天，那个警察又打来电话，告诉唐一白，林梓已经自首了，对自己买通凶手故意伤害他人的罪行供认不讳。

案件就此水落石出，舆论对公安局通报中的“林某”一片谴责，而云朵也终于放下心来，不用再担心突然冒出一个人对唐一白不利了。

唐一白的复健生活几乎没什么变化，唯一不同的是，小康伯伯每天讲的故事内容。这位伯伯在“神棍”和“神医”这两种身份间毫无阻碍地自由切换，生生编造出了七个可歌可泣、可悲可叹的爱情故事，唐一白听得津津有味，云朵听完则哭得稀里哗啦的，她感觉自己和唐一白都快被整成神经病了。

唐一白受伤后的第十二天，徐医生给他照了一次X射线，片子出来后，徐医生特别高兴：“一白，你的骨痂已经长好了。”他拿着片子啧啧摇头：“太神奇了，不到两周。”

一般来说，骨痂是骨伤愈合最关键的一步，骨痂长好后，就可以拆石膏了。当然，拆石膏不代表痊愈，而想要痊愈，还要等骨痂的改造塑形结束。说来也算唐一白运气好，他被打时躲了一下，虽然没完全躲开，但卸了不少力道，这才只是骨裂而没有直接骨折。骨裂的缝隙也比较小，加上他年轻，身体素质又好，因此恢复起来相对迅速。

虽然如此，不到两周就长好骨痂，也算是一个小小的奇迹。如果用徐医生自己的方案来治疗，就算是最乐观的估计，他也不敢想会恢复得这样迅速。徐医生不得不感叹传统医术的神奇，然后又有点遗憾，这么厉害的医术他却不能学——真是的，现在都什么年代了，还传男不传女。如果后代们只生了女儿，是不是要把祖宗的宝贝带进棺材呀？

拆除石膏后，徐医生给唐一白做了力量测试，确认一切 OK，就让唐一白带着片子离开了。

唐一白拿着片子，先给了云朵一个拥抱，然后笑道：“终于可以两只手抱你了。”

呜呜呜，为什么这样简单的一句话都让她感动了？

云朵拿着片子问小康伯伯：“两周长好骨痂，那么接下来骨痂塑形也要两周吗？这样一来，四周就能痊愈？”

小康伯伯笑道：“塑形可能用不了两周。”

“真的吗？为什么？我听说塑形没那么容易啊！”

“因为可以贴膏药了呀！我们康家的膏药可是有着神奇的疗效的。”

康爷爷不爱看片子，他让唐一白动动手腕，然后他看了看，捏了捏，最后点点头，闭目沉思了一会儿，重新开了药方，末了还不忘叮嘱这对小情侣——不许行房事。

云朵简直窘得不能再窘。

接下来，唐一白的治疗方法除了中药和针灸，又多了一项——贴膏药。

由于他的右手解放了，每天的小小福利——云朵帮他穿衣服脱衣服，就不存在了，对此他难免有点遗憾，不过他很快找到了新的乐趣——当着云朵的面脱衣服。

他的动作极其缓慢，一点点暴露自己的身体，似乎在照顾那唯一一个观众的感受，希望她能看过瘾。

云朵的内心是崩溃的：“唐一白，你不耍流氓会死吗？”

唐一白笑道：“这就算耍流氓了？等哥真正流氓的时候，你不要哭。”

云朵红着脸扭头，假装看不见他。

唐一白看着她红红的脸庞，目光渐渐变得暗沉。

云朵不知道，唐一白这些天都是怎么熬过来的。每天晚上怀抱着温香软玉入睡，却素得像个和尚，他要很努力地压抑自己体内的冲动，真是甜蜜的煎熬。

这些天，他觉得自己的心态已经不正常了，像头饿狼，看向云朵的目光总是幽幽地蹿着邪火，像是在看一块鲜美的肥肉。

云朵却毫无察觉，不经意间，一个眼神、一个小动作，对他都是深深的蛊惑。

这日子真是没法过了。唐一白觉得，再这样下去，他早晚成变态。

唐一白受伤后的第二十天，经过康爷爷和徐医生两种不同方式的诊断，他们得出一个相同的结论：唐一白痊愈了，他可以重新下泳池了。

云朵高兴得一蹦三尺高，挨个拥抱他们。

康爷爷冷不防被一个小姑娘抱了一下，有些窘，接着面瘫脸上染了一丝不易察觉的笑意。

因为唐一白很快要归队，云朵也就不能在康复中心待着了，打包东西回家。

康家父子要在 B 市玩两天才回去，徐医生是他们的导游。

下午，唐一白把云朵送回了家。

外面正下着小雨，空气清新湿润。

唐一白撑着一把大伞，由于他个子高，伞高高地撑在云朵头顶，像是一片天空。

回到家时，唐氏夫妇没在，只有二白看家。

二白好久不见云朵，看到她之后特别高兴，踮着脚往她身上扑，可是它太胖了，云朵差点被它撞倒。

她揉着它的脖子，笑道："二白，想我了吧？好好好，我知道你想我了。好孩子，来抱抱……"

二白激动得嗷嗷直叫，尾巴摇得像是要甩飞出去。

唐一白有点烦二白，拖着它扔进书房，砰的一下重重关上了门。

云朵听着二白的哀号，有些窘："你为什么要这样对待它，它还是个孩子！"

"对我来说，它是一个会叫的电灯泡。"

两人换好鞋，唐一白把雨伞拿去洗手间，出来时，看见云朵正把行李箱提得离了地，往她的房间走——行李箱的轮子上有泥水，她怕弄脏地板。

唐一白走过去，一把抢过行李箱，大步走向云朵的房间。

"喂喂喂……"云朵吓得追上去，"你的手，不要提太重的东西。"

"不要担心，已经好了。"

唐一白走进房间，把行李箱放下，云朵却着急地拉过他的手检查，一边抱怨："至少要小心一些嘛，能少用就少用，万一……"之后的话不吉利，她没再说下去。

唐一白却没说话。

云朵有些奇怪，仰头看他，见他正低头注视着她，目光灼热。

咦，这气氛不太对呀？

她还没来得及思考，唐一白突然抬起她的下巴吻住了她。

他的吻迫切、狂热，像是火山爆发一般，几乎将她吞没。

她就这样突然之间被他带进了深吻的旋涡，有些慌乱地回应着他，脑袋晕乎乎的，身体发软，直到他松开她，把她拦腰抱起，扔在了床上。

云朵被床垫弹得身体起伏了两下，手忙脚乱地想要坐起来，他的身体却突然压下来，罩住了她。

激吻再次掠夺了她的理智，她慌得手脚不知放在哪里，总觉得今天的他不太一样，狂暴而强势，令人心慌。她想推开他，可是哪里推得动。他压着她，两人的身体贴得紧密，她渐渐感觉到了他身体的变化。她心想：他确实禁欲太久，真是不容易。于是，她这次红着脸，手主动向下探去，“帮”他。

每次做这种事情，她都羞得要死。

唐一白弓起脊背配合她。

他松开她的嘴唇，亲吻却没有停留，一路从脸颊到耳朵，伸出舌头舔着她的耳郭。

云朵被他撩拨得心弦乱颤，下意识地轻轻哼了一声，呼吸凌乱，音调不稳。

只是不经意间的一声轻哼，倒像是取悦了他，他吻得更加肆无忌惮了，从耳垂慢慢向下吻去。

柔软濡湿的感觉顺着脖子一路到达锁骨，云朵说不出那是怎样的一种感觉，不是简单的“好受”或者“不好受”，而是有些陌生，像一把钩子要钩出她心中一些难以启齿的东西。她不禁慌了神，本能地想要抗拒那股陌生而新奇的刺激，轻轻地推了推唐一白的脑袋。

唐一白的手顺着她的腰际探进衣服里，指尖小心地摩挲着她纤腰上光滑柔腻的肌肤，力道轻而缓慢，无声地挑逗。

云朵终于意识到他想要的可能不只是她“帮”他，吓得慌忙抓开他的手，挣扎着想要逃离。

唐一白放弃她的锁骨，抬头又吻上了她的嘴唇，一边急切地说：“朵朵，你有没有为我准备庆祝我痊愈的礼物？”

“呃……”云朵脑子有些乱，此刻被他上下其手，也不能思考了，只好问道：“你想要什么礼物？”

“我想要结束二十三年的处男之身。”

“……”云朵喘着粗气说，“不是……你冷静一下。”

“冷静不了。”他说着，用力挺了一下腰，以有力的事实证明他此刻确实无法冷静。

“现在可是白天……”

“你闭上眼睛就是黑夜。”

“不行啊，唐一白。”

“朵朵，我求求你了，朵朵。”他求她，声音沙哑，却又温柔得不像话。

密密麻麻的吻，像一张逃不开的网，覆盖住了她。

云朵的防线快要崩溃了，她说出了最后的理由：“可是我们没有安全措施……”

“有的。”唐一白起身拉开抽屉，从里面取出一个套套。

云朵看得傻眼：“你什么时候藏进去的？我怎么没发现？”

现在可不是聊这种话题的时候，唐一白像只敏捷的豹子一样，又蹿回来紧紧搂住了她。

他眯着眼睛看着她，漂亮的眼睛里满是欲望和渴求：“朵朵，可以吗？”

云朵再也拒绝不了他，红着脸点了点头。

然而，她很快就后悔了——

“疼——”她疼得眼冒泪光，气得捶打他的胸口，“你快出去！”

唐一白看到她这样子也好心疼，听话地想要放弃，可是刚动了一下，她又打他：“不许动！”

唐一白：“……”

两人便这样僵持着，云朵疼得掉眼泪，唐一白也不好受，忍得脸红，满头是汗。

他低头吻她的眼泪，叹气道：“你……太小了啊。”

云朵气呼呼道：“怎么不说是你太大了？！”

唐一白愣了一下，紧接着一阵闷笑，眼尾轻挑，春水般的眼波肆无忌惮地荡漾着，眸光像是温柔的桃花瓣，全落在了她的脸上。

云朵羞得无地自容，拉过枕头盖住脸装鸵鸟。

她开口，声音透过枕头传出来，显得闷闷的："你给我赶紧的。"

他笑意未消："遵命。"

云朵躺在床上，看着手腕上的乌青，有气无力地说："唐一白，你太残暴了！"

唐一白从她身后搂着她，两人肌肤相贴，不留一丝空隙。

他内疚地说："对不起。疼吗？"

她轻轻翻了个白眼："你说呢？"

那道乌青是唐一白攥的——他激动到不可抑制时，手上没有轻重，生生攥出了痕迹来。

当然了，最疼的不是这里。

云朵有些悲愤，同样是初体验，为什么男人和女人的感受相差这么大？

身体的不舒服让她心情也不好，脸臭臭的。

唐一白心疼极了，亲了亲她，然后下床给她找药膏。找来药膏后，云朵又要洗澡，他就把她抱到了浴室。在他准备和她一起洗个鸳鸯浴时，却被她轰了出来。唐一白便把房间整理了一下，把垃圾倒掉，床单、被罩换下来扔进洗衣机里，然后火速去主卧室冲了个澡。

等云朵洗完澡，唐一白用浴巾裹着把她抱回床上，然后在她不太友好的目光中，仔仔细细、任劳任怨地给她擦药膏，像个孙子一样伺候她。

云朵不止手腕有瘀青，胸口上也有，腿上也有。

她挺无奈的："感觉自己被家暴了。"

"朵朵，我错了，下次我一定轻一点。"

"哼。"

他低头专心地给她擦药，时不时地抬头看她一眼，那目光像水，能把任何雌性生物溺毙在他的温柔里。

云朵被他这样温柔的目光包裹，莫名地生不起来气了。

呜呜呜，真是太没出息了。

擦好药，两人各自穿好衣服，因为云朵身体不舒服，他们不能出门约会了，便靠在沙发上看电影。

云朵有点担心二白："你把二白放出来吧？"

唐一白说："你刚洗完澡，二白身上有病菌，不要碰它了。"

云朵有些窘，这是什么理由啊？

不过，唐一白还是良心发现了，拿了吃的去补偿二白。谁知二白突然变聪明了，躲在门口，唐一白一开门，它嗖的一下蹿了出来，像一道肥胖的闪电。

出来后，二白一头扎进云朵的怀里，撒娇地蹭着她，嗷嗷地叫，叫声有点委屈。

然后，唐一白和云朵之间就多了一个哈士奇形状的电灯泡。

等二白把激动的情绪发泄完了，它趴在沙发上，枕着云朵的腿，眯上了眼睛。

云朵一下一下有规律地摸着二白的头，然后扭脸对唐一白说："你该走了吧？"

"不急。"他不想这么快就和她分开，即使这么坐在一起不说话也好，他只想和她多待一会儿。

云朵有些担忧："你还是快回去吧，不然伍教练该骂你了。"

唐一白摇头道："没事，伍总带着我们组的队员上高原了。"

哦，她竟然把这事忘了。

云朵这时才发现，她曾经对游泳队的关注完全是以唐一白为中心的，唐一白去哪里，她就关注到哪里。那时候唐一白去高原，她就到了高原，现在唐一白没去高原，她就没意识到别人也要去。

可是不管怎么说，别人都去高原了，唐一白却孤零零地留在这里，云朵心中竟有种淡淡的忧伤。

唐一白见她神色暗了暗，揉着她的头发安慰道："不用担心，伍总离开前给我布置了任务，而且他们过几天就回来了。"

云朵点了点头："要不，你现在就回去吧？"

"刚下床就赶我走，朵朵你好狠的心。"

云朵的脸顿时红了，气鼓鼓地看了他一眼。

她的眼睛水汪汪的，他看一眼就心痒痒。

她说道："我现在和你说正事呢！你那么久不训练，要赶紧回到泳池里。"

"反正已经耽误了二十天，不介意再多等这一时半刻。"

"唐一白，去一次康复中心就把你养成懒虫了？"

唐一白笑起来："说起来，我确实很怀念在那里的日子，可以每天抱着你睡觉。”

云朵不想理他了，低头逗二白。

唐一白叹了口气：“看完这个电影就走。”

云朵心里酸酸的，她也舍不得他离开啊，可是他有他的事业、有他的梦想，再加上康爷爷等人费那么大力气给他抢出时间来，他一分一秒也不能放过啊！世锦赛对他来说太重要了，虽然不指望拿牌，但至少要以最好的状态去经历、去锻炼。

说出这话之后，唐一白感觉时间像决堤的水一样，过得飞快。电影很快结束了，他看到最后竟忘了电影演了什么，只知道又要和朵朵告别了。

云朵把他送到门口，主动亲了他一下。

唐一白说：“朵朵，记得想我，有空时来看我。”

“嗯。”

第二天，朵朵回单位销假上班。

她虽然半个多月不在单位出现，但这里一直有她的传说——她的稿子隔三岔五地会出现在报纸上，且几乎每次都是头条，因为那是关于唐一白伤情进展的报道，也是独家报道。许多媒体比《中国体坛报》实力雄厚，到头来也不得不乖乖引用《中国体坛报》的稿子。

托唐一白的福，云朵现在在报社里的地位非同一般。

也有人背后猜测她和唐一白的关系，可是不管猜测到什么程度，就算是“云朵为了新闻主动献身唐一白”这么劲爆，他们也没有鄙视云朵，而是极其羡慕她。

能泡到唐一白这种极品帅哥，谁不羡慕？别说是带着利用他的目的了，就算是被他利用，也心甘情愿啊！

唐一白归队后，立刻去泳池游了几圈。

因为有不少队员上高原了，训练馆里人很少，他一个人霸占了一半泳池，不去计较距离和速度，只闭眼认真地体会水带给他的最直接的感受。

清凉的池水滑过皮肤表面，随着他的动作卷起一团团漩涡。他顺着水流的方向划水，双腿灵活地交替摆动着，像小船荡起的桨。他忘记了时间，忘记了疲惫，几乎要与这池水融为一体。

出水后，他抹了一把脸，看到岸边站着一个人，是徐领队。

徐领队一点架子也没有，弯着腰看着他，问道："怎么样？"

唐一白笑道："还行，就是有点陌生。"

水感这种东西，有先天的因素，也有后天的因素，两者缺一不可，而竞技体育争的是极限、是极致，是日积月累，是分秒必争，唐一白一连二十天不游泳，再次下水，在普通人看来，他依旧游得优哉游哉，可是在水中那种精微的变化，只有他自己能体会到。

徐领队很理解这种状态。他倒没有伤感，而是已经想通了，对这次唐一白的世锦赛之行不抱什么期待，权当是一次锻炼好了，当然能进决赛最好。

队里甚至有人提议把唐一白换下去，让别的队员上，不过这个提议只得到了极少数人的支持，更多人觉得瘦死的骆驼比马大，唐一白参加 100 米自，还能有进决赛的机会，换成别人得超常发挥才行。

徐领队真正感到遗憾的是两个集体项目——男子 4×100 米混合泳接力和男女 4×100 米混合泳接力。如果没有唐一白，在这两个项目上，中国队就瘸腿了，到时候只能让祁睿峰上，可是祁睿峰的项目太多了，总不能顾此失彼，何况祁睿峰的 100 米自成绩在世界上算不上优。

唉，唐一白一个人竟然关系到三个项目的生死，真是太可惜了。

徐领队想着想着，还是忧伤了，鼓励了唐一白一番，转头找人倾诉去了。

唐一白不以为意，掉头扎进水里，继续优哉游哉。

过了几天，云朵被社里派来了解唐一白痊愈后的训练情况。

刘主任已然想通，只让云朵追着唐一白采访，高原那边派了钱旭东和孙老师去。

云朵先联系了徐领队和伍教练，得到对方首肯后，她来到了训练基地。

偌大的泳池里只有几个队员在游，唐一白自己就占了一大半泳池。

云朵一边看一边拍照，也不知是不是情人眼里出西施，她总觉得唐一白的泳姿是最漂亮的，比美人鱼都漂亮。

她知道他最近很努力，每天都给自己加训——以前唐一白几乎不加训，他只要把每一天的训练任务完成就行，可是现在，面对熟悉而又陌生的池水时，他都尽量多游一会儿，教练让游 10000 米，他就游 12000 米。

伍勇是知道这事的，倒也没有阻止他，只叮嘱他每天都要看队医，防止因劳累过度手伤复发。

这样的他让云朵特别心疼，可又不知道该怎么疼他。

唐一白的水中训练结束后，上岸休息了一会儿，然后站在泳池边摆了几个 pose 让云朵拍。

他的好身材让人见一次爱一次，云朵一边拍一边心跳加速。

拍好后，云朵举着录音笔想要采访他，他却笑道："不用提问了，你想怎么写都行。"

云朵哭笑不得："哪有你这样的？照顾一下我的职业素养好不好？"

唐一白于是板着脸公式化地回答着她的问题。

也不知道哪个问题触了他哪根筋，他突然莫名其妙地笑了起来，笑完后不顾这是在采访，拉过云朵就亲。

云朵："……"还有比他更任性的运动员吗？

采访结束后，唐一白先去洗了个澡——泳池里的水腐蚀性很高，每次出水后都必须先洗澡——然后他带着云朵去了训练室，他要进行陆上训练。

云朵以前也看过唐一白进行陆上训练，但今天是第一次看到他半裸着身体进行。他打着赤膊，只穿了一条运动短裤，训练时的动作牵动了身上的肌肉，一起一伏的，像是美妙的乐章。窗外阳光照进来，洒在他汗湿的胸膛上，汗珠晶莹透亮，晃得人眼有些迷炫。

云朵拍了几张照片，忍不住吞了一下口水。

唐一白笑眯眯地看她："想什么呢？"

她红着脸不理他。

最后，她决定训练室那几张照片不往报社发了——我男人这么性感迷人，如果有人为他疯狂了干傻事怎么办？我这样做可是在拯救人类。

陆上训练也做完了，唐一白又去洗了个澡，然后和云朵一起吃了晚饭，坐在训练场旁边看小朋友踢球。

因为是和心爱的人在一起，所以无论做多么平淡的事情，都感觉分外充实和幸福。

云朵靠在唐一白怀里，说了今天一直想说的话："唐一白，你不要累到自己。"

唐一白一下一下地抚摸她的头发，答道："没关系，不累的。"

"万一累到了呢？"云朵其实想说的是，万一把刚刚痊愈的手再弄伤怎么办？可是这话多不吉利啊，她坚决不会说出来。

他笑道："朵朵，你心疼我？"

"唐一白，我说正事呢！你也不要太拼了，就算拿不到奖牌也没关系。"拿不到奖牌，我对你的爱也不会减少半分。这么肉麻的话她当然说不出口，在心里想想就好啦。

"朵朵，所有人都放弃了期待，包括你，但是我不会放弃，永远不会。"

云朵听得怔了怔。

永远的自信而强大，永远的坚定而从容，即使全世界都怀疑他，他也绝不怀疑自己，这就是他，这就是她爱的男人。

晚上，唐一白的水中训练结束后，云朵跟他告别。

"我送你吧！"他说，"出去走走。"

两个人出了训练馆，牵着手散了会儿步。夜晚很安静，路灯把他们的身影拉长，缩短，又拉长……不知不觉便来到了宿舍楼下。

云朵有点迟钝，还没反应过来这是他故意的，笑道："算了，你送我那么多次，这次我送你，你快上去吧。"

唐一白抿了抿嘴，低声说道："朵朵，伍总和峰哥他们后天才回来。"

"我知道啊！所以？"

"所以，今晚宿舍里没别人。"

"……"云朵这才明白他把她带到这里的意图，不禁脸庞发热，"唐一白，你能不能专心训练？"

"我训练时很专心，而现在是休息的时候。"

云朵说不过他，转身："我先走了。"

唐一白却拉住了她："这么晚了，你就在这里休息吧！你放心，如果你不许，我什么都不做，我可以睡峰哥的床。"

"可这是违反规定的。"

"没关系，徐领队那边我已经打好招呼了。"

"你——"听起来像是蓄谋已久的样子。

云朵还在想拒绝的理由，唐一白却不等她了，一弯腰，直接把她扛在了肩上。云朵感到一阵天旋地转，很快头朝下，血液全都往脑袋涌去，憋得她脸红极了。

她拍打着他的后背：“唐一白！你快放我下来！”

唐一白扛着她走进宿舍楼，笑道：“朵朵，你再大声一点，整栋楼的人都能听到。”

云朵赶紧闭嘴了，手却没停，依然在捶打他。

对他来说，她那小粉拳的袭击，根本算不上痛，只是痒，不止皮肉痒，心里也痒。

他把她扛进宿舍，将门关好，反锁，然后把她放在了床上。

云朵整理了一下凌乱的头发，低着头不看他。

唐一白见她耳垂都红了，不知是羞的还是血液倒流的缘故。他有些好笑，坐在她身边，挨得很近：“朵朵……”

云朵突然站了起来——这么晚了待在他的寝室里，她有点紧张——她结结巴巴地说：“那个……我……我想洗个澡。”

“好。”

唐一白给她找了崭新的牙刷和毛巾——谁会在自己常住的地方藏牙刷和毛巾，又不是酒店，要说他不是蓄谋已久，云朵打死也不信。

她拿着东西躲进了浴室，很快又探出头来：“唐一白？”

“怎么？”唐一白挑眉看着她。

她感觉他像是在忍笑。

“你……有没有备用的睡衣呢？”

“没有。”

没有是什么意思？难道要她洗完后光着出来？好变态！云朵羞得要死：“唐一白，你怎么能这样对待你的女朋友呢？！赶紧把睡衣交出来！”

唐一白找了一件干净的红色印花短袖 T 恤，从门缝里递进去：“我的睡衣你穿不上，这个凑合穿吧。”

“好，谢谢……等一下……”

“怎么？”他隔着门缝看她。

她弱弱地说：“有没有内衣呢？”

“女士内衣？”

“嗯，最好是。”

唐一白笑了：“我一个大男人会有女士内衣吗？如果我真的有，你就该闹分手了。”

“不是那个意思啊！你自己的可不可以借我用一下？”

“不可以。”

“为什么？”

为什么？如果你站在一个男人的角度思考这个问题，答案立刻就会有了。

唐一白忍着笑，一本正经地说：“队里流传着一个禁忌，就是坚决不能把自己的泳裤和内衣给别人穿。我不知道为什么，但我一直照做。”

云朵傻乎乎地真信了。

唐一白坑了女朋友，心情棒棒的。

听到云朵的手机响了，他看了一眼来电显示，是他妈妈，果断接了。

唐一白：“妈，云朵在我这里，正想给你打电话呢。”

“知道了。哼，情场和赛场，你总有一个要得意的。”

“我想要两个都得意。”

路女士不置可否，教育儿子：“你给我小心一点，如果让云朵怀孕了，你们就结婚吧。”

唐一白被他妈说得有些脸热，他干咳一声，答道：“我知道。”

“唐一白。”

“嗯？”他有些疑惑，他妈竟然如此郑重地叫他大名。

“不管你做什么，妈妈都支持你。”

唐一白差点热泪盈眶，要知道他妈妈一直是一个性情比较冷淡的人，用现在流行的词语来说就是“傲娇”，想从他妈妈嘴里听到一句支持的话实在太不容易了，他好感动：“妈！”

唐妈妈接着又说：“毕竟你是我的儿子，虽然有时候我特别想把你扔掉再生一个。”

唐一白真是欲哭无泪——算了，感动什么呀感动。

挂了妈妈的电话，唐一白给祁睿峰发了条信息。

唐一白：峰哥，我能睡你的床吗？

祁睿峰：你的床尿了？

唐一白：……

祁睿峰：放心，我不会说出去的。

唐一白：我没有尿床！我只是问你一句，你只要回答“不能”就好。

祁睿峰：为什么不能？你是我的好兄弟，你在我床上撒尿都可以。

我为什么要在你床上撒尿啊？神经病一样的思维。

唐一白简直不敢相信他和这样的人做了多年好朋友。

他捏了捏额角，突然不知道怎么跟他沟通了，只好说：算了，不提这个了，当我什么都没说。

祁睿峰：哦！你训练怎么样？

唐一白：一切顺利，就是恢复水感和平衡训练。

祁睿峰：嗯，不要太着急。

唐一白：嗯。

祁睿峰：唐一白，高原的朋友送了我们好多牦牛肉干，全是有机食品，很好吃，我给你带点回去。

唐一白：好，谢谢。

祁睿峰：跟我客气什么？

祁睿峰：哦，对了，我今天洗澡时被向阳阳看光光了。

扪心自问，唐一白不是一个八卦的人，但是对于峰哥的事情，他还是很好奇的，于是问：然后呢？

祁睿峰：然后我特别生气，让她负责。

唐一白好激动，又问：所以？

祁睿峰：所以我让她把牦牛肉干都给我了，现在我有双份肉干可以吃了！

唐一白：……

祁睿峰：怎么了？

唐一白：没什么，你开心就好。

他看了几条新闻，又用小号发了条微博，然后丢开手机，静静地等待云朵。

当等待带着期待，时间就显得格外漫长。

云朵洗好后出来，边走边擦着湿漉漉的头发。她穿着唐一白的大拖鞋和大 T 恤，T 恤简直可以当裙子穿，只是裙子下面什么都没有，光溜溜的，让人特别没有安全感，走路都不自觉地用力并拢双腿。

感觉自己像个色情狂啊！

唐一白坐在椅子上，长腿交叠，双手拢在一起规规矩矩地放在膝盖上，坐姿特别端正。

从她出来他就盯着她看，目光沉沉的，在她身上扫了一遍，扫到她的下半身时，有片刻停顿。

云朵的脸立刻烧起来了，真的很想捂着脸转身跑出去。

唐一白挑了挑眉。

云朵强装镇定，擦着头发问唐一白："有吹风机吗？"

"有的，我帮你吹。"

他让云朵坐在床上，他坐在云朵身后，吹风机插在床头的插座上，然后他抓着她的头发帮她吹。

第一次帮女生吹头发，而且是长发，他显得有些笨拙，吹风机功率开到最大，头发抓得散乱，不少发丝被吹到前面，盖了云朵一脸。

云朵无奈道："我现在是不是特别像贞子？"

唐一白说："我从后面看着不像。"明显在回避问题。

云朵："我感觉自己被沙尘暴攻击了。"

唐一白："忍一忍就好。"

云朵心想：吹个头发还需要"忍一忍"吗？

后来，唐一白总算找到了技巧，抓着她的头发一把一把地吹，吹得干燥又蓬松。

云朵则努力用手指理顺乱乱的头发——男人的老巢，她就不指望有梳子之类的东西了。

她一边理顺头发，一边说："感觉像是在抓虱子耶！"

唐一白被她逗得笑出了声，丢开吹风机，从背后搂住她："你怎么那么可爱？"

云朵被他拖进怀里，突然警觉起来。

初体验的疼痛太深刻了，短时间内她不想再来一次。

她掰开他的手："你去祁睿峰的床上睡。"

"嗯。"他嘴上这样答应着，手却撩开她的头发亲吻着她的后颈，丝毫没有离开的打算。

这人，怎么这样无赖呢？

云朵向前弯腰躲着他：“唐一白，你明天还要训练呢，快去睡觉！”

他笑着扑上来：“朵朵，你要是真想让我睡踏实，就从了我吧！”

“不行，我怕疼！”

“我保证这次不疼。”

“鬼才信你。”

“真的，我现在每天晚上都抽出十分钟来学习。”

“学什么？”刚问出这话，她便明白了，顿时羞得满面飞红：“你流氓啊？”

他把她放倒在床上翻身压住，俯低身子轻轻亲吻着她，喉咙里溢出悦耳的笑声，说：“现在到验收成果的时候了。”见云朵一脸抗拒，他说道：“朵朵，如果你真的疼了，就喊停，好不好？我保证听你的话。”

云朵有点犹豫，但是见他一脸讨好的样子，就差在身后安条尾巴了，她狠不下心拒绝，只好说道：“再给你一次机会。”

唐一白撩起 T 恤开始脱衣服。

他知道他的朵朵喜欢看他脱衣服，可能和欲望无关，纯粹是欣赏的态度。尽管她从来没有亲口承认过，但他能从她的眼神中了解到。

唐一白完美的腹肌和胸肌一点点暴露在云朵面前，接着他的下半身也脱干净了。尽管不是第一次看见他那里，她还是羞得不敢直视，抬手捂住了眼睛。

唐一白重新伏下身体，拉开她的双手，低头亲吻她，手掌从她的“睡裙”下面伸进去，顺着腰肢向上摸索，最后停在她的胸前，轻轻揉捏着。

云朵闭着眼睛承受着他的热吻，脑袋晕乎乎的，身体被他揉捏得酥软，气息凌乱，无意识地哼了一声。

唐一白松开她，将她身上唯一一件蔽体的衣物除去，然后顺着她红得几乎滴血的脸庞一路吻下去，吻她的锁骨，吻她的酥胸，舌尖在她的肚脐轻轻打转，直到吻遍她的全身。

他的两只手也没闲着，在她身上到处摩挲着。他的掌心火热，所到之处，像是在皮肤表面点起了一团团火焰，她本能地想躲，却是躲得过这里躲不过那里，火焰瞬间燎原，她身上绯红一片。她方寸大乱，陌生而又熟悉的感觉从身体内部升腾起来，点点的惧怕，更多的却是莫名的渴望，像是蝴蝶渴望破茧，像是青藤渴望攀附，像是种子渴望雨露。

她大喘着气，喉咙里发出无意义的声音，音调飘悠悠的，那是冲破枷锁的快乐。

唐一白的吻又回到她的脸上，他看着她水润的眼眸，半张的小嘴吐着火热而芬芳的气息，他一手撑在她头的旁边，一手分开她的腿，声音沙哑："朵朵，我来了。"

他来了。

云朵感觉自己身体里四散的渴望突然有了出路，汇聚在一起，奔向了两个人最亲密的地方。那是从未体验过的快乐，不在五感六味之中，澎湃的欢愉，要完全淹没她的理智。这钟感觉太过强烈，强烈得令她有些震撼和害怕，她叫他："唐……唐一白。"

"朵朵，叫我一白，朵朵。"

"一……一白。"

他怕再弄疼她，动作轻柔得不像话，像是呵护柔嫩的花朵。

他一边小心翼翼的，一边观察她的表情。"带给她快乐"这种认知，比身体上的刺激更令他兴奋。他看到她舒服地眯起了眼睛，嘴里溢出断断续续的呻吟，他更加亢奋，快慰的感觉传遍四肢百骸，汇聚到大脑皮层，强烈地刺激着他。

然后，他便有点忍不住了，动作变得激烈起来。

云朵只觉自己像是风高浪急中的一条小船，被抛上抛下，浮浮沉沉，一个个浪头拍下来，水花四溅，她很快便被淹没在了这陌生而汹涌的快乐里。

她好似被剥夺了理智般，抓着他胡言乱语，又呜呜地哀叫，紧接着，她感觉那股刺激一波接一波，把她高高地推了起来。她扣着他的肩膀，身体绷得紧紧的，连脚趾都绷直了。她瞪着眼睛，嘴巴张着，像脱水的鱼。

灭顶的快乐浇灌下来，她终于明白唐一白口中的"到了天堂"是何种感受。

这一次欢爱结束后，两人都出了一身汗，水里捞出来的一样。

云朵的力气全被榨干，此刻身体软绵绵的，连根手指头都不想动。

唐一白从她身后搂住她，低头轻轻亲吻她圆润的肩头，温情脉脉。

吻顺着香肩向上爬，最后停在她的耳边，他问："舒服吗？"

云朵没有说话——现在害羞还来得及吗？

他的手停在她的小腹上，手指在她的肚脐上画圈圈，调笑道："你不说我也知道。"

云朵心想：知道你还问?

云朵离开后的第二天，国家游泳队赴高原训练的大批人马回来了。

伍勇好些天没见到唐一白，甚感唏嘘。

师徒二人深入交谈了一番，然后伍勇检查了唐一白最近的训练情况，他发现比他预想中的要好很多。这才几天，水感已经找回来了，虽然离最佳状态还有很大距离，但唐一白的刻苦训练有了显著成效。

唐一白跟伍勇谈了一下自己的想法。

他受伤之前已经约好了澳洲的教练弗兰克，原定今年六月份去那边集训，而现在他觉得，这次澳洲之行也没有必要了。他受伤停训，当务之急是恢复到伤前的状态，而在状态不佳时去澳洲接受针对性训练，既发挥不出效果，也耽误他的恢复训练，不如先循序渐进地把自己的状态调整好。另外，外训只是细节提高，他不觉得外训能起到决定性的不可替代的作用。

伍勇听完唐一白的想法，忍不住在心中为他竖起了大拇指。

伍勇说道：“一白，很好，你对自己的认识很清楚，也很理智。我回来之前还在想这件事，正发愁怎么劝你放弃外训呢。”

外训是国家出资，只有最具实力的运动员才有资格去。如果实力平平想去也可以，不过得自己花大笔钱。所以，对于绝大多数运动员来说，外训是一次极其难得的机会，是一种荣耀，想要放弃，可不那么容易。

因此，唐一白能够放弃得如此果断而理智，很令队里的领导们刮目相看，他们都觉得这个年轻人实在是稳重大气，前途不可限量。

此事就这么敲定了。

不过，钱已经给澳洲的俱乐部了，不能浪费，所以队里决定再选一名运动员过去，至于选谁，就与唐一白无关了。

云朵把这件事报道出去后，唐一白赢得了粉丝的一片赞美之声，但是也有一部分粉丝觉得他们的偶像受了委屈、遭了黑幕，聚集起来跑到国家游泳队的官方微博和被选中参加外训的运动员微博下寻衅滋事。所谓“一个脑残粉顶十个黑”，说的大概就是这样的。

幸好云朵帮忙看着唐一白的微博，她早早地发现了事件的苗头，赶紧发了条微博澄清，而这也是“唐一白”有史以来发的最长的一条微博。

为了平息粉丝们的怒气，云朵还拿出了压箱底的照片，唐一白在训练室之一二三，果然引起一片狼嚎。

除了“甩鼻血叫老公”这类常规话题，还有一部分人一次又一次地询问：唐一白，你微博上的照片到底是谁帮你拍的？

这个疑惑自从云朵接管唐一白的微博就开始存在了，因为他照片的风格变了，比以前好看，还特别有艺术气息，看上去摄影技术特别专业。

后来，一条条微博刷下来，大家一致认为拍照的是同一个人。

这个人是谁？祁睿峰吗？怎么可能，祁睿峰能把人拍成狗。

虽然很多人希望是祁睿峰，但就算把脑袋腐穿，也要接受这个事实——不是。

是伍教练吗？呵呵，伍教练的微博自拍经常出现大胡子糊满屏的奇景，他能拍出这种水平的照片？

向阳阳？原理同上。

明天？原理同上。

那么到底是谁？

有一天，一个叫“浪花一朵朵”的小透明在唐一白的微博下大言不惭地回复：拍照的肯定是女朋友，你们这些愚蠢的地球人。

然后，这个叫“浪花一朵朵”的小透明被唐一白的“老婆”们轮番攻击了。

云朵笑眯眯地私信“浪花一朵朵”：该！

很快，“浪花一朵朵”回复她：我受到了伤害，你明天来安慰我好不好？

云朵的脸立刻红了，隔了许久，回了他一个：嗯。

自从上次在他宿舍发生了那样的事，她已经不能直视那个部位了，每次去找他都觉得特别不好意思。唐一白却特别喜欢把她往宿舍领，他也不是为了干坏事，就是喜欢调戏她，用各种方式。

第二天，云朵去找唐一白，坐在泳池边看他训练。

伍勇对云朵说：“你在的时候，他的训练状态就会比平时好很多。”

“是吗？”云朵很高兴。

“嗯，所以你可以经常来。”

“好，我会的。”

唐一白训练结束后，对云朵说：“峰哥今天去澳洲了。”

“我知道啊，我们报纸还报道他了呢。”

“所以，今晚我宿舍没别人。”

云朵红着脸扭开头——又来。

唐一白却在思考更深刻的东西：“可是我觉得我们也不能总钻空子，如果你能住进家属院就好了。”

云朵低着头在前面走，她现在要冷静一下，不想和他说话。

可是无论她脚步迈得多快，唐一白都能不紧不慢地跟在她身边。

他看着她，小心地说：“朵朵，要不我们领个证吧？”

云朵突然停下脚步，侧头看他。

唐一白抿了抿嘴，内心有点忐忑。

她却好气又好笑地捶了一下他的胸口：“唐一白，有你这么求婚的吗？！”

云朵最近几乎天天往训练基地跑，如果白天有采访，她就尽快完成任务赶过来，如果在单位坐班，她就厚颜无耻地早退。她现在在单位也算是个“腕”了，连刘主任都不说她，别人更不会说。

她这样做只是因为伍教练说了，有她在的时候，唐一白的训练状态会很好。她希望尽可能地多陪陪他，反正别的忙也帮不上。

这段时间祁睿峰不在，唐一白经常热情地邀请她去他的宿舍休息，可是云朵觉得如果她总是跑到他的宿舍和他这样那样，会导致他劳累过度，影响白天的训练，因此大部分时候都是拒绝的。

她拒绝的时候，唐一白就会坚持把她送回家。他训练已经够累了，再这样来回跑一趟，云朵又有点舍不得，最后她想了个折中的办法，在训练基地附近的酒店开了个房间，这段时间她就住在那里——为了唐一白，她也是蛮拼的——这样，唐一白晚上送她，便从原来的一个多小时出租车车程缩短为不到十分钟的步行。

基地到酒店的那条柏油路很宽，路灯又高又亮，但是附近的居民并不多，车辆也少，这条路就显得很空旷。路口偶尔会有推着三轮车卖水果的老人，唐一白总是买一大堆水果给云朵，美其名曰“吃水果就会越来越水灵”。

云朵有些窘，掂了掂那一大袋子水果：“太多了啊！喂大象都没有这么喂的。”

唐一白却依旧我行我素。

他把她送到酒店门口后，会给她一个拥抱。他的胸膛宽厚，手臂很长，把她揽在怀里，严严实实的，特别有安全感。

这个时候，他总会问一句：“朵朵，我今晚能留下吗？”

云朵每次都断然拒绝他：“不行！你胆敢夜不归宿，我就告诉伍教练。”

他便假装很委屈的样子：“真狠心。”

云朵是个特别有原则的人，她跟唐一白约定她每星期会去唐一白宿舍住一晚，剩下的六天就自己住在酒店里，只为了帮唐一白“节省体力”。这个理由让唐一白哭笑不得，却在她的坚持下不得不接受。而这只是目前的计划，按照云朵的打算，等祁睿峰从澳洲回来，距离世锦赛只有一个月时间了，那时候她就坚决不能和唐一白发生肉体关系了，一定要坚持到世锦赛结束再说，她可不想成为他的“红颜祸水”。

唐一白无奈地对她说：“朵朵，你能不能对我有点信心？”

云朵答：“我对你很有信心，所以你要好好训练，加油！”

他摇头笑：“不，我的意思是，你该对我的肾有信心。”

一句话把她说得脸红，低着头不理他。

唐一白却得寸进尺：“你现在害羞什么？不是昨天晚上了？你还记得你昨天晚上说什么了吗？”

“唐一白，你闭嘴啊！”

唐一白果然闭了嘴，却不怀好意地笑了起来，还故意笑出声来。

见她脸蛋红红的，像秋天艳阳下熟透的苹果，他忍不住戳一戳，捏一捏，然后趁她没防备，飞快地亲了一下。

每天训练累成狗，他只剩调戏女朋友这种放松身心的方式了，所以有事没事就撩拨她一下，以至于他整个人的气质变得贱兮兮的，让云朵无力吐槽。

由于时间有限，他基本上放弃了50米自由泳的训练，而专注于100米自，这个他最擅长、国际上竞争最激烈的项目。

他喜欢云朵在现场看他训练，她的眼里只有他，总能让他心情好好的，精神棒棒的。这是一个不可控的变化，每个人都希望自己能处在最佳状态，但是通过理智的自我调控，未必及得上情感的小小刺激。

云朵也喜欢这样安静地看着他，看着她的美人鱼在水中翻起朵朵浪花，看着他一点点进步。日复一日的画面，让时光变得悠长而寂静，像一条静谧的小巷，看不到尽头，然而你踩在那青石砖的地面上，一步步地向前走，总能走到终点。

白天的泳池是喧闹的，到了晚上，人渐渐散去，唐一白总是最后一个离开。偌大的场馆里只剩他们两个人，显得特别空旷。

云朵坐在泳池边，看着那么大一片水域里只有他一个人，那情景有些寂寥，他像个孤军奋战的勇士，当他身边再无一人时，他依旧心无杂念地厮杀着。

云朵觉得，这个时候的唐一白是最有魅力的，他在最孤独的时刻依旧步伐从容，沉静而专注，无论外物怎样改变，他始终不改初衷，在人们怀疑和诧异的目光中安安静静、稳稳当当地前行。

唐一白，不管你多么孤独，我都愿伴你左右，始终如一。

距离世锦赛还有一个多月时，唐一白一直低调地训练着，人民群众却不肯放过他，网上突然又流传起关于他女朋友的绯闻。本来，唐一白的粉丝们对于“唐一白女朋友”这几个字基本是免疫的，每天都有人爆料唐一白的女朋友，还有一些不知名的小模特、小明星博出位，故意把自己跟唐一白放在一起炒作，而唐一白压根不认识这些人。所以在大多数粉丝眼中，“唐一白的女朋友”就是“炒作”的代名词。

但是这次不一样，以往唐一白的桃色新闻都是从娱乐圈爆出来的，这次是从体育圈内部流传出来的，有国家游泳队的相关从业人员，还有一些体育记者。经过多方佐证、不具名爆料，在没有证据支持的情况下，许多人都信了，接着言之凿凿地去散播这个传言。

云朵一打开唐一白的微博，就会看到好多人在询问他到底有没有女朋友。不仅如此，还有好事的八卦媒体打电话到伍勇那里打听此事，结果被脾气暴躁的伍教练骂回去了。

距世锦赛只有一个多月，这帮人不关心唐一白的状态，不关心他的训练，甚至也不关心他的手伤是否会复发，只是抓着这个八卦消息不放，脑子秀逗了吧？

相比之下，体育记者们就可爱多了，比如云朵。

云朵也被这事吓到了，此后进进出出的会伪装一下，戴个帽子、墨镜之类的，当然了，她要是不和唐一白站在一起，也没人认识她。

不过，在面对这么多询问时，云朵突然想明白了一件事——她总是害怕这件事被曝光，好听点说是不愿意被跟踪，实际是不够自信，她怕自己和唐一白放在一起被人提及时，别人会说她配不上唐一白。

其实，爱情是两个人的事，与别人半点不相干，既然相爱，就该勇敢地和他并肩立于阳光之下。唐一白是那么自信而强大的人，她可不能怕，怕了就是真的配不上他了。

于是，她对唐一白说："唐一白，我觉得你可以公开我们的关系了，我要和你光明正大地在一起。"

唐一白有些意外，不过很高兴。

然而，他随即摇了摇头："现在不是时候。"

"对哦，现在当然不是时候，我的意思是，等世锦赛结束再公布。"

唐一白却不是这个意思，他最近在策划一件很重大的事情，他希望在公布两人的关系时，云朵不是他的"女朋友"，而是他的"老婆"。

没错，他在计划求婚。

求婚的标配是鲜花和戒指，他每天忙得要死，根本没时间挑戒指，于是拜托了自家老妈帮忙。他妈妈的品位是出了名的好，这一点他信得过。

唐妈妈听说儿子要求婚时，有些奇怪："你现在忙成这样，为什么不等世锦赛结束之后再求婚？"

"妈，您不了解。世锦赛如果我成功了，求婚更像是锦上添花，那样会弱化我们婚姻契约的重要地位。如果我失败了，男人的自尊心告诉我，短时间内我可能不会向她求婚。所以，我觉得现在求婚才是最好。"

唐妈妈没想到她的儿子会想到这么多，典型的脑细胞过剩。

她问道："你们运动员都这么一肚子弯弯绕吗？"

"不，我这是遗传您的基因，您可别想推卸责任。"

唐妈妈有点鄙视儿子的心思多，不过挑戒指这件事她还是义不容辞的。

她儿子现在翅膀硬了，买戒指都不要爸爸妈妈掏钱，快递给她一张银行卡，她查了一下卡内余额，有点惊讶："你现在挺有钱呀。"

"妈，您是不是忘了，我现在是体育明星。"

"嘚瑟什么？再厉害你也是我儿子。买个戒指花不了这么多钱。"

"剩下的您换辆车吧，喜欢什么样的就买什么样的，不用心疼钱。对了，妈，您帮我看看房子吧，我想买栋别墅，要带独立泳池的。”

“买别墅？”

“对，做婚房。”

唐妈妈挺无奈的：“你是不是连孩子的名字都想好了？”

“那倒没有。还不知道是男是女呢。”

“你还真的想过孩子？”

简直无力吐槽了。

不过，好吧，她自己也想过，想豆豆和云朵的小孩会长什么样，像爸爸还是像妈妈，或者像爷爷、奶奶？人上了年纪，就特别喜欢孩子，她还真的想早点抱上孙子或孙女呢！

第二天，唐妈妈跑到商场的名品专柜，挑挑选选的，没有急着买哪一个，而是把她觉得不错的都拍下来发给唐一白，毕竟求婚的是他，她要充分尊重儿子的意见。

晚上，唐一白才给她打来电话，说道：“妈，我突然不想买戒指了。”

唐妈妈听罢大怒：“你又不想求婚了？求婚这种事是儿戏吗？由你朝秦暮楚？”

“妈，您别生气，我没说不求婚。我的意思是，工厂量产的那些戒指无法匹配我和朵朵独一无二的感情，我希望我求婚的信物能特别一些，最好是独一无二的。”

“……”臭小子，小小年纪这么会玩情调，天生的花花公子！唐妈妈腹诽着，冷笑道：“你把肾割下来送给她，绝对独一无二。”

唐一白听得心惊肉跳：“妈，我可是您亲儿子。”

“好吧，那你到底想买什么？”

“您觉得买块玉怎么样？古代的情人都送玉佩，我觉得挺浪漫的。您帮我买块玉，找人在上面刻上全世界仅此一份的花纹。您觉得怎么样？”

唐妈妈简直听呆了，她捂住手机，对一旁的唐爸爸说道：“我发现豆豆简直是个情圣。”

“是吧，我也奇怪。”

“不像你，也不像我，到底谁教的他？”

唐爸爸叹道：“老婆，有些东西是天生的。”

对于儿子基因突变出一种情圣体质，唐妈妈除了惊奇一下倒也没有太大反应，不过她有点同情她以后的儿媳妇云朵。

唐妈妈又问唐一白：“那你想买什么玉？”

“羊脂白玉吧！那个好看。我要最好的，不在乎钱。”

唐妈妈挂断电话后，寻思了一下，发现臭小子做的这个决定不仅浪漫得要死，从经济价值的角度来看也完全靠谱。钻戒都是量产，买回来就贬值了，羊脂白玉不同，好的羊脂白玉加上名家雕刻，随着时间的推移，只可能嗖嗖嗖地升值，绝不会贬值。

真是生了一个妖怪。

玉石这行充斥着次品和赝品，真正的极品可遇不可求，不过，唐妈妈这么多年早混成了人精，绝不会被人骗，她路子也广，找了一个多星期，终于找到一块特别合适的籽料，然后联系雕刻师。

她狠了狠心，找了个名气特别大的雕刻师，可是雕刻师的时间已经排满了，她只好拉下脸来请人家通融一下。她一辈子没干过这种低姿态的事，唐一白果然是她亲儿子。

那位大师也是个性情中人，听说是年轻人为了求婚托妈妈买的，就允许唐妈妈加了个塞，还亲自帮她设计图案。

七月份，国家游泳队备战世锦赛，进入了全封闭训练的模式。

云朵一听是全封闭训练，以为自己不能见唐一白了，谁知伍教练特意帮她通融了一下。反正她在的时候也不会打扰别人，就是往那儿一坐，正面作用是激励唐一白的士气，没有负面作用，队里就答应了。

唐一白也开始了和尚一般的生活，他的朵朵真是为他的体力操碎了心。

这一个月的训练更加紧张而艰苦，当然，成效也是非常显著的。唐一白状态的恢复超出了所有人的预料，伍总甚至开始期待他能在世锦赛拿牌了。

以唐一白现在的状态，想要干掉桑格和埃尔普西，希望不大，但是贝亚特的实力稍弱，他还是有希望争一争的，发挥好了能拿一枚铜牌。

不过，贝亚特有一个很强大的优势，就是这次世锦赛的举办地点是英国的利物浦，贝亚特主场作战，很占便宜，这么一看又有点悬了。

伍勇叹了口气。算了，孩子那么努力，不管取得什么样的成绩，都该为他喝彩。

日子这样一天天过去，七月二十二号，是云朵和唐一白暂时分别的日子，第二天她就要乘飞机先一步去利物浦了。

本次世锦赛，从七月二十八日开始，到八月十三日结束，赛程总共持续十七天，云朵一天都不会落下。因为这次报社派出去的记者不像亚运会那么多，分摊到每个人头上的工作量就变大了，她从跳水到花游再到游泳，都要参与报道，所以要在赛前一天过去。唐一白的游泳项目八月六号才开始，不会太早去利物浦。

这天晚上，云朵照旧坐在泳池边等着唐一白加训结束，然后他领着她走出训练馆，在基地里散步。

云朵说："唐一白，我不在的这几天你要好好训练，不要太想我，我们很快就会见面的。"

唐一白低头沉吟，突然停下脚步，定定地看着她。

她有些奇怪："怎么了？"

他抚了抚她的头发，笑道："朵朵，有一件事我必须做，不然我无法安心比赛。"

云朵气道："不行！比完赛才能做，你当初是怎么答应我的？"

他一愣，紧接着扶着她的肩头闷笑不止。

在她一脸莫名中，他亲了一下她的额头："你这个小流氓，想到哪里去了？"

云朵红着脸偏头："我……我开玩笑的啊！你有没有幽默细胞？"

他笑道："虽然那件事我也很想做，但我现在要做的不是那个。"他说着，突然后退了一步，从衣服兜里掏出一个盒子，半跪在地上，轻轻把盒子托了起来。

云朵张了张嘴，这动作她太眼熟了，电视里经常演啊！她有些惊喜，更多的是感动，心几乎要飞起来，怔怔地看着他。

不过，那个盒子好大啊，真的是戒指盒吗？

"朵朵，"他仰着头，温柔地看着她，然后打开了那个盒子，"你能不能嫁给我？"

云朵看见盒子里装的果然不是戒指，而是一大块白色的玉佩，雕刻着龙凤花纹。奇怪的是，玉佩上串了两根绳，难道是两块？她小心地把玉佩拿起来，稍稍用力，玉佩便一分为二，变成了一龙一凤两块玉佩。

玉佩雪白透亮，触手温润，凝脂一般。雕工细腻，古意盎然，凤腾祥云，龙出大海，十分漂亮。

云朵从中看出了这两个图案的寓意，眼眶发热："你这是从哪里找来的？"太有心了啊。

"找是找不来的，这是专门请人雕的。所以，你到底答不答应我的求婚？"

她吸了吸鼻子，忍住掉眼泪的冲动："你说呢？"

唐一白轻声说："说你答应，你要嫁给我。"

"唐一白，我要嫁给你。"

唐一白起身将她拉进怀里紧紧抱着，笑道："从今天开始，你就真正是我老婆了。"

"嗯。"她有些不好意思，脸埋在他温暖的胸前，问道："唐一白，这玉是真的吗？"

唐一白哭笑不得，原话奉还给她："你说呢？"假的就太没诚意了吧？

"可是……这么大块的羊脂白玉，很贵吧？"她还没嫁给他，就开始操心帮他省钱了。

他柔声说："朵朵，这对玉佩是专门定做的，全世界只有这一对，就像我和你，全世界也只有这一对。"

云朵搂着他的腰，闷声说道："你今天非要让我哭出来吗？"

唐一白紧紧抱着她，像是抱着这个世界上最珍贵的宝物。

晚上，唐一白心情愉悦地回到宿舍，因为太高兴了，他甚至忍不住哼起了小曲。

祁睿峰吓尿了，惊呆地看他："唐一白，你唱歌了？"

"嗯？没有。"唐一白心想：你们这群单身狗是不会理解我的快乐的。他朝祁睿峰伸手："峰哥，借用一下你的手机。"

虽然唐一白现在是有"家室"的人了，伍总对他依旧管理严格，现在尤其怕他晚上和女朋友聊天聊得没有节制，因此还是在封闭训练期间收走了他的手机。他现在想用手机的话，只能找祁睿峰借了。

拿过祁睿峰的手机，唐一白登录了自己的微博大号"唐一白"，发了一

条信息：请大家不要再叫我老公，我是有老婆的人了。~(@^_^@)~

唐一白发完微博就洗漱睡觉了，完全没有想到他一句话引起了怎样的轩然大波。

粉丝们第一反应是不信——不信，不信，不信！我们才是你的老婆，你哪里又来的老婆？之前连点口风都不露，怎么突然就真的脱单了？难道此前的传闻是真的，他早就有女朋友了？呜呜呜，不信，不信，不信！

残忍的事实总是令人难以接受，有人甚至猜测唐一白的手机被食堂的炒菜小弟捡了，因为只有那个炒菜小弟才会发这种不着调的微博。

然后，突然又有人发现发这条微博的手机型号不对，不是唐一白的手机，倒是和祁睿峰的手机一致。天哪，难道是祁睿峰在用这种方式宣示他对唐一白的所有权？

这个脑洞让人更容易接受，CP党们的春天来了，比拿了免死金牌都高兴，一个个大声疾呼，奔走相告，凑在一起进行即兴的故事创作，唐一白的一句话竟生生让他们编出了一部二十万字以上的长篇小说。

再接着，又有人清醒下来想一想觉得不对劲。

世锦赛开赛在即，唐一白不好好地训练为世锦赛做准备，怎么突然发这种微博？会不会是因为已经知道自己在世锦赛拿不出好成绩了，想通过这种方式博一下存在感？一定是这样的！

这些人认为自己揭开了真相的面纱，其激动程度不亚于另外两拨人，于是高高兴兴地到处揭发唐一白，一股智商上的优越感油然而生，笑眯眯地坐等众人的膜拜。

结果，却等来了一波波围攻——

女朋友粉：我老公才不是那样的人！你心理阴暗看什么都阴暗！

CP党：你质疑白少就是质疑我峰的品位！我大吉祥物的老公也是你能诋毁的？去死，去死！

接下来就是大混战了，你掐我，我掐你，然后我俩合起来掐他。

各路媒体记者也闻风而动，不过这大晚上的，从官方是打探不到这个消息的。

这个信息来得太突然，记者们虽然都听说过唐一白有女朋友了，但是手里没有有说服力的证据，而当他们想要扒一扒这位“老婆”何许人也时，大混战已经遍及整个网络。另外有N多浑水摸鱼的爆料，唐一白一夜之间多出好多个绯闻对象，难辨真假。此外，还有不少人称自己就是唐一白口中的那个人。这样一来，这个消息更不足为信了。

在这些自曝中，有一个 ID 是“记者云朵”的认证账号，转发了唐一白的微博，也自称她就是那个人，只是这条微博淹没在虚假信息的汪洋大海里，很少有人注意到。

除了与她互相关注的同行们，还有好几个人亲眼见过唐一白怎么追她的，纷纷为她点赞。

目前也只能是点赞，毕竟他们看到的只是暧昧，总不能说“他们两个人的眼神交流告诉我他们有 JQ”吧？在唐一白亲口承认之前，一切只能靠主观臆测。不能拿出证据，他们不好意思爆这个料，又不像八卦媒体那样不要节操。

第二天，唐一白发的这条微博占据了体育版和娱乐版头条，阴暗党们不得不朝他竖起大拇指：你的营销很成功。

唐一白本人也遭到了伍勇和徐领队的严厉批评。他现在是体育明星，代表着国家队，一言一行都要考虑后果，怎么也像祁睿峰那么任性了呢，想爆隐私就爆隐私？

批评归批评，事情还是要处理一下的，徐领队等人拿出了看家本事——装死。

有人打听就假装没看到，当面问就回避重点，回避不了就说不关我事，反正唐一白躲进队里没人能采访到他。

媒体圈了解此事真相的，除了当事人，就是《中国体坛报》的刘主任了。刘主任总不能爆自家记者的料吧，显得太不近人情了，他只好把这件事憋在肚子里，憋得那个难受啊！

在国内这种乱糟糟的舆论下，云朵淡定地登上了前往英国的飞机。

到了英国，唐一白的知名度就比较低了，不如祁睿峰和向阳阳这些奥运冠军。

唐一白被一些英国人认识，还源于英国本土的自由泳新星贝亚特。贝亚特主场作战，相当自信，他接受采访时讲述了在澳洲外训的经历。他觉得弗兰克教练很好，但是弗兰克更器重一个叫唐一白的中国人，还断言唐一白将成为下一个世界冠军。他不服气，觉得自己肯定能战胜唐一白，而事实也证明确实如此，在一次友谊赛中，他轻轻松松赢了唐一白。

看了这篇报道的人，都记住了贝亚特的那个手下败将。

考虑到实力差距，贝亚特想赢桑格和埃尔普西的话需要狠狠地搏一搏，这种时候需要有一个足够弱的人来衬托他们大不列颠的英雄。唐一白被教练错爱，实力不济，而且来自最近几年在世界泳坛大放光彩的中国，实在太适合担任这个反面角色了。

媒体特别擅长抓民众的兴奋点，英国报纸便对唐一白进行了一次比较全面的介绍，连他今年受伤停训的事情都报道了。

英国读者看完这篇报道后，反应大体有以下两种：

——骨裂二十天后就恢复训练，你逗我呢？

——哦，他受伤停训了，看来肯定拿不到好名次了。

不管怎么说，受伤停训是事实，英国泳迷们认为唐一白完全不会成为贝亚特的威胁。

云朵看到，在博彩网站的预测上，贝亚特的 100 米自由泳名次为第二，唐一白没有进前三。夺冠赔率，桑格是一赔二，贝亚特是一赔四，唐一白竟然是一赔三十五。

真是太过分了，明明唐一白的成绩和贝亚特不分上下，为什么相差这么大？主场了不起啊？大家都在同一个地球，当然是同一个主场了。

云朵为此愤愤不平，脑子一热，冲到楼下的博彩门店里，把身上所有的钱都下注到了唐一白身上。

接待她的营业员像看傻瓜一样看着她。

这些英镑都是云朵准备买纪念品的，现在却换了薄薄的一张票单。

她拿着票单在孙老师面前晃了晃：“孙老师，我的钱都花光了，连车费都没有了。呜呜呜，以后我就靠您了，等回国再还您。”

孙老师看了看她的票单，简直惊呆了：“云朵，你疯了吗？”

钱旭东也凑过来看，摇摇头说：“虽然我也希望唐一白赢，但我们都知道他拿不了冠军啊！你怎么这么不理智？白浪费钱。”

云朵忧伤地说：“你不懂。”这大概就是爱情的力量吧，冲出去的那一刻她根本没想别的，就想着买买买，永远支持她家唐一白。

孙老师问钱旭东：“小钱，你买的谁？”

“我买的桑格。”

“好巧，我也买的他。”

从赔率可以看出，买桑格的人是最多的。

云朵坚持要做一白党，她把那张票单折好小心地放进了钱包里——现在她钱包的作用也只有放它了。

接下来，云朵投入到了紧张而繁忙的工作当中。

她觉得她工作量这么大，都是因为报社太抠门了，嫌英国的消费高，不肯多派几个人过来。

到英国后，她和唐一白通话的机会都没有了。由于时差问题，他有空的时候恰好是利物浦这边比赛最激烈的时刻，而等她采访完，他已经睡觉了。

因为忙，时间过得飞快，转眼到了八月三号。这一天，唐一白等人从伦敦乘坐火车到达利物浦，云朵去火车站跟拍采访他们。

运动员们穿着统一的服装走出来，云朵一眼便看到了队伍中的他。

他永远那样长身玉立，推着大行李箱，刚走出来就朝人群张望，很快找到了她，大步走了过来。

云朵终于体会到“一日不见，如隔三秋”的感觉了，她和他才一个多星期不见，再见时发现她竟如此想念他。看着他走过来，她的心脏扑腾扑腾跳得剧烈，心中满是甜蜜与缠绵的话语，想对他倾诉。

好在她没忘记自己的身份，她是来采访的，也不能光盯着他看啊，于是举着相机咔嚓咔嚓拍了好多照片，然后去采访其他运动员和教练。

唐一白多么想抱一抱她，亲一亲她，可惜现在这个场合不对，有好几台摄像机呢，只能和她擦肩而过。

走过她身边时，他弯着嘴角，抬手飞快地揉了揉她的脑袋。

云朵听到他轻声说了一句：“想死我了。”

她低头，红着脸笑了笑。

当天，唐一白等人要倒时差，熟悉环境，云朵则要报道跳水比赛情况，因此，第二天运动员们集中训练，她去采访时，二人才有机会见第二面。

唐一白从水里出来，在泳池边，淡定地接受了一波采访，然后他悄悄地让云朵去更衣室等他。

云朵在更衣室等了没几分钟，他就过来了。

一进来，不等她说话，他就把她按在门上一顿狂吻，吻得她晕晕乎乎的。

太久没见，思念像火一样灼烧，他吻得那样热烈，像龙卷风席卷而过，又像骤雨密密麻麻地倾泻下来。

云朵仰头承受着他的热吻，搂着他的脖子，试图跟上他的节奏。他只穿着泳裤，她的手按在他的脊背上，轻轻地摩挲着。

唐一白突然松开她，喘着粗气说：“你再这样我就有反应了。”

她连忙松开他，有些手足无措。

他低笑着，又吻她，这次是缓而轻的，柔风细雨般。

缠绵了一会儿，云朵说：“我要走了。”

“再待一会儿。”

“不行，不能耽误你训练啊。”

“没关系，这几天是适应性训练，强度不会太大。”

“比赛完我们再好好在一起，你这几天先专心比赛。”顿了顿，云朵突然笑道：“你可要好好比，我把所有的钱都压在你身上了。”

唐一白轻轻捏了捏她的脸蛋：“才来几天就学坏了，你还会赌博了？”

云朵拉下他的手：“反正你现在专心比赛就是了，回国后你想怎样都可以。”

他低下头，盯着她的眼睛，笑得有些不怀好意：“真的？我想怎样都可以？”

莫名地，云朵觉得他没想什么好事，红着脸推开他：“真的走了哦。”

“去吧。记住，我想怎样都可以。”

游泳项目的比赛从八月六号开始，一直到八月十三号，中国男队最大的夺金点是祁睿峰，女队的夺金点是向阳阳，另外还有一个游蝶泳的小姑娘，名叫郑佳雪，今年只有十六岁，这两年势头很好，成绩一直在上升，今年游出了世界第二的好成绩，好好发挥，夺金希望很大。

第一个比赛日，祁睿峰男子400米自由泳轻松摘金。男子100米蛙泳半决赛中，明天总排名第十三，发挥不好，没有进入决赛。女队的向阳阳和郑佳雪分别顺利晋级女子200米混合泳和女子100米蝶泳的决赛。

男子4×100米自由泳接力是中国队选择放弃的项目，因为这是中国队的传统弱项，连晋级决赛都难。唐一白是个异数，但他的存在太宝贵了，之前还受了伤，加上另外三棒成绩与其他国家相差太远，就算他拼尽全力也改变不了什么，队里不希望他在这个项目上投入太多精力。虽然在这个项目上中国无缘决赛，但是在唐一白的带领下，依旧游出了总排名第十一的成绩，超出预期，为中国队拿到了一张明年奥运会的入场券。

第二个比赛日，中国姑娘们发威，一天之内收获两枚金牌，分别是向阳阳和郑佳雪，男队的祁睿峰在200米半决赛中轻松晋级。

第三个比赛日的看点比较多，首先是祁睿峰200米自由泳决赛，其次是赵越的100米仰泳预赛和半决赛，另外还有男女混合4×100米混合泳接力。这个项目和过几天将要进行的男女混合4×100米自由泳接力一样，都是世锦赛历史上第一次出现。

男女混合4×100米混合泳接力，要求男女队员各两名，泳姿顺序和普通的混合泳接力一样，仰泳、蛙泳、蝶泳、自由泳。与以往的接力相比，男女混合接力的不确定性更高一些，它像是一个策略游戏，必须通过适当的取舍，达到一个最佳的搭配。

中国队最后两棒毫无争议地定为郑佳雪和唐一白，而前两棒可以选赵越游仰泳，另一个姑娘游蛙泳，也可以选一个姑娘游仰泳，明天游蛙泳。

明天此前发挥不好，此时蔫蔫的，怕自己拖后腿。

唐一白笑道："有我压棒，你怕什么？"

明天惊呆了："一白哥，你好霸气！"

赛场上，要的就是这种霸气。

可能是唐一白平时比较稳重，从不乱说大话，明天竟然真的被他鼓励到了，跃跃欲试。

赵越在半决赛中的表现不理想，排名十七位无缘决赛。他的问题在于年龄上来了，状态却下滑了，他自己倒是挺淡定的，反正快退役了。

赵越完全不能承载新项目的希望了，最后队里决定由明天接力蛙泳一棒，仰泳便只能从姑娘们中间选了，选来选去，最后确定向阳阳。中国男女仰泳都是短板，相比之下，向阳阳的100米仰还是不错的，至少不会拖后腿。

晚上的200米自决赛中，祁睿峰拿了一块银牌。

当地时间晚上七点半，今天的最后一个比赛项目即将开战。

这是一个新奇且多变的项目，吸引了无数人的兴趣，场内座无虚席，比赛直播的收视率一度飙高。

毫无疑问，最后一棒是最重要的一棒。

中国观众都知道压棒选手唐一白受伤了，都不敢对这次比赛的名次有过高期待，还有人抱怨为什么不让祁睿峰来游。

向阳阳、明天、郑佳雪，三棒交接中，中国队的名次起起伏伏的，最后锁定在第五位。不过，第三、四、五位之间的差距并不明显，一个发力就有可能赶超。

然后，唐一白迅速入水。

他一入水，云朵的心就悬了起来，紧张地盯着泳池。

他身形矫健如游鱼，那番美感，看多少遍都看不腻。

前二十米，唐一白轻松地超越了与他咫尺之隔的巴西选手。

云朵看见他超越，心也跟着往上提了提，镜头追着他咔嚓咔嚓一顿拍，一边念叨：“一定要加油啊！一定要加油啊！唐一白一定要加油啊……”反正外国记者大都听不懂中国话，她念得毫无压力。

场上的观众倒没她那么顾忌，一个个嘶吼着，云朵甚至从一堆英语中清晰地听到了中国人喊“唐一白”，这些同胞真是够拼的。

和法国选手的争夺有些胶着，直到半程结束，将要转身时，唐一白和法国选手之间的距离缩短到了一个巴掌，可是转身之后，这个距离又被拉大了。这个时候，唐一白突然提速了，翻腾的浪花中，他像剑鱼一样冲了上去，超越了法国选手。

又干掉一个！云朵心情激动，又碎碎念：“保持住，保持住就能拿到铜牌了！加油，加油唐一白！”

此时，前面两队分别是美国和日本，都是混合泳的老牌强队，无论怎么组合成绩都不会差。日本队的弱项是自由泳，但是此时中国队和日本队的差距拉得有点大，想要赶超有点困难。

唐一白像疯狂的马达一样，速度还在加快。

云朵突然想起来他曾经对她说过，根据水流的变化便可以感知自己和对手的差距，并且在水中透过泳镜可以清晰地看到对手的身影，但是他从来不去刻意感知，也不看，只是一味地向前、向前、向前，拼尽全部力气向前。

他说那种感觉很纯粹，你只是在和水搏斗，你的对手只有一个。

云朵看着池中不顾一切向前冲的他，想想他说的话，她的眼眶不禁有些湿润。

中国队和日本队之间的差距一点点在缩小，许多人都会想到底能不能赶超，大概只有唐一白不会去想，他只是在亲自创造这个结果。

将要触壁时，云朵眼神好，清楚地看到日本选手的头比唐一白的头要靠前一些，差距有两公分左右。她叹了口气，却并无遗憾，她知道他真的尽了全力。然后，她看向电子屏，意外地发现中国队排在第二，比日本队快了 0.03 秒。

云朵有些惊喜，随即恍然地一拍脑袋：唐一白的胳膊比人家长啊，自然占尽便宜。

全场欢呼。

唐一白被队友拉上来，站在池边扶着膝盖大喘气——运动员极限运动后，心率能飙到一百八。

云朵见他累成这样，好心疼，特别想冲过去抱抱他。

当然，她不能真的这么做。

这一晚，最有看点的一个项目被美国队摘金，但是中国人绝对是最惊喜的。唐一白最后一棒连续赶超了三个对手，从第五名直接冲到第二名，原本不敢抱希望的中国队拿到了一枚银牌，绝对是意外之喜。

更重要的是，曾经的那个唐一白，回来了。

这一晚，中国媒体对唐一白大书特书，完全不吝惜赞美之词，把他夸得好像锦鲤成精一般。相比之下，云朵还算冷静和克制，她不想让国内观众对唐一白有过高的期待，因为太高的期待意味着太大的压力，她只希望他好好比赛。

晚上回到酒店，云朵发现博彩网站上唐一白的赔率从一比三十五变成了一比六。

呵呵，这些愚蠢的地球人，早知如此，何必当初。

第四个比赛日，祁睿峰霸气依旧，男子 800 米自由泳决赛摘金。唐一白男子 100 米自由泳半决赛发挥平稳，以总排名第四的成绩晋级决赛。

第五个比赛日，将进行最受瞩目的单人项目——男子 100 米自由泳决赛。

如果一定要给金牌划分含金量，这块金牌无疑是单人赛里分量最重的。一直以来，亚洲人都无缘此项目的领奖台，不要说金牌，银牌、铜牌都拿不到。唐一白哪怕是拿块铜牌，对于中国、对于亚洲人来说，都算是历史性突破了。不止中国人，日本、韩国以及东南亚人，也特别期待他有所突破。况且，又是这么帅的一个小伙子，在亚洲各国着实圈了不少粉丝。

这天中午，云朵以做采访的名义，跑进了运动员餐厅，和唐一白一起吃午饭。

她担心唐一白压力大，想帮他排解一下。

唐一白却笑道："我怎么觉得你的压力比我的还大呢？"

云朵不好意思地挠了挠头。

唐一白左手拿叉子吃饭，右手握住她的手。两人相处的时间太少了，每一刻都很珍贵，他总是希望能和她更加亲密一些。

吃过午饭，他们躲到角落里，云朵靠在唐一白怀里，说："唐一白，你这两天状态是不是特别好呀？"

唐一白抚着她的头发笑道："还行，不过我的比赛神经还没有达到最兴奋的程度。"

她仰头看着他："那怎么办？怎么样才能达到？"

他望着她，目光温柔："我身上有封印，你帮我解除。"

"怎么解除？"

他闭上眼睛，微微低下头，送上了嘴唇。

云朵便勾着他的脖子，踮起脚，在他唇上轻轻啄了一下。她说："给你一个幸运吻，带着它，你一定能游出好成绩。"

当地时间晚上七点十五分，男子 100 米自由泳决赛开始了。

这场比赛的瞩目程度是巅峰级的，群星闪耀，强将如云。赛场的不确定性很大，谁拿冠军都不会太稀奇。唐一白的晋级成绩是第四名，分到的泳道不占优势，有可能吃到前面人的水花。前面三人按半决赛成绩排名，分别是桑格、贝亚特、埃尔普西。主场发挥的贝亚特状态确实很好。

唐一白有着一米八九的身高，但是和那三个强敌相比，他的身材显得有些瘦弱。

云朵曾经安慰他："你瘦的话，质量小，体积小，在水中的阻力就小，未必是坏事。"

太逗了。

他收拾心情，站在出发台上，深呼吸。

一声令下，运动员们争先入水，肉眼几乎分不出快慢。通过电子屏可以看出，唐一白的出发速度是 0.65 秒，位列第二，仅次于贝亚特，还不错。

100 米自由泳不存在保留实力一说，一入水就是决战的姿态。云朵也是第一次在现场观看这种世界巅峰级别的速度对决，泳池中的选手随便拉出一个都是完爆亚运会的水平。此刻，他们如飞鱼一般争先恐后地向前冲去，速度之快，看得人眼花缭乱。

场内观众喊声震天，旗帜飘扬，哨声飞响。

唐一白入水后和埃尔普西并列第三，势头很好。

云朵一边拍照，一边又紧张地碎碎念："加油，加油，加油唐一白！"

贝亚特的状态太好了，紧咬着桑格不放，随时有可能赶超上去，因此，前面两个人渐渐和后面两个人拉开了一点距离。

云朵知道，如果这个时候距离拉太大，唐一白基本上没有追上去的可能了。你以为后半程发力就行吗？谁后半程不是拼命发力的？即便你领先，别人发力都可能赶超，何况落后太多。现在这样的情况下，唐一白最好的结果也只能是超过埃尔普西拿一块铜牌了。

云朵的一颗心提到了嗓子眼。虽然她总是告诉自己能拿块铜牌就不错了，但是如果有机会，谁不希望唐一白拿金牌呢?

瞬息之间，赛程近半。

云朵知道接下来才是关键时刻。唐一白转身时的速度不够好，但是他转身之后的发力很棒，能将之前的弱势很快弥补过来。云朵希望这次也能如此。

果然，转身后，埃尔普西稍稍领先了一些，但是唐一白加速了，前天对战法国选手的那一幕再次上演，他以一往无前的姿态超越了埃尔普西。

速度继续增加。

与此同时，似乎感觉到了威胁，前两名选手也开始提速了。

狭路相逢勇者胜，这个时候，就显示出名将与小将的差距来，同样是提速，贝亚特被桑格甩开了。

可能是前半程用力太猛，贝亚特的发力略显疲软，最终不敌桑格。

贝亚特被桑格甩开了，唐一白却没有，他和桑格之间的距离几乎没有改变，也就是说，在很长一段距离内，他和桑格在同速前进。

眨眼之间，唐一白超越了贝亚特。

第二名了!

云朵激动得差一点把相机摔出去。

第二名了，唐一白超越了埃尔普西，超越了贝亚特，而他和桑格之间的距离并不大，且完全没有被拉开，他还在死死地咬着桑格，紧追不放。

冲刺了，两人一起冲刺了。

桑格的实力，集中体现在冲刺上。他冲刺的距离比较长，速度一提，优势就明显了，这是他的绝杀技。

今天，唐一白和他一起冲刺了！

这个瘦弱的亚洲人，他能挺得过这么长距离的冲刺吗？

云朵的心又揪起来了，不只是紧张，还有点疼。她心疼水中的他，因为她知道那种感觉有多难受。他对她讲过，短距离自由泳是无氧运动，后半程为了拼速度，空气吸入严重缺少，肺部就像是被两只大手握着用力挤压，或是置于烈火之中灼烧，远甚于他训练时的疲惫。

这是云朵知道的，而她不知道的是，此时唐一白突然做了一个危险的决定——他再次闭气了。

用屏住呼吸的方式提高速度，这个方法有点笨，但绝对有效。

然而，这种方法也是极其危险的。

极限运动中，全身机能瞬间爆发，心肺的负担本来就大，他却闭气一游到底，简直是在找死。

所以，后来有人称屏息冲刺为“自杀式冲刺”。

其实，这样冲刺不只风险大，更重要的是身体非常痛苦，像遭受酷刑般，不是每个人都能承受的。

此刻，唐一白屏住呼吸，摒弃一切杂念，开足马力，全速前进。

场内观众的呼喊声快要震破屋顶，云朵在这震天的声音中精神有点恍惚了。

她看到了什么？

唐一白和桑格之间的距离在一点点缩短。

她揉了揉眼睛，看着泳池中两个绝顶高手的巅峰对决。

桑格正处于职业生涯的黄金时期，就像曾经的埃尔普西一样。之前有报道说现在的他是不可战胜的，即便是对贝亚特抱有厚望的英国本地媒体，也不敢说超越桑格这种话，因为这话听起来更像是笑话。

而现在，唐一白，在两人同时像离弦的箭飞速冲刺时，把他和桑格之间的距离一点点拉近，这意味着至少在这个时刻，唐一白的速度是快过桑格的。

太不可思议了。

云朵忘记了拍照，她捂着嘴巴，怕自己失控狂喊出声。

他们之间的距离一直在缩短，像是初春的最后一堆雪，被暖阳烤得慢慢融化，体积渐渐变小，最后消失不见。

这样激烈的赛场，这样寂静的变化，让她激动得皮肤起了一层战栗，忍不住打了个哆嗦。

反超！

在距离终点不到两米时，唐一白实现了反超！

触壁时就很明显了，根本不用看电子屏，是唐一白，一定是他，冠军是唐一白！

云朵捂着嘴巴，眼泪不争气地奔涌出来。

场内的中国观众，有的蹦了起来，有的抱在一起痛哭。

云朵眨眨眼睛，不好意思地看了一眼身旁的孙老师，发现孙老师也哭了，她又看了看不远处的钱旭东，发现钱旭东也落泪了。

唐一白，成绩 47 秒 58，领先桑格 0.05 秒，刷新了赛会纪录。

这是历史性的一刻，绝对值得所有中国人铭记。男子 100 米自由泳，这个世界巅峰的舞台上，唐一白成了全世界游得最快的人。

他是这一项目上有史以来的第一个中国人，也是第一个亚洲人，绝对的前无古人。

唐一白到终点后，桑格友好地和他击掌。

他击了一下掌，竟然在水里站不稳了。桑格扶了他一把，然后工作人员帮忙把他拉了上去。

累，太累了，他站在岸边大口地喘气，连说话都不能。

休息了好久，他才直起身体，离开。

走到媒体区，他一眼看到翘首望向他的云朵。她的眼圈红红的，一看就是哭过了，像只兔子。

电视台采访完毕，云朵走到他面前，小声说：“我爱你，唐一白。”

有几个中国记者惊讶地捂住了嘴，还有记者打开手机录像，电视台的摄像师也机智地把镜头对准了他们。

唐一白听到云朵突然表白，他刚落下去的心率又开始往上飙，不管不顾地扣着她的后脑吻住了她。

周围传来一片欢呼声。

云朵羞得满脸通红。

何止是媒体，周围还有很多观众在拍照。

大哥，你能不能低调一点？

唐一白松开她，揉了揉她的头发：“我也爱你，朵朵。”

说完，他便离开了，换衣服准备接下来的颁奖典礼和发布会。

云朵站在原地，镁光灯闪烁着迎面而来，晃得她睁不开眼睛。

男子 100 米自由泳决赛的发布会在颁奖典礼后不久举行。这次比赛爆了大冷门，许多中外记者挤在新闻发布厅里，等着挖掘各种消息。

云朵刚才被唐一白亲了，害羞地躲在了角落里。

唐一白跟云朵学了一年口语，虽然学的时候不太认真，总调戏她，但是应付媒体已经够用了，语句流畅，也没有错误发音。伍总坐在他身旁，心情好到飞起来。

几个问题后，一名记者突然站起来用一口纯正的英式英语问唐一白：“你曾经受伤停训，伤后恢复得那么快，成绩还突飞猛进，这真的很不可思议，普通人很难想象。那么请问，你是否借助过兴奋剂类的促进药物呢？”

这几乎是指着鼻子问你是不是吃了兴奋剂了。

云朵很愤怒——还带这样的啊？比不过人家就说人家吃兴奋剂？要脸吗？！

伍总脸色很难看，扶了扶话筒。

唐一白估计他张口也没好话，还会被人抓住把柄，立刻按住了他的手臂。

他朝着云朵的方向望了望，看到她一脸愤然，他不禁想起了那个秋天，他受到不公道的盘问时，她也是这样，脸气得皱成一团，分分钟就要暴走般。

心里突然暖暖的。真好啊，能遇到她，能认识她，能和她走到现在。

他笑了笑，朝她挤了一下眼睛，看到她脸红了，他牵着嘴角移开目光，淡定地看向那名提问的记者，说：

“Love is the best excitant.”

（爱是最好的兴奋剂）

番外一

1.

唐一白夺得世锦赛百米自由泳金牌，已经让无数守在电视机前的中国观众激动不已，等他之后亲吻女记者的画面进入电视台的直播室，这下别说观众了，连主持人都有点语无伦次了，再加上之后回答外国记者挑衅时说的那句经典的“Love is the best excitant”……

很好，他仅凭一己之力便很快引爆了一场飓风级别的舆论，席卷了整个中国大地，全国人民都在关注他、讨论他，一边为他的霸气又睿智而癫狂，一边又为他和那个女记者的关系操碎了心。

仿佛听到了祖国人民的呼声，第二天对唐一白进行采访时，电视台记者走形式地问了他和云朵的关系——其实这个事吧，圈里人都知道了。

“她是我老婆，我们已经订婚了。”

他承认了！就这么干干脆脆地承认了！也不含糊一下，遮掩一下。男神，你也太实诚了吧？给我们粉丝留点 YY 的空间不好吗？说好的要做彼此的天使呢！

唐一白爽快地承认后，云朵的微博被足智多谋的网友挖掘出来就一点也不奇怪了。一夜之间，她的微博出现了翻天覆地的变化，粉丝多了，留言多了，多得看不过来。其实也没必要一条一条细看，那样可能会影响心情——云朵发现，说她丑的网友还真不少。

讨厌，我哪里丑啦？

云朵活了二十多年，从小到大被人夸漂亮，她对自己的外貌还是挺有自信的，不会因为网友说她丑，她就真觉得自己丑了。

除了说她丑的，也有许多表达祝福的留言。

云朵挑了一个祝福的评论转发了：谢谢！还以为你们都想把我烧死呢~~/(T o T)/~~

微博刚发出去，就秒回了许多留言。

一颗糖：不客气，其实我们真的想把你烧死。

Wuli 白白：不客气，其实我们真的想把你烧死。

唐一白是我老公你们都死开：不客气，其实我们真的想把你烧死。

抱走男神唐一白：不客气，其实我们真的想把你烧死。

……

……

……

真是的，现在的网友越来越调皮了。~~o(>_<)o ~~

2.

游泳队回国时，机场挤满了记者和前来接机的粉丝，把他们围了个水泄不通。

咔嚓咔嚓的快门声，记者连珠炮似的发问，粉丝们的尖叫，声波武器一样轰炸着唐一白的耳朵，相机的闪光灯晃得他睁眼都费劲。

身为一个体魄强健的运动员，他从来没觉得自己需要保护，可是现在，他真的有点招架不住了。

徐队，说好的保镖开道呢？

保镖确实来了，只不过被迷糊的工作人员带错了地方，现在正奋力往这边跑来。不愧是专业的，挤成罐头的人群都能被他们分开，辟出一条通道让运动员们离开。

好不容易上了车，唐一白有种死里逃生的感觉。

伍总坐在他身边，望着窗外依然激动不已的粉丝，悠悠叹道："我觉得，我应该重新评估一下你的商业价值。"

唐一白握着手机，翻来覆去的，低头不知道在想什么。

"你怎么了？"伍总问道。

"我想我老婆了。"

又秀恩爱！伍总翻了个白眼瞪他，接着又说："那就给她打电话。"

"不行，她现在在睡觉。"

伍总羡慕不已，表面却装作很不屑的样子，扭过头没搭理他，接着思考这货的商业价值。

说到唐一白的商业价值，别说伍总了，整个游泳队都拿不准。

三年前，游泳队还不太富裕，那时国内学游泳和关注游泳的少，有些在国际赛事上拿了奖牌的队员连广告代言都接不到。游泳真正大热起来，是祁睿峰拿了奥运金牌之后，连带着整个游泳队的代言价格都有了提升，当然，最具商业价值的无疑是祁睿峰，他是巨星级别的。

一般来说，一个运动员的身价和他的成绩成正比，这几乎没有疑问，但如此简单的规律在唐一白这里偏偏不成立。实际上，在世锦赛之前，唐一白的广告代言费就已经接近祁睿峰了。

一个只拿了亚运会金牌，从来没有参加过重要国际赛事的游泳运动员，没有巨星的成绩，却有着直逼巨星的身价，这要是放在三年前，就算刀架在脖子上，徐领队都不会信，可是这样接近科幻的事情真真切切地发生了，人民币是不会骗人的，所以说，人生真是一部魔幻现实主义大作啊！

在“与世界级体育明星之间只差一块金牌”的时候，唐一白就已经是金光闪闪的摇钱树了，那么现在呢？现在这棵摇钱树必定大了很多，至于大了多少，队里的领导们没人能估算出来。

这也不能怪他们，毕竟他们在队里过了十几年甚至几十年的穷酸日子，都没什么经验，做过的最具商业价值的案例就是祁睿峰了，而这已经可以写进他们的终身成就里了。

3.

世锦赛闭幕式结束后，云朵才回国。

忙了这么久终于松懈下来，加上时差颠倒，她回到家后倒头就睡，从早上一直睡到夜幕降临。

睁开惺忪的睡眼，趴在柔软的床上，云朵有些愣神。卧室里一片漆黑，外面安静得过分，没有一点声响，冷冷清清的。

怎能不冷清呢？现在这套房子里只有她一个喘气的。

是这样的，前些天，唐妈妈和唐爸爸出国旅游了，原计划昨天回来，还能接到云朵，可是唐叔叔把护照弄丢了，这才没能按时回来。二白被他们寄养在宠物店，云朵还在考虑要不要把它领回来。

懒洋洋地摸过手机，她看到了唐一白给她发的消息。

唐一白：睡醒了吗？

云朵：嗯。

看看时间，他应该还在泳池里，不会看到她的信息。

然而，她很快就接到了他的电话。

“喂，唐一白，你没有训练吗？”

“没有，在电视台录节目。”

云朵笑了：“好玩吗？”

唐一白也笑了起来，笑声低沉悦耳，令人沉醉：“有点无聊。”

要录的是一档综艺节目，他是嘉宾之一。

此刻，演播室外，中场休息的唐一白正漫不经心地靠在墙上，跟朝思暮想的人通电话。

云朵刚睡醒时的嗓音细细的、沙沙的，像慵懒的猫咪，令他心痒得不行，恨不得立刻把她拉进怀里狠狠地亲吻一番。

距离他不远的地方坐着娱乐圈很有分量的女明星，唐一白称呼她“芮姐”。芮姐性感迷人，此刻正一手夹着烟，透过缭绕的烟雾打量唐一白。

年轻人穿着白色的衬衫，深蓝色的休闲长裤，衬衫袖口整齐地挽起来，露出结实的小臂，腕上戴着一块运动手表。从衣着到饰品都不是大品牌，和娱乐圈的男人比起来，显得简单而朴素，可是他的脸蛋和身材都太好了，好到穿什么已经无关紧要的程度，甚至，也许他不穿才是最好的。

即便是俊男美女扎堆的娱乐圈，这个程度的姿色也极其难得，更难得的是人家情商高啊！芮姐心想：倘若他真的踏入娱乐圈，一定要风得风，要雨得雨。

唐一白没注意到她，他微微低头，眼睫轻轻掀动，唇角的笑容比春风还要温柔。

芮姐忘了抽烟，竖起耳朵很不厚道地偷听他讲电话。

“你一个人在家怕不怕？……二白？你接它做什么？接回来又没时间管它，就让它在宠物店待着吧……你睡了一天，没吃东西吧？快去吃点东西。不许吃垃圾食品，也不要吃太油腻……喝点热汤……”

云朵听着唐一白的絮叨，忍不住笑：“唐一白，你怎么变啰唆啦？”

唐一白顿住，沉默了一下，声音里有淡淡的无奈，还有点说不清道不明的委屈：“朵朵，我好想你。”

云朵的心一瞬间变得像棉花糖，柔软又甜蜜。

唐一白收起手机，才发现芮姐一直盯着他看，他礼貌地朝她点了一下头：“芮姐，有事？”

芮姐反问道："刚才在和女朋友通电话？"

"是未婚妻。"

这种较真的态度让她笑了一下，笑过之后又说："我发现，你很会疼人嘛！"一边说着，一边撩了一下头发，一双媚眼直勾勾地盯着他。

唐一白抄着手，目不斜视地走过她身边："谁家的老婆谁心疼。"

芮姐怔了怔，突然有些惆怅。

节目录完后，芮姐问唐一白："你以后会进娱乐圈吗？"

"不会。"

"这么坚决？是嫌这个圈子太乱吗？"

"不是。"他似乎想到了什么，目光突然变得柔和，"我是个运动员，平常没有时间陪她，我不想退役之后还是如此。娱乐圈太忙，不适合我。"

芮姐翘着嘴角，脸上突然现出一丝小女生的俏皮："我要是年轻五岁，一定倒追你。"

娱乐圈的人就算忘了吃饭也不会忘记恭维，唐一白自然不会对这种话在意。

4.

云朵在外面的小饭馆，一边吃饭，一边和唐一白发消息。

在哪里？吃什么？好吃不好吃……内容像温开水一样平淡，两个人却聊得很开心。

吃完饭，她对他说：我要回去了。

唐一白：嗯。

之后再无信息。

云朵有一点点失望。好嘛，她说不怕一个人在家，他就一点也不担心了吗？是不是在一起久了，已经开始厌倦了？

摩挲着手机屏幕，等了一会儿没等到他的下文，她也不强求了，收好手机结账走人。

走在回家的路上，云朵闷闷不乐地踢着小石子。

路上人不多，昏黄的路灯把影子拉长又拉短，不知疲倦。

走着走着，云朵心中突然一动，像是有种神奇的感应，她抬头望去。

前面的路灯下站着一个人，白衬衫，长裤，正闲闲地抱着胳膊，笑盈盈地望着她。昏黄的灯光下，他眉目柔和，像写意山水画一般干净而美好。

云朵的心脏怦怦狂跳起来，像刚学会飞行的乳燕一样欢快雀跃，撒开腿向他奔去。

唐一白张开双臂把她抱了个满怀,低头亲吻她柔软的发丝,心里感动而踏实。

“你怎么来了？”云朵问道。

“你说呢？”

所以，还是担心我吗？她嘿嘿笑了，心情好到飞起来。

但是，表面还是要傲娇一下的：“我不是跟你说了吗？我不怕。”

唐一白的回答简洁有力：“我怕。”

两人牵手往回走。

云朵扭头，上下打量着他，说道：“我发现你今天很帅。”

“我哪天不帅？”

好欠打的自恋!

她却无法反驳,因为她仔细思考了这个问题,答案是:他没有哪天是不帅的。

云朵：“我的意思是，你今天穿了白衬衫，显得格外帅。”

“喜欢？”

“嗯。”

他轻笑：“那我以后经常穿给你看。”

他的温柔令她脸热，垂着头不看他。

路人虽少，却一个两个都认出了唐一白，拦住他要签名。最后，他只好戴上口罩，和云朵一起走在树影里，鬼鬼祟祟地像做贼。

云朵突然想起一件事，高兴地对唐一白说：“哎，你知道吗，我在国外赚大钱啦！”

“是吗？赚了多少？”

“七十万！嘿嘿，都是买博彩赚的。买你拿冠军的人太少了，只有我慧眼识珠。”

唐一白心情愉悦，轻轻捏了捏她的手掌，笑道：“真厉害！我家朵朵最有眼光。”

“当然，当然。对了，唐一白，他们说你广告代言一天一个价，现在涨到多少了？说来听听？”云朵说完后，立刻捂了一下自己的嘴巴，“不对哦，这应该是保密条款，不能和别人说的吧？”

“你不是别人。”他揉了一下她的头，“昨天签的一个合同，代言费是一千三。”

云朵愣住，呆呆地看着他，片刻后问道：“一千三百……万吗？”

他笑：“不然呢，一千三百块？”

“一个品牌？一年？”

“对。”

她满眼震惊地看着他，像是看到了史前怪兽：“你……你这个……”

看她吓呆的傻样，唐一白失笑，忍不住捏她的脸蛋：“我怎么了？”

“你好贵呀！”

唐一白彻底喷笑：“贵吗？给你用免费。”

云朵羞涩地扭开了脸。

他又凑过来，微微弯腰，摘了口罩在她耳边压低声音说：“免费。你可以把我带回家，你想对我做什么都可以。”

云朵的脸红成了番茄。

大哥，还能不能愉快地聊天了？

5.

云朵有点想念二白，他们便顺路去了宠物店。

在唐一白的坚持下，她没能把二白领回家，只能看看它。

二白见到他们很高兴，都不知道怎么撒娇好了，它以为它终于可以回家了。

然后，他们就走了……走了……走了……

二白趴在地上，心碎地看着他们的身影——哥哥，你不要你亲弟弟了吗？

一回到家，唐一白就把云朵压在门上用力亲吻——早就想做这件事，他已经忍一路了。

他的吻急切而猛烈，她有点招架不住，仰着头被动地配合他，身体又热又软。

唐一白轻轻摩挲着她的腰肢，渐渐地，他的手探进她的衣服，火热的手掌一路向上探索。

云朵拉开他的手，喘着粗气说：“我……我先洗个澡。”

他追逐着她的唇，轻轻啄着，喉咙里溢出轻笑：“一起。”

她窘窘地推开他：“别闹。”

“没闹。”

他见她要走，一下子又把她揽进怀里紧紧地扣住，低下头，嘴唇轻轻擦着她的耳郭，笑道："你好像忘记自己说过什么了。"

"我说过什么？"

"你说，等回国，我想怎样便怎样。"

云朵拍了一下头，好像还真说过这话。

身为有道德底线的好青年，云朵做不出毁诺的事，于是两人一起进了浴室。一开始，他们真的在洗澡，唐一白还特别友好地主动帮云朵擦背，然而很快，事态升级，节操满地。

水汽弥漫中，他把她压在光滑的墙壁上缠绵，后来战场转移到洗手台前，他站在她身后搂着她，两人贴得紧紧的。她看到镜中他们紧贴在一起的身体，画面尺度太大，简直无法直视。一瞬间，她内心的羞耻感爆棚，挣开他，捂着眼睛想跑。

他长臂一伸，轻轻松松便把她捞了回来，牢牢地掌控住。

他喘息着，在她耳边低笑着说："跑什么？"

云朵瞪着他。

唐一白："说话不算话。"

云朵低头不语。

唐一白："坏人。"

云朵一脸无奈。

唐一白："要罚。"

云朵欲哭无泪。

这一晚上，唐一白做的事情用一个成语就可以概括：为所欲为。

第二天，唐一白什么时候离开的，云朵也不知道，她一觉睡到日上三竿，醒来时发现闹钟被按掉了。

完蛋，要迟到了！

急急忙忙起床，云朵打开手机，收到一条信息。

唐一白：你可以接着睡，我帮你请假了。^_^

云朵：我谢谢你。-_-#

6.

十月国庆节，云朵不需要加班，回 N 市休假。

唐一白求了伍总好半天，在云朵生日这天请了一天假，早上的飞机赶到 N 市，晚上又要飞回去。

他回来不只要给云朵过生日，还要带云朵见见家中长辈——都谈婚论嫁了，让云朵自己跑上门来见他家里人，太不像话。

双方亲属决定趁此机会见个面，便在酒店订了个大包厢，给云朵过了个很隆重的生日。

席间，大家谈到两个年轻人的婚期，唐一白本人当然希望越快结婚越好，反正他这辈子都认定云朵一个人了，可是，婚礼是神圣而隆重的，不能他今天想结，明天就可以办婚礼。长辈们希望准备时间充分一些，挑个好日子大操大办一下。大家商量一番，决定把婚礼安排在明年的三月底。

唐一白有自己的想法——先把结婚证领了。

平常他和云朵见面的机会太少了，如果领了结婚证，朵朵就能住进训练基地的家属院，这样他每天都能看到她了。

这是唐一白的美好设想，他带着这个想法归队，先去家属院看房子，管理处的人却告诉了他一个残酷的现实——家属院对一些职业敏感的家属有限制，而记者就是敏感职业之一。

唐一白捂着心口离开了家属院——上天真是想尽办法不让他们在一起。

后来，他让他妈妈在距离训练基地不远的郊区选了一栋带独立泳池的别墅，作为婚房。

婚前，他和云朵经常来这栋别墅约会。

唐一白最喜欢的约会活动就是教云朵游泳。

7.

春天到来时，唐一白和云朵结婚了。

唐一白理想的婚礼举办地点绝不是 B 市，可是他的队友们没有时间陪着他飞往另一座城市，最后只能就近在 B 市办了。

婚礼不接受赞助，不接待媒体，现场情况由国家队派专人负责拍摄，然后在国家队的官方平台上发布。其实按照唐一白的意思，这一步可以省的，可是他的粉丝们跑到国家队的官方微博、伍总的微博、徐队的微博，还有唐一白的好基友们的微博里哭诉，希望能把婚礼现场情况，透露一点给粉丝们解解馋。

粉丝们威力强大，为自己的人身安全着想，徐队不敢不从。

婚礼是中式的。云朵本来气质就偏古典，穿上大红的嫁衣，美翻全场，让人移不开目光。唐一白俊逸秀朗，英姿挺拔，清风朗月一般。一对新人站在一起，美得都快成了仙，怎么看怎么般配。

除了官方发布的照片，现场亲友也拍了照片发到了微博和朋友圈。

这一天，无数网友蹲点微博，等着刷现场图。

此前，唐一白接受采访时曾说要把婚礼办得低调一些，全国人民却都见证了他们的幸福时刻。

长得这么好看，就不要痴心妄想能有多低调了，身为颜值界一霸，咱得有这个觉悟。

婚礼现场，新郎执着新娘的手，望着她的眼睛对她说："死生契阔，与子成说。执子之手，与子偕老。"

这一小段视频被祁睿峰最先传到微博上，网友们看完后，激动得嗷嗷直叫。

真是奇怪了，这句台词经常听到，可是从一白男神嘴里说出来，怎么就让人那么感动呢？心里暖洋洋的，心肝乱颤。

有网友分析，不只是因为新郎帅，更因为他这话是发自内心的，饱含情感，才会如此打动人。

网友们：云朵，你一定是上辈子拯救了银河系，这辈子才会遇到这么好的男人。

云朵和唐一白在海边度蜜月时，看到了网友们讨论的这个话题。

她不以为然地撇了一下嘴角："我男人好，难道我就不好吗？"

身为"云朵的男人"，唐一白觉得自己最有发言权。他轻轻地揽过她的腰："你当然好，你最好了。"

云朵满意地点点头："我哪里好呀？"

唐一白咬着嘴唇，不坏好意地笑："这个，要剥开看看才知道。"

"滚！"

番外二

1.

婚后，云朵和唐一白住进了他们的爱巢——距离训练基地不远的那栋别墅。

本来，夫妻俩都希望唐家爸妈能够住过来，毕竟这么大的房子，两个人住太冷清了，但是唐爸爸和唐妈妈都还没退休，所以两个人只是周末过来和儿子儿媳团聚一下。后来，唐一白雇了一对中年夫妇，妻子当保姆，丈夫当司机，家里便热闹了起来。

遇到唐一白之前，云朵曾想象过自己的婚姻是什么样子，除了那些少女情怀，她也从现实出发产生过一点点忧虑，比如婆媳问题。

结婚之后，云朵发现，她完全不用担心这个问题，因为她的婆婆实在太特别了，幽默而睿智，冷静而强大，遇到任何事情都能在第一时间抓住关键并找到应对办法，从来不会浪费无谓的情绪，类似生气、吵架这种，在她看来都是小儿科。不要说和儿媳妇有矛盾，她和唐爸爸结婚这么多年，也从来没吵过架。

当然，其中也有唐爸爸的因素，如果唐妈妈对什么事情不满意，只需要她冷冷一笑，他立刻两腿发软，根本不用吵架。

有这样的婆婆，云朵早早地放弃了抵抗，她非常明智地认识到，她只要乖乖听话就好。

不过，这样的婆婆也有任性的时候。

母亲节前两天，唐一白晚上训练完回家，恰好爸爸妈妈也在，他便问妈妈：“妈，过节想要什么？”

唐妈妈看看唐一白，又看看云朵，然后说：“我想要个孙子。”

她一边说，一边对着云朵眨眼睛，目光中有毫不掩饰的期盼。

天哪，婆婆你怎么开始卖萌了？好可怕！云朵吓得捂住胸口。婆婆，你可是高冷女王，卖萌真的不适合你啊，你赶快变回来，

婆婆没有变回来，倒是唐爸爸，也跟着凑热闹：“我也想要个孙子！孙女也行，我不挑的。”

人上了年纪，对小孩就没抵抗力，两位长辈这是在变相地催他们生孩子。

关于孩子，小两口有自己的顾虑。云朵觉得，自己的事业刚起步，做得风生水起，如果回家养孩子，至少要耽误一两年，她不希望这么早面对孩子的问题。唐一白其实很期待他和云朵的爱情结晶，但是他还没退役，每天大部分时间都用在训练上，陪伴家人的时间太少了，如果这个时候添一个小孩，他也没有足够的时间陪伴孩子，那样愧做爸爸，所以，不如晚几年再要宝宝。

唐爸爸和唐妈妈得知他们的坚持，虽然觉得遗憾，但还是尊重小辈们的选择。

唐一白和云朵的婚后生活基本是这样的——早上，她还没睁眼，他已经离开；晚上如果有时间，两人一起在训练基地的食堂吃完饭，云朵会看着唐一白训练，训练完后一起回家；如果没时间，他们要在睡前一个多小时才能见面。

他们像普通情侣那样约会的机会很少，两个人一起在食堂吃顿饭，就当是约会了。为此，唐一白对云朵总感觉有点歉疚，他没有时间陪她、哄她，和她恩爱，反而要她来迁就他，而她毫无怨言。

唐一白引用了网友的话：我真是上辈子拯救了银河系，这辈子才能娶到这样的女人。

这句话他没有讲出来，而是放在了心里。他的歉疚和感慨，慢慢地变成了温柔体贴，变成了对云朵的百依百顺、言听计从。

云朵有点摸不着头脑，据说男人婚后都是会变的，她家唐一白也变了，可他是反着变的啊，变得比婚前还听话了。

云朵不明所以，故意质问他："唐一白，你是不是做了什么对不起我的事？"

唐一白反问道："怎样的事算对不起你？"

"你自己知道。"

他挑了一下眉，眼角飞起桃花："哦，我昨天晚上确实对你……"

"不是那个！"云朵红着脸打断他，"我问你，你为什么变得这么听话了？"

他抿嘴淡淡一笑："家风如此。"

这话真是……无法反驳。

2.

婚后不久，唐一白参加了当年的游泳冠军赛。

还有五个月就是奥运会，作为奥运会前最后一次大练兵的机会，本次冠军赛吸引了各方目光，关注度很高。另外，唐一白那庞大的粉丝群体战斗力堪称恐怖，在售票窗口排起长队，早早地把门票一抢而空了。

100米自，唐一白毫无意外地夺冠，可是媒体对他的评价并不高。

他现在不只是中国的，更是世界的。

和祁睿峰一样，国内的比赛中，他已经没有对手，但是他这次的成绩并不能让人满意。

48秒02，这是他的决赛成绩，也是他今年的最好成绩，同时还是他从上次世锦赛结束后直到现在的最好成绩。

爱之深，责之切。媒体和公众对唐一白寄予厚望，许多人都觉得，唐一白就该轻轻松松游进 48 秒。他是世界冠军，他有这个实力，如果做不到，那就是倒退。

冠军赛结束后，刘主任让云朵写一篇专题评论，关于今年奥运会游泳项目的展望和预测。云朵对唐一白有着充足的信心，她在评论文章中预测唐一白能拿今年奥运会的冠军，可是采编部开讨论会时，这篇稿子被全票毙掉了。

刘主任语重心长地对云朵说："年轻人，期望是期望，事实是事实，你不能把这两者混为一谈。"

云朵不服："我觉得我很尊重事实，唐一白是去年世锦赛的冠军。"

"可是他自世锦赛之后一直状态低迷，这也是事实。"

云朵还想和刘主任理论，刘主任却问她："你问过他吗？"

她怔了一下："问什么？"

"问他，为什么现在成绩不太好。"

云朵摇摇头："没有。"

刘主任笑得颇有深意："这样看来，你也未见得有多相信他。"

云朵沉默了。

3.

四月初，云朵大学时的班长组织了一次同学聚会，在 B 市的同学除了两个实在脱不开身的其他人都去了，云朵临时有点事，去得晚了一些。

他们的包厢在酒店二楼，云朵上楼后先去了趟洗手间。

她在隔间里蹲着时，接到了陈思琪发来的短信，问她怎么还不来。

云朵刚要解释，猛听到隔间外面有人交谈，还提到了她的名字。

她很容易便听出这两个人是她班的安美娜和郑澜澜，毕竟同学四年，足够熟悉。

安美娜："云朵怎么还不来？"

郑澜澜嘻嘻笑着，笑声有些轻浮："人家现在是知名人物啦，必须得端着架子嘛，一定要姗姗来迟。"

安美娜笑道："大学四年，真没想到她会是咱们班混得最好的。"

郑澜澜扑哧一笑，说道："如果没有唐一白，她还不是在那个小报社熬资历，能混多好？女人啊，一旦傍上个好男人，那就是脱胎换骨。"

“她能傍上唐一白，也算本事。”

“呵呵，说得也是。你忘记她跟咱们校草的事啦？你说这些优质男都看上她哪儿啦？”

“不知道。漂亮吧？”

“漂亮吗？我觉得还不如你漂亮呢。”

安美娜笑了：“别说笑了，我哪能跟她比？”

“你不知道，对于男人来说，女人长得漂亮并不是最重要的，而是要懂得撒娇，足够风骚。”

郑澜澜说完这话，两个人就嘿嘿笑了起来，笑声里充满了恶意。

云朵在隔间里听得直皱眉头。她好像没得罪过这两人，她们怎么这么编派她呢？

两人笑完，郑澜澜又说：“那个唐一白，也未见得对云朵有多喜欢。”

安美娜：“怎么说？”

郑澜澜：“你没看他俩的微博吗？云朵成天秀恩爱，特别肉麻，但是唐一白几乎不回应她，有种热脸贴人家冷屁股的感觉，特别尴尬。”

安美娜恍然道：“原来是这样。可能唐一白觉得她主动贴上来太掉价吧？男人嘛！”

“所以呀，他俩长不了。”

云朵听得扶额，特别想告诉郑澜澜，她眼中的“云朵发微博秀恩爱”，实际上是唐一白用她的账号在发，而她用的是唐一白的账号。被那么多双眼睛盯着，当然不会乱秀恩爱，她每天只中规中矩地发些训练和比赛的信息，偶尔再来点“心灵鸡汤”之类的。

算了，如果把真相说出来，不知道又要惹出什么是非，就让郑澜澜在自己的猜想里高兴着吧！

云朵很想离开这个是非之地，可是外面那两人聊上瘾了，好像打算在这里安家了似的。

安美娜问郑澜澜：“你觉得唐一白今年奥运会能拿冠军吗？”

郑澜澜轻轻地笑了，笑声里带着些许不屑，她答道：“不是我咒唐一白，你听说过有亚洲人得奥运会短程自由泳冠军的吗？”

“可是他去年世锦赛就拿冠军了，也是创历史。这个人还蛮厉害的。”

“不一定。去年他明显是超常发挥，之后几个月别人总说他状态低迷，其实大家都误会他了，因为那才是他真正的状态。他的实力有限，超常发挥不可能出现第二次。依我说，他去年世锦赛的成绩只是昙花一现。”

“真的吗？”

“嗯。亚洲人和欧美人身体素质上的差距是客观存在的，这也怪不了唐一白。今年奥运会他别说夺冠了，想进前三都难。要我说，拿个世锦赛金牌又怎样，瞧咱班那位嘚瑟的，尾巴都翘上天了。”

接着，她又举出许多事实和理论，试图证明“唐一白水平就那样，不可能在奥运会夺冠”。

云朵有些气愤，忍了好久，才没有冲出去和她们理论。

她们走后，她在卫生间里平复了心情，这才出去。

包厢里气氛热烈，毕业不到三年，同学们一个个都学会了恭维和捧场，场面话说得那叫一个溜。云朵走进去时，众人的热情让她有些无措，连安美娜和郑澜澜都热情地和她打招呼，笑得那叫一个灿烂，搞得云朵差点以为刚才在卫生间里听到她们的谈话是自己的错觉。

陈思琪拍了拍身旁的椅子，朝云朵笑道：“你给我赶紧坐过来。”

云朵看到椅子另一边是郑澜澜，她面无表情地走过去说：“陈思琪，咱俩换换位置。”

郑澜澜的笑顿时僵在了脸上。

云朵才不会体贴地考虑她的感受。

陈思琪虽然摸不着头脑，但也感觉出气氛有点不对劲，于是很配合地换了位置。

同学聚会无非是吃吃喝喝，然后问问彼此的近况，吹吹牛什么的。

云朵心情有些低落，不太想参与，她只安静地吃东西，有人问她话她就简单回答两句，没人和她说话她就发呆。

偏偏她今天成了明星，同学们都对她以及她那位著名运动员老公非常好奇，一个劲儿地问这问那。

唐一白结束了一天的训练，第一时间给云朵发信息：聚会怎么样？

云朵：累。

唐一白挑了挑眉，不过是一起吃个饭，也会累到？他回道：我去找你。

云朵：不用啦！

唐一白：我不放心。

云朵：不放心什么？

唐一白：你猜。

云朵：……

她猜不出来，他也没打算说出来。

同学聚会是最容易滋生暧昧的，他家朵朵自然不会怎样，但是万一那些没老婆的男人硬往前凑呢？也是个麻烦。

唐一白在聚会接近尾声的时候到了。

他的到来掀起了饭桌上新一轮高潮，云朵的同学都以娘家人自居，起哄让他喝酒，不喝不许把云朵领回家。

唐一白也不含糊，端起满满一杯啤酒刚想喝，云朵却拦住了他。

云朵："不许喝。"

他笑了笑："好。"说着放下了酒杯。

有人哄笑："哎哟，你们就秀恩爱吧！"

有人夸张地捂胸口："不行了，单身汪受到致命一击，请帮我拨打120。"

还有人不怀好意地将他："这么听话，是不是爷们？"

唐一白不吃这一套，笑眯眯地说："我们家小事都是她说了算。"

几个同学凑过来想和唐一白合影，郑澜澜和安美娜冲到了最前面。

唐一白注意力在云朵身上，见她脸色不太好，他也没心思和人挨个合影，于是建议道："大家一起合一张吧？"

照了张集体照，安美娜等人还不想放过他，争着要签名。

郑澜澜在唐一白身旁笑道："我们都是你的粉丝，就等着你今年奥运会夺冠呢！加油啊！"

唐一白礼貌地微笑："谢谢。"

云朵终于冷笑出声。

眼看着唐一白被团团围住，她决定破坏气氛了，抓起包往他怀里一塞："走了。"

唐一白拧眉看着她，到底是什么事惹她不高兴了？

郑澜澜看看唐一白，再看看云朵，无辜地吐了吐舌头，阴阳怪气道："云朵，你好霸道哦。”

云朵没搭理她，径直走出了包厢。

唐一白赶紧跟了上去。

4.

云朵在前面走着，唐一白跟在后面，由于腿长差距，无论她走多快，他都能跟得不紧不慢。

他在她身后轻轻唤她：“朵朵？怎么了朵朵？”

她低着头不想说话。

唐一白突然站定，语气加重：“朵朵。”

云朵走出几步后转身看他，见他拧着眉，唇边的肌肉绷着，看起来似乎在生气。她有些难过，又有点不知所措，张开手臂，小声说道：“唐一白，抱。”

一瞬间，唐一白心软得一塌糊涂，三两步冲过去将她拉进怀里紧紧拥住。

她靠在他怀里，闷声说道：“唐一白，不要生气。”

唐一白吻着她的发顶，低声道：“我没生气，我只是想知道，哪个浑蛋欺负你了。”

“嗯，也没什么。刚才对你最热情的那两个家伙，背后说我们的坏话。”

“岂有此理！她们说什么了？”

云朵叹了口气。

其实，别人背地里说三道四并不足以让她动怒，哪怕被她撞见，她之所以难过，恰恰是因为郑澜澜戳中了她小心翼翼隐藏在心底的担忧。

她抬头看着他：“唐一白，我问你个问题。”

“什么？”

“你……去年世锦赛之后状态一直低迷，为什么？”

唐一白笑了笑：“终于愿意问了？我还以为你能憋更久呢。”

“咳。”云朵有些赧然地别开脸。

他依旧揽着她的腰，另一只手捏了捏她的脸蛋，答道：“去年世锦赛时，我的状态就不算正常，那场比赛又透支了很多，之后我一直在调整，直到现在。”

云朵有些窘了：“这是你对媒体说的话，糊弄我？”

他有些无辜：“我对媒体说的是实话。”

可是，几乎没有人信。

她犹豫着说：“可是，有人说你那是超常发挥，昙花一现。”

唐一白笑了：“我这么说可能有点唯心——有些事情，你相信是什么，它就是什么。”

云朵望着他澄澈明亮的眼睛，神经一点点放松，最后说道：“这么多人怀疑你，不信任你，你怎么一点也不着急？”

“对我来说，这个世界上只要有一个人相信我，就足够了。”

云朵感动地扎进他怀里：“呜呜呜，唐一白，我相信你，死心塌地地相信！”

两人手牵手走在夜幕下的街道上，唐一白又叫她：“朵朵。”

“嗯？”

“叫我一声‘老公’。”

云朵低着头假装没听到，脸蛋却红了——两人已经是合法的夫妻关系，可是“老公”这个词，她总是羞于出口。

唐一白又摇头：“算了。”

哎？这么快就放弃了？

他解释道：“现在场合不对。”

她奇怪地歪头看他。

他的唇角弯弯的，一脸坏笑：“等回家，我有的是办法让你叫。”

“……”算了，还是假装没听到吧。

看到她羞得耳垂都红了，唐一白愉悦地笑起来，笑声沉沉的，纯净得如沙滩上的月光，却又是不怀好意的，让人听了更觉脸热。

云朵觉得自己真是脑子秀逗了才会被他感动。

5.

转眼到了五月底，唐一白从高原回来没几天，六月份又要去澳洲外训。

伍总很真诚地建议唐一白，接下来的两个月最好禁欲，把所有精力都放在训练上，全力备战奥运会。

唐一白不以为然，减少频率他可以接受，让他一连两个月不能开荤……不能忍。

伍总却托袁师太把这个建议转告给了云朵，云朵举双手双脚赞成——一切能帮助唐一白提高成绩的建议她都赞成。

唐一白哭都没地儿了。

去澳洲的前一晚，唐一白抱着一种“接下来要很久不能吃了，所以这次要多吃一点”的心态，和云朵好一番缠绵。

到澳洲之后，唐一白暂时消失在了国内媒体的视线里。

当然，由于奥运会临近，知名运动员的讨论热度居高不下，尤其唐一白这种自带一个庞大粉丝群体的，他不在国内，国内依旧流传着他的传说。

在澳洲，唐一白又遇到了他的老冤家贝亚特。他和贝亚特进行了两次友谊赛，赢一场，输一场，两次的成绩都在48秒以内。这是私下进行的比赛，国内外并没有媒体报道。

云朵没有把这件事报道出去，一半是出于私心。她知道国人起哄架秧子的能力，如果得知唐一白现在的状态稳步提升，可以轻轻松松游进48秒，那么肯定会对唐一白寄予过多期望，而期望越大压力越大，这对运动员来说不是好事。

这段时间，也不是没有关于唐一白的消息，基本都是官方透露出来的，记者们没有机会采访到唐一白本人。

有一个消息很特别，是一个粉丝发的，其真实度无法证实。此粉丝自称和闺密去澳洲旅游，在海滩上偶遇唐一白，两个人跟唐一白要合影、要签名。闺密挺着傲人的胸脯想让唐一白把名字签在她的泳装上，结果唐一白回了一句：“我老婆会打断我的腿。”

此消息发出后，网友们的评论皆是“哈哈哈”，自此，网友们给云朵取了一个新的称呼——朵爷。

之前，她在他们眼中一直是“朵妹”的。

云朵问唐一白是否确有其事，结果得到证实。

她回道：真是的，我有那么暴力吗？╮(╯_╰)╭

唐一白：没有，我老婆最温柔了！

云朵：对嘛，打断腿你就不能游泳了。

唐一白：老婆，你真疼我，亲亲。

云朵：我最多是切丁丁什么的。

唐一白：……

云朵：放心，切了后不影响游泳。

唐一白：老婆，我对你的忠心天地可表，日月可鉴！

云朵：我知道。(*^__^*)

唐一白：如果切了我，最终受伤的是你。我拿什么伺候你？

云朵：-_-|||

唐一白：么么哒。

云朵：么你个头。

趁休息时间和云朵闲聊一下，是唐一白枯燥的训练生活中最大的乐趣。

6.

唐一白外训回来，云朵去机场接他。

唐一白看到她后，把她从上到下仔仔细细打量了一遍，突然笑道："我怎么觉得，你变漂亮了？"

"油嘴滑舌。"

"是真的。"他的表情看起来很严肃，接着又给自己找了个理由："一定是因为太长时间没见，想你了。"

他这样郑重其事，把云朵逗笑了："走吧，我的大帅哥。"

伍总和云朵都建议唐一白暂时住回基地，于是就这么愉快地决定了。

奥运会将至，云朵也是成天忙，她和唐一白又变回了那种"因为相处的时间太少，所以随便在食堂吃顿饭都能算约会"的状态。

有一次，她去看望唐家爸妈，唐爸爸做了一大桌子菜，云朵吃掉两碗饭后又意犹未尽地添了半碗，唐家爸妈都惊讶地看着她。

云朵不好意思了："那个……最近很忙，挺累的，就……就吃得有点多。"

唐爸爸点头："看出来了。来，吃，不要和爸妈见外。"

唐妈妈说道："云朵，我感觉你胖了啊。"

"啊，是吗？"云朵放下碗筷，慌忙地摸自己的脸。

唐妈妈好笑道："没说你脸胖了，就是感觉你整体胖了点，你可以称体重看看。"

唐妈妈是爱美人士，家里有电子秤，饭后，云朵站在电子秤上一看，顿时傻眼，不敢相信地道："我……我胖了十斤？"

"看，我说是吧。"

唐爸爸说道："也不一定，你今晚吃的饭都有五斤吧？"

云朵："……"虽然知道这是安慰，可为什么一点也开心不起来呢！

第二天，云朵特地去找唐一白一起吃晚饭，打饭的时候她狠了狠心，只打了最近食量的一半。

唐一白皱眉问道："够吃吗？"

"……够。"

向阳阳等人也围了过来。

云朵问道："你们觉没觉得我最近胖了？"

众人看着云朵，齐刷刷地猛点头。

就知道很明显！

她有点沮丧："怎么没人提醒我呢？"放任我长这么胖！

明天举手："报告，一白哥不让说。"

云朵看向唐一白："为什么？"

唐一白却反问道："如果知道自己长胖了，你会怎样做？"

"减肥。"

他耸了耸肩，这就是答案了。他不希望她减肥，老婆圆润润、肉嘟嘟的，看起来很可口的样子，他碰都没碰一下呢，绝对不能就这样瘦下去。

云朵最后做了一个艰难的决定："不行，我还是要减肥。"

"你先别减，就当满足我一个心愿。"

"什么心愿？"

唐一白勾起嘴角，朝她眨眨眼睛："吃完饭再说。"

饭后两人独处时，唐一白说了他的"心愿"，把云朵闹了个大红脸。

7.

不知不觉迎来了奥运会。

本届奥运会在澳大利亚的墨尔本举办，游泳赛程从八月二号到八月九号。

男子100米自由泳永远是游泳项目里最受瞩目的单人比赛。本届冠军竞争的热门人选除了去年世锦赛那几位，还有一个今年才冒头的新人，来自加拿大的十八岁小将佩格鲁斯。虽然是个新人，他却在今年选拔赛中游出了世界排名第一的成绩，远远好过唐一白的世界排名第六——唐一白参与排名的成绩取自他今年的冠军赛。

虽然唐一白世界排名只是第六，但是考虑到这货有过大逆转的"前科"，所以今年博彩买唐一白赢的人还真不少，仅次于桑格，位列第二，世界排名第一的佩格鲁斯反倒靠后了。

国外有相当一部分人看好唐一白夺冠，反倒是国内媒体和公众普遍信心不足，赛前国内的一次针对 100 米自由泳的预测投票中，认为唐一白能够摘金的，只有 15.3%。

预赛和半决赛下来，唐一白以总排名第三的成绩顺利进入决赛。他的半决赛成绩是 47 秒 82，比冠军赛时提高了 0.2 秒，让国内那些唱衰他的人大跌眼镜。不用等决赛，这个成绩已经足以打这帮人的脸了。

云朵摇头感叹。啧啧啧，去年不是已经被打过一次脸了吗？人哪，怎么不长长记性呢？傻了吧？哈哈哈！

排在唐一白之前的分别是佩格鲁斯和桑格。佩格鲁斯的状态真的很好，半决赛 47 秒 6，第一。桑格 47 秒 70，稍稍落后。唐一白和他们的差距则稍微有点大。

伍总了解唐一白的实力，半决赛后，他对唐一白说："你现在状态不错，发挥好了可以和桑格争一争。佩格鲁斯的势头太猛了，你和桑格都未必能干过他，尽力而为吧，但是也要提防贝亚特和埃尔普西。"

唐一白想了一下，说道："我看过他所有的比赛视频，这次的也看了。"

伍总没闹明白："谁的？"

"佩格鲁斯。"

"你……"

"伍总，你看了吗？"

伍总翻了个白眼："废话。"

"那么我说说我的看法。佩格鲁斯的特点是前半程很猛，几乎无敌，他能迅速地和其他选手拉开比较大的距离，在前半程建立巨大优势，这样在后半程，对手想要赶超他就会很吃力。同时，由于差距较大，对手感觉到赶超无望时，也会丧失斗志。你看这次预赛、半决赛和他同组的第二、第三名，成绩比起之前稍差，因为他们半路上就没有斗志了。"

伍总目光幽幽地盯着他："所以？"

"所以，想要战胜佩格鲁斯，最好的办法是前半程适当发力，把差距控制在一个合理范围内，这样后面还能有反超的机会。"

"你给我等等。你的意思是……你盯上佩格鲁斯了？"

“伍总，我想拿冠军。”

年轻人，有追求，有斗志，这是好事，可是伍总听完他的分析，总感觉怕怕的。

他问唐一白：“为了和佩格鲁斯竞争，你要放弃自己最熟悉的方式？前半程发力？那后半程呢？你能保证后半程反超吗？”

“不能百分之百保证，不过这个方式我也练过。”

“我不怕你拿不了冠军，我担心的是你在比赛中根本没用过这种方式，风险太大，到时候，搞不好奖牌都摸不到了。”

“伍总，”唐一白突然正色，“我要的是金牌，银牌对我来说没有意义。”

“你……”伍总指了指他，“看把你狂的。”

伍总把唐一白的想法向队里反映了一下。

其实，队员想怎样比赛，领导们是无法真正控制的，一般都是让教练协调，然后充分尊重队员的想法。伍总和队里说明情况，主要是打个预防针：这样子搞，有可能拿块金牌，也有可能连铜牌都没有。

不管怎样，没人能改变唐一白的坚持，伍总早就领教过他的执着。

唐爸爸和唐妈妈也来了，到现场观看儿子最重要的一次比赛。

唐妈妈说自己刚好赶上休假，没事干只好来看比赛，唐一白却知道，他妈妈是特意调休过来的。

赛前，唐爸爸有点紧张，唐妈妈也有点担心，不过他们都没把情绪表现在脸上。

云朵也紧张，只好拼命做事分神。

决赛当天，伍总找机会让他们一家四口团聚了一下。唐一白看着如临大敌的三个人，有些好笑，又有些感动。

当地时间八月五号晚上七点半，奥运会男子 100 米自由泳拉开决战大幕。

从运动员入场开始，场馆里的掌声、欢呼声、尖叫声就没停过。

唐一白走出来时，唐爸爸抖着手中的五星红旗兴奋地呼喊：“豆豆！加油！豆豆！加油！”

唐妈妈窘窘地拽了他一下：“你想让所有人都知道他的小名是豆豆吗？！”

“咳，也对……唐一白！加油！唐一白！加油！”

唐妈妈看着场上英气勃发的儿子，听着周围同胞们的呐喊助威，心突然飘起来了呢！

唐一白站在了出发台上。

云朵捏着拳头，不自觉地屏住呼吸，或者说，她紧张得忘记了呼吸。

这场比赛史无前例，它不止是唐一白一个人的梦想，同时承载着几代中国人的梦想。哪怕是对他悲观、不信任，也不改国人心中那隐约的期待和渴望，那是人类与生俱来的荣誉感，更何况此刻的他有实力一战。

云朵紧张地屏住了呼吸，钱旭东握着相机的手微微颤抖，孙老师狠狠地咬着后槽牙，表情前所未有地严肃——新闻报道不能有偏向，但是媒体人有自己的国家。

“Take your mark——go！”

都是世界顶级运动员，入水动作迅捷而流畅，眨眼间，便如一群飞鱼扎进了水中。从电脑的技术统计来看，唐一白出发时间第二，入水后有了一点点优势，不错，不错。

排第一的竟然是贝亚特，而这也不奇怪，贝亚特反应快一直是他的优势。

不过，他的领先地位短暂如流星飞逝，刚一呈现就被后面的人超了过去——佩格鲁斯、唐一白、桑格、埃尔普西……一瞬间，第一名变成了第五名。

关于贝亚特此次发挥不理想，赛后有媒体专门进行了分析，许多人认为，贝亚特成绩落后是战术失败导致的。去年世锦赛上，他前半程发力，后半程续航能力不足，导致无缘金牌，所以他这一年来调整了战术，希望在本次比赛中前半程稍蓄力，留待后半程全面爆发。然而，今时不同往日，谁能想到这一次，顶级运动员们从一开始就拼了。

桑格、埃尔普西和唐一白基本属于同一个类型，都是后半程反超能力强大，然而今天，三个人同时感受到了来自佩格鲁斯的威胁，竟然一齐改变了战术，力求在前半程不要和这个横空出世的新人拉开不可挽回的距离。所以，现在泳池中的情况是，佩格鲁斯领游，桑格、唐一白和埃尔普西不相上下，稍稍落后。

云朵看得心惊肉跳。

她太了解唐一白了，和那些运动员相比，唐一白的体力并非特别突出，他的撒手锏是后半程的发力，可是他一开始就和桑格齐头并进，那么后面怎么办？他还有没有力气冲刺？

这样想着，激动之余，她难免有些担忧。

前半程很快游完了，转身之后，唐一白不出意料地落后了一点。

云朵的心都要揪起来了。

这个时候，泳池中出现了很明显的变化，落后佩格鲁斯的三个人再次发力，水花飞溅中，仿佛三头势不可挡的白鲨，朝着终点冲刺，而佩格鲁斯感受到了威胁，毫不犹豫地奋力向前。

仿佛一场生死角逐，不顾一切，狭路相逢勇者胜。

云朵的心再次提起来，下意识地自言自语着："加油！加油！加油……"

奋进的过程中，埃尔普西首先被甩在了后面，虽然当年辉煌，到底巅峰不再。

唐一白和桑格依旧齐头并进地追赶着佩格鲁斯，但是云朵能看出，他们追赶的势头不再像之前那样猛，毕竟前半程消耗的体力实在太大了，谁都不是超人。

尽管如此，他们和佩格鲁斯之间的距离却是真的在缩小——唐一白和桑格不是超人，佩格鲁斯同样不是。

桑格和唐一白分别位于佩格鲁斯的左右泳道，桑格和佩格鲁斯用的都是右侧呼吸法，唐一白用的是左侧，也就是说，桑格在水下只能看到佩格鲁斯，而佩格鲁斯只能看到唐一白，唐一白也只能看到佩格鲁斯。

赛后有人分析，这种选手之间的"看到"与"看不到"，对最终成绩是有影响的。

此刻，桑格盯着佩格鲁斯努力赶超，佩格鲁斯盯着唐一白试图甩开，而唐一白虽然能看到佩格鲁斯，眼中却没有他。

有人说唐一白最大的优势是后半程发力反超，其实不然，他最大的优势是纯粹。比赛中，他可以完完全全沉浸在自己与水的对抗中，不受任何外物影响。竞争对手就在眼前，他却可以视而不见，不会有丝毫分心。

精力的绝对集中，才能让身体潜能绝对发挥。

很多时候，胜负真的是一念之间的事。

唐一白冲刺时，三人齐头并进，肉眼几乎看不到差距。

云朵的心高高地抛起来，紧张得大脑缺氧了，她却不敢呼吸，也不敢眨眼睛，死死地盯着池中情况，直到他们三人几乎同时触壁，她赶紧去看大屏幕。

唐一白，47 秒 56。

桑格，47 秒 59。

佩格鲁斯，47 秒 60。

冠军，中国！

8.

唐一白上岸后，在池边休息了一下，走过来接受媒体采访。

他迫不及待地想看到他的妻子，看看她在他夺冠后，激动不已的模样。

通常情况下，不管有多少记者围着，唐一白都能一眼看到云朵的身影，可是这一次没有。

他有些疑惑，看到钱旭东，便问道：“请问，云朵呢？”

钱旭东面无表情地答：“她哭得不能自已，躲出去了。”

唐一白低头笑了笑，目光温柔。

孙老师看着唐一白，欲言又止。接收到钱旭东警告的眼神后，他只好作罢。

采访结束后，唐一白出来找云朵，却东找西找也没有找到。他奇怪她怎么躲这么远，继而又想到一会儿该怎么逗她，可是直到颁奖典礼，他依旧没看到她。

一丝不安浮上心头。

朵朵爱他，一定很想和他分享胜利的喜悦，为什么一直不露面？

他问了几个中国记者，大家都支支吾吾的，顾左右而言他。

唐一白急了，又找到伍总：“伍总，你一定知道我老婆去哪里了。”

“这个……”

“她到底怎么了？！”

“先去会场，新闻发布会结束后我就告诉你。”

唐一白却站着不动：“你先告诉我，然后我才去参加发布会。”

伍总有点无奈，他总是没有办法对付执拗起来的唐一白，只好答道：“是这样的，云朵在你比赛结束时突然晕倒了……”

唐一白只觉脑子嗡的一声，像是被重锤砸到，身体轻轻晃了一下。

伍总见他脸色瞬间苍白得可怕，连忙劝道：“你不要担心，她已经被送去医院了，你爸妈也跟着。”

唐一白哆嗦着朝他伸手：“伍总，手机借用一下。”

他的样子有点可怕，伍总感觉如果不借他手机，可能会当场被他劈死，于是乖乖奉上。

手机拿过来，唐一白拨通了妈妈的电话。

唐妈妈："喂，豆豆？"

"妈，朵朵呢？"

"我们已经在医院了，你不要担心。"

"她现在怎么样了？"

"还没醒，一会儿要做个全面的检查。"

"你们在哪里？"

"医院。"

"哪家医院？"

唐妈妈顿了一下，随即报上了医院地址。

唐一白抓着手机向外跑去。

伍总急得直追他："喂喂喂，马上要开发布会了，你给我回来！"

"我没心情。"

"你……你个臭小子，反了你了！"

唐一白跑到外面打了辆车，往医院赶去。

他坐在车上时，伍总借了袁师太的手机骂他："唐一白，你太过分了！拿个奥运冠军，尾巴翘上天了是吧？知不知道缺席发布会有什么后果？主办方分分钟收回你的金牌你信不信？！"

"伍总，朵朵晕倒了。"他的声音微微发抖。

伍总突然明白了，唐一白这是在害怕。这个年轻人一向淡定沉稳，他一直以为唐一白和恐惧这种情绪是绝缘的，可是现在，他在害怕。

伍总微微叹了口气："好了，你去吧。发布会这边，我帮你解释……你不要急，她应该只是疲劳过度。"

"嗯。"唐一白淡淡地应了一声。

他却无法控制地焦急着，神经绷得紧紧的，生怕听到什么坏消息，脑子里甚至出现了一些电视剧里的桥段，越想越害怕，顿时乱了阵脚。

到了医院，他奔向云朵的病房，在病房外看到了爸爸妈妈。

唐爸爸和唐妈妈一脸沉重地看着他，他的心一下子就凉了。

"到……到底怎么回事？"他脸色苍白，声音发飘。

唐妈妈长出了一口气，摇了摇头："让云朵和你说吧。"

唐一白吓得两眼发黑，脚步虚浮地走进了病房。

唐爸爸和唐妈妈见儿子走进去了，两人扒着病房窗户向里看。

云朵靠在病床上，手上打着点滴，见到唐一白走进来，她的眼睛亮了一下。

唐一白慢慢走过去，他从没觉得，说一句话要鼓起全部的勇气：“朵朵，怎么回事？”

云朵抿了抿嘴，不好意思地看着他：“唐一白，我怀孕了。”

唰！唐一白的眼泪掉了下来。

番外三

1.

要当爸爸了，唐一白每天心情好到飞起来。

有一次，和祁睿峰讨论生男生女的问题，他问祁睿峰：“峰哥，你觉得我家这个是男孩还是女孩？”

“男孩。”

“为什么？”

“我希望是男孩，因为我想生个女孩，到时候把女儿嫁给你儿子，哈哈！”

唐一白抹掉额角落下来的一滴汗，说道：“这个……首先，你要有个老婆。”

不管男孩还是女孩，夫妻二人对即将到来的宝宝都十分期待。

唐一白对待云朵格外温柔小心，生怕惹她身体不舒服。不止他，他爸妈，还有云朵的爸妈，都快把云朵供起来了。唐家爸妈暂时搬过来和他们同住，不久后，云家爸妈也过来了，兴师动众的，闹得云朵哭笑不得。不过，大房子前所未有地热闹了起来。

跨年夜，唐一白回了家，吃过晚饭，陪老婆在外面散步。走着走着，后面一辆车歪歪扭扭地冲撞过来，还好唐一白反应快，护着云朵闪开。云朵又惊又怕，一下没站稳，摔在了地上。

那辆车冲过去，撞在了路旁的电线杆上。司机竟然没撞死，从车上下来，脚步踉跄，一看就是喝高了。

唐一白现在没心思理会他。

云朵跌倒让他惊出一身冷汗，他慌忙蹲下来："朵朵？哪里疼？"

"唐一白，我……"

"我在呢，朵朵。你现在能动吗？我送你去医院。"

"我……我好像要生了……"

十二月三十一日晚上十点二十分，云朵生下了一个四斤半的男孩。

虽然是早产，好在母子平安。

2.

宝宝的小名叫"小鱼"。

小鱼刚出生时，脸蛋皱巴巴的，让人看着多少有点嫌弃，后来却越长越好看，到一岁多时，胖乎乎、白嫩嫩的，人见人爱。云朵把他前后两张完全不同模样的照片一起发到网上，并且写下了自己发自内心的感慨：幸好刚生下他的时候没有一冲动扔掉。o(>﹏<)o

她发照片是用唐一白那个叫"浪花一朵朵"的小号——身为父母，晒娃是一种天性，可是云朵和唐一白都不想用大号晒儿子，怕招人烦，于是只用小号晒，反正小号又没有拓展任何人际关系。

云朵晒娃晒得乐此不疲，一开始还算正常，只是给小鱼穿好看的衣服，后来就有点奇葩了。她买了各种奇形怪状的衣服打扮他，什么海绵宝宝啦、喜羊羊啦、灰太狼啦、恐龙啦、糖葫芦啦，等等。每天被迫玩一次 cosplay，已经成了小鱼的日常活动。

然而，这个小号很快被机智的网友们找到了。

事情是这样的：他们先发现了祁睿峰手滑点赞的一条微博，顺着那条微博找过去，发现是一个晒宝宝的账号，宝宝可爱到爆……不，这不是重点，重点是有时候宝宝身后会有一只哈士奇乱入。哎，这只哈士奇不就是唐一白家的那个二白吗？难道这是唐一白家的宝宝？！

好了，案件宣布告破，小号无处遁形。

云朵暗暗庆幸，幸好她没在小号上说上司的坏话，真是明智。

从此以后，到这个小号窥图的网友渐渐多起来，偶尔云朵一连几天不发图，网友们还会跑去催她。当然，也不是每次催都有结果的，比如有一次——

记者云朵：别找我要图了，我是唐一白。^_^

网友：嘤嘤嘤，又秀恩爱！

就这样，小鱼刚学会说话，就已经拥有了一大批忠实粉丝。

有一档亲子综艺节目很火，小鱼两岁的时候，粉丝们就天天催着唐一白带小鱼去参加。

唐一白父子的人气都很高，栏目组也已经注意他们很久了，于是双方洽谈成功。

这一年的六月份，小鱼四岁半，父子二人要去录制亲子节目。

这几年因为职业关系，唐一白和儿子相处的时间并不多，更是从来没有独自带儿子出门过。一早，栏目组的人来接他们，小鱼得知要和妈妈分开，十分不舍。出门时，唐一白抱着儿子，看着送他们到门口的云朵，他轻轻侧了一下脸，示意云朵给他来个吻别。云朵不好意思地踮起脚，这个时候，小鱼非常配合地身体前倾，抱住妈妈亲了一下。

被截胡的唐一白，满脸黑线。

3.

这一期录制的地点是广西阳朔的一个农村，依山傍水，环境优美，空气清新，村里的房子最老的有好几百年历史。本次参与节目录制的家庭一共有五个，除了唐一白，其他老爸都是娱乐明星。

五个孩子按年龄排序依次是：东东，薇薇，小鱼，亮亮，乐乐。其中，薇薇和乐乐是女孩子，另外三个是男孩子。

唐一白和小鱼分到一座清朝时建造的房子，房子里光线很暗，唐一白走进去时故意吓唬儿子：“小鱼，你说这里会不会有鬼呀？”

小鱼：“妈妈说鬼都是骗人的。”

唐一白顿时无语——小孩子太淡定就一点也不可爱了好吗？

小鱼：“爸爸你别怕。”

“谁怕了？”

把行李放下来，唐一白开始整理东西，小鱼安静地坐在床上看他。

小鱼的五官结合了爸爸妈妈的优点，嘴巴像妈妈，嘴角翘翘的，眼睛像爸爸，双眼皮大大的，眼角微微上挑，眼眸清澈有神。此刻，这双漂亮的大眼睛正随着爸爸的动作转动，眼皮上下掀动时，浓长的睫毛微微颤动。他安安静静的，一声不吭，漂亮得像一幅画。

一旁栏目组的助理姐姐看得心痒，问小鱼：“我可以亲你一下吗？”

小鱼仰头看她，接收到她渴望的眼神，他大度地点了点头。

助理姐姐弯腰在他光滑软弹的小脸上亲了一下，心都要化了。

唐一白整理好东西，就到中午了，他和小鱼简单吃了点东西，午睡后才起来正式活动。

栏目组组织了一场老爸们带着孩子和当地村民共同参与的运动会。

老爸们先出场，他们要和当地村民玩的第一个游戏是水上抢柚子。双方每轮出一个人，站在竹筏上，一边撑竹筏，一边用特制工具抢对方竹筏上的沙田柚，同时要防止自己竹筏上的柚子被抢。

第一个上场的老爸是著名演员赵亚铭，他的儿子东东比小鱼大两岁。

看到老爸比赛，东东激动地给老爸加油："爸爸！加油！爸爸！加油！"

唐一白对小鱼说："小鱼，你也要给我加油。"

小鱼认真地点点头："爸爸！加油！爸爸！加油！"

唐一白哭笑不得："还没轮到我呢，你一会儿再喊。你现在喊赵叔叔'爸爸'吗？"

他刚说完，就轮到他了——嗯，在儿子的助威声中，赵亚铭输得很快。

小鱼看着爸爸划着竹筏在水面上乱晃，他扯开了嗓子喊："爸爸加油！爸爸加油！爸爸……掉下去了……"

唐一白抢柚子时用力过猛，栽进了水里。

助理姐姐发现小鱼看到这一幕时面色如常，简直太淡定了。

她好奇地问："小鱼，你不怕吗？你爸爸掉到水里了。"

小鱼摇了摇头。

"为什么不怕？"因为知道爸爸会游泳吗？

小鱼答道："因为我爸爸是鱼。"

"……"助理姐姐觉得他在讲冷笑话，可是看他严肃的样子，绝对是认真的，她笑道："你爸爸是鱼，那你是什么？"

"我是小鱼。"

好吧，这是当然的、肯定的、无法反驳的……助理姐姐无法相信一个小朋友在言语上战胜了她，又问："你爸爸是鱼，可他为什么能在陆地上待着呢？鱼是不能离开水的。"

小鱼答道："妈妈说我们已经进化了。"

助理姐姐心想：这样的妈妈也太能扯了吧？

4.

第一个游戏结束，明星爸爸们全线告负。

主持人说道："好了，现在我们要请小朋友们一起玩抓小鱼的游戏，小朋友们都过来。"

小鱼听到此话，脸色突变，嗖的一下跑到唐一白身后，死死地抱着他的腿。

他的异常吸引了大家的目光，唐一白也觉得莫名其妙："怎么了？"

"爸爸，他们要抓我！"小鱼很委屈，还有点怕，泪水在眼眶里打转。

众人愣了一下，紧接着爆发出一阵大笑。

主持人擦了擦眼角笑出来的眼泪，说道："不是，小鱼你听我说，我们要抓的不是你，是那个，比你小很多的小鱼，你过来看看……"

这个游戏是在一个人造的水池里抓鱼，池水清澈，没有一粒泥沙，因为担心小朋友们制服不了大鱼，放进去的都是手指那么长的小鱼。比赛规则是两组小朋友抓鱼，抓得多的那一组获胜。

小鱼之前闹了笑话，此刻振奋精神，准备找回面子。

他的反应能力继承了身为运动员的父亲，手眼协调性很好，抓了很多小鱼，最后带领全组小伙伴击败对方，取得胜利。

接下来，爸爸们又做了另一个游戏，结果又输了。

至此，明星队以一分之差输掉了运动会，而唯一的一次胜利，还是宝宝们赢来的，老爸们都不好意思面对自家的娃了。

运动会结束后，老爸们和孩子们来到了村子里的一个生态园。

这个生态园很大，里面种着粮食、蔬菜和果树，养着鸡、鸭、鱼、猪等，主打特色是绿色、有机、无污染。栏目组打算让老爸们和孩子们体验一下田园生活。

老爸们得到的任务是帮助农民干农活，孩子们的任务是挖野菜、采蘑菇，大家一起努力收集食材。

孩子们出发前，主持人拿了一个篮子，里面放着很多种野菜，还有好几种蘑菇，他一一给孩子们解释。

五个孩子分成两组，小鱼和东东一组挖野菜，另外三个孩子一组采蘑菇。

小鱼的注意力还是很集中的，领完任务就提着篮子出发了，知道自己要做什么，就专心做那一件事。

东东摘花时，小鱼在挖野菜；

东东追蝴蝶时，小鱼在挖野菜；

东东摘葡萄时，小鱼在挖野菜；

……

助理姐姐有些好笑，问小鱼：“小鱼，你想不想吃葡萄？”

小鱼抿着嘴，点了点头，接着又一脸为难：“可是我要挖野菜。”

这时，东东摘了一大串葡萄递给小鱼：“喏，给你吃。”

小鱼摇摇头：“我的手脏。”

“好啦！我喂你，我手不脏。“东东说着，揪了一颗葡萄喂给小鱼。

“因为你没有挖野菜。”小鱼一边吃着甜甜的葡萄，一边不忘吐槽东东。

助理姐姐看了一眼小鱼的篮子——嗯，东东的篮子不用看——发现里面全是野菜，没有杂草，这说明小鱼没有认错。

助理姐姐十分惊奇，拿了一棵野菜问小鱼：“小鱼，这是什么？”

“蒲公英。”

放下，又换一个：“那这个呢？”

“马齿苋。”

“这个呢？”

“苦菜。”

助理姐姐把篮子里所有野菜都问了一遍，小鱼全部答对。

跟拍的工作人员都惊呆了。

助理姐姐问道：“你以前见过这些野菜吗？”

小鱼轻轻摇头。

“所以，你都是刚才跟主持人叔叔学的？”

小鱼重重地点头。

助理姐姐亲了一下小鱼：“小鱼真聪明！”

小鱼有点不好意思了。

看看受表扬的小鱼，东东再看看小鱼的篮子，最后又看看自己的，似乎受到了刺激，接下来很认真地和小鱼一起挖野菜。

挖了一会儿，东东又跑到河边，喊小鱼："小鱼！这里有鸭子！快来看！"

小鱼也累了，跟着去了河边。

他们在河边不只看到了鸭子，还看到了白花花的鸭蛋，捡了好多，心满意足地离开了。

又挖了一会儿，他们看到有人背着满满一筐野菜路过，便用鸭蛋跟人家换了好多野菜，更加心满意足。

5.

小鱼带回了野菜和鸭蛋。

爸爸们帮着农民干活，虽然干得不怎么样，最后还是得了肉和鱼作为酬谢。

唐一白拎了一块肉回来，父子俩的食材也算丰富了。

唐一白却有点发愁，因为晚饭要爸爸们用这些食材自己做，可是唐一白长这么大没进过厨房——不，严格来说他进过，但肯定不是去做饭的——他的厨艺值一直是零。

事到如今也没有办法了，唐一白只好动用杀伤性武器——小鱼了。

小鱼走出厨房，看到助理姐姐正蹲在地上摆弄设备，他走过去，轻轻凑近。

助理姐姐抬头看到是小鱼，笑了："小鱼，有事吗？"

小鱼搂着她的脖子，在她脸上亲了一下。

小孩子的气息，带着奶香，软软甜甜的，助理姐姐的心肝瞬间又化掉了。

"姐姐，你能教我爸爸做饭吗？"

"没问题！"

助理姐姐答得如此干脆而自信，让唐一白大大地放了心。

然而，其实她也是个半吊子，不过以唐一白的水平，并不能发现这一点。

在半吊子厨师的指导下，唐一白总算把野菜炒熟了，肉嘛，先在锅里煮着，反正只要时间够长，一定能熟。

他夹了一筷子野菜大杂烩，喂给小鱼。

小鱼很给面子地吃了。

唐一白："好吃吗？"

老爸一脸的期待，小鱼不忍心让他失望，纠结了一下，轻轻点了点头："嗯。"

"好吃就多吃点。"唐一白说着，又夹了一筷子递到他嘴边。

小鱼："……"

唐一白："今天把这盘菜都吃光。"

小鱼受到了惊吓，小脸皱成一团，腮帮子鼓着，要哭不哭的表情，眼泪已经在眼眶里打转了。

唐一白赶忙哄他："好了，好了，爸爸吓唬你呢，我还不知道这菜难吃吗？"

小鱼松了口气。

"爸爸也有做不到的事情，做不到就要坦然地承认，以后努力去做到。"

又等了半个小时，唐一白把肉盛了出来。肉炖得烂烂的，味道有些淡，并不难吃。他端着一盘肉和一盘凉拌的苦菜，和大家聚餐。

吃饭时，小鱼和东东挨着坐，一个下午，两人已然成了好朋友。

赵亚铭做了一条红烧鱼，很像那么回事。唐一白把挑完刺的鱼肉放到小鱼的碗里，小鱼都吃了。

助理姐姐好奇地问唐一白："小鱼吃鱼的时候不会有排斥感吗？他觉得自己是鱼，会不会感觉是在吃同类？"

"不会，他妈妈跟他说'大鱼吃小鱼，小鱼吃虾米'，所以他觉得大鱼吃小鱼是理所当然的，他可以吃比他小的鱼。"

助理姐姐顿觉无语——真是牢不可破的逻辑。

她突然很想见一见那位神一样的妈妈呢！

吃过晚饭又玩了一会儿，唐一白带着小鱼回到了自己的房子。

他问小鱼："今天和小朋友们在一起怎么样？开心吗？"

小鱼："还行。"

"我看你和东东哥哥玩得挺好的呀，你俩今天还一起挖野菜了。"

小鱼沉默了一下，突然说："我觉得，他有点幼稚。"

这话从一个四岁半的小孩子嘴里说出来，唐一白一时竟然无言以对。

助理姐姐问唐一白："他一直这样说话吗？"

"嗯，有时候会突然冒出来一句特正经的，像个小大人。"

助理姐姐："典型的摩羯座。"

睡觉前，父子二人终于摸到了手机，给云朵打了过去。

小鱼遇到妈妈时，话显得比平时多一些。

云朵："你们今天玩得开不开心？"

小鱼："开心。"

唐一白：呵呵，你刚才可不是这么说的。

云朵："晚饭吃的什么？"

小鱼："鱼，还有草。"

云朵有些奇怪："怎么会吃草？唐一白，你们这是体验什么生活呢？做奶牛的生活？"

"不是草，是野菜。"唐一白连忙解释了几句。

他也是一遇到云朵就变话多的属性，这会儿忍不住和老婆腻腻歪歪的，把儿子晾在一边了。

小鱼："爸爸，你真啰唆。"

噗——云朵笑出了声。

结束了和云朵的通话，唐一白问了一个自取其辱的问题："小鱼，我和你妈妈，你最爱谁？"

"妈妈。"一秒钟都不带犹豫的。

"就知道。"唐一白假装很受伤的样子，捂着心口倒在床上。过了一会儿，他翻了个身看着小鱼，笑道："不过没关系，反正我也是最爱你妈妈。"

新版特别番外

最近有一款叫《王者荣耀》的游戏很火爆，云朵也在玩。有一次她去游泳队，看到祁睿峰、向阳阳他们趁着有空，拿出手机排排坐："组队开黑！"

唐一白问云朵："你要玩吗？《王者荣耀》。"

"好呀。"

于是云朵、唐一白、祁睿峰、向阳阳、明天，正好五个人，组了一队。

《王者荣耀》是一款5V5对战游戏，模式与DOTA（刀塔）、《英雄联盟》等类似，游戏双方的目的是推掉对方家里的水晶，谁先爆掉对方的水晶谁就是获胜方。水晶外分三路蔓延着防御塔，防御塔的攻击力很高，一般至少需要先推掉一路的防御塔，才能打进对方老巢。

匹配好对手之后，先进入选英雄的环节。云朵选了小乔。小乔外观是个萝莉，手里拿把大扇子，看起来萌萌的超可爱，实际在战场上十分暴力，是典型的法师。

唐一白见她选小乔，不假思索地选了周瑜。

云朵担心职业搭配不平衡，提醒他："已经有法师了。"

"我知道。"

"那你还选？"

他微笑："周瑜和小乔是一对。"

云朵脸红了，扭开头不理他。

"啧啧啧，"祁睿峰摇头，"我要瞎了。"

"同瞎同瞎……"明天附和，"要不我们不和他们玩了。"

"你确定？"云朵笑眯眯的，"我可是钻石哦。"

"啊啊啊啊姐姐求带！"明天的态度秒变，恨不得在身后装根尾巴摇起来。

云朵有点囧："你们，不会都是青铜吧……"

"嗯。"

"咳。"

"嘿嘿……"

"哼。"

那几人虽反应不一，但都默认了她的猜测。

青铜是最低的等级，需要赢很多场比赛才能打到钻石。难怪小明天看她的眼神充满狂热。

唐一白解释道："我们才玩没几天，而且也没什么时间打游戏。"

一句话让云朵内心充满同情，她小小地撸了一下袖子，踌躇满志："没关系，姐姐带你们飞！"

唐一白轻笑着看她一眼，抬手轻轻敲了敲她的脑袋。

明天选了一个鲁班七号（射手），祁睿峰选了孙悟空，还很骚包地用了至尊宝的皮肤，云朵偷偷看了向阳阳一眼，本以为她会选个露娜，用紫霞仙子的皮肤，结果，这位根本不带犹豫，手一挥选了个达摩。

达摩是个和尚。

“哈！”向阳阳很得意，“快叫师父！”

祁睿峰哼了一声。

选择完毕，他们很快传送进游戏。云朵提着大扇子走中路，看到身后跟了一串队友，五个人密密麻麻地全挤在中路上，她有点不解：“跟着我干什么？”

明天：“你不是说要带我们吗……”

云朵汗了一下：“不用都挤过来，中路我一个人就行了，明天去下路，阳姐去上路，祁睿峰打野。”

“野是谁？”

“……”

云朵抹了一把额头，飞快地给他解释了这个问题。

把其他人都打发走了，唐一白的周瑜显得有点多余。云朵说：“你去上路帮阳姐吧。”

“我就跟着你。”

云朵感觉他们玩游戏就是纯粹玩的心态，所以她也不必那么认真了。呜呜呜——她刚才口出狂言要“带他们”，现在感觉压力有点大哎……

她一边打着小兵，一边时不时观察小地图上队友们的动态。明天安全地躲在防御塔下，不错；祁睿峰飘到了对方的野区，哟，这是想偷对面的野怪？胆子很大嘛！向阳阳……向阳阳放弃了上路防御塔，不知道怎么的就跟着祁睿峰跑了……

云朵刚想开口提醒她一下，就收到系统提示，我方的孙悟空和达摩，都被对方的韩信打死了。

弑神（韩信）：你们两个，是在搞基吗？

“哈哈哈哈哈！”明天看到这行字，笑出了声，笑到一半见祁睿峰和向阳阳都用杀人的目光注视他，他赶紧闭嘴做乖巧状。

云朵感觉不能把祁睿峰和向阳阳放进野区，就让他们都去上路防御塔，这样相对安全一些。事实证明她真是太天真了，除了她之外，她的队友们不停地被杀，死了一次又一次。

连对面都为这疯狂的送死行为感到费解。

弑神（韩信）：难道我匹配到了传说中的机器人？

弑神（韩信）：喂，对面的，证明一下你们不是机器人。

唐一白（周瑜）：我们就是机器人。

弑神（韩信）：……

弑神（韩信）：唐一白?

唐一白（周瑜）：嗯?

弑神(韩信)：唐一白是我男神，你不许用他的名字做ID，简直是亵渎、玷污!

唐一白（周瑜）：哦。

弑神（韩信）：哦是什么意思……

弑神（韩信）：呵！还有个云朵？情侣ID啊？老子最看不惯情侣了！杀杀杀!

云朵感觉这个韩信真是神经病一样的存在，怎么就被刺激到了呢?

这家伙被刺激的结果就是战意狂飙杀人如麻。不过好在对面除了他操作不错，其他人也就是一般般的水准，且配合不怎么默契，否则云朵他们根本不用打，早就被碾压了。

身为一个脆皮法师，她很神奇地一次都没死。这个除了她走位不错是一方面，更多要归功于唐一白了。唐一白一看到云朵被打，不管三七二十一直接扑上去脸贴着对面英雄，为她挡伤害，换来她小乔的一线生机。

弑神（韩信）：周瑜你不怕死啊?

唐一白（周瑜）：我的女人由我来守护。

弑神（韩信）：你妹……

就这么磕磕绊绊地下来，云朵的小乔因为死亡次数少，战斗效率高，竟然成长得不错，到后期六件神级装备都买到了，这个时候的小乔伤害非常可怕。不过此时他们很凄惨，防御塔全部被推光，只剩下家门口的水晶了。

云朵回家补血的工夫，对面已经杀上来开始团战了，似乎不打算给他们喘息的机会，打算一波推掉水晶。这个时候祁睿峰、向阳阳、明天都在躺尸，唐一白刚刚复活冲进战场开了一个技能立刻被秒，云朵看到他瞬间见底的血条，心头一阵怒气飙起，咬牙自言自语道："敢杀我男人，我让你们付出代价！"

说着目光如电，手指飞快，只见战场中某个粉嘟嘟的萌萝莉扔出大扇子，一扇子直接秒了对面两个残血。

然后靠着犀利的走位躲掉伤害，掐好时间开大招，打得对手血条狂掉。

对手幸存的人除了韩信，其他都被打蒙了，反应就慢了半拍，合力放技能竟然没能杀掉小乔，反而是小乔又收走了他们的人头。

这个时候小乔的血量也比较危险，对面韩信在是战是走之间犹豫了零点一秒钟，终于决定砍死这个萌妹。

事实上他也确实砍死她了，毕竟小乔是很脆弱的。然而小乔出了复活甲，死亡之后可以原地复活一次，于是韩信和他的队友一样，也被小乔的扇子呼死了。

五杀！

云朵激动得心脏狂跳，见鲁班的头像亮起来，立刻说："鲁班跟我走！"

"好的！"明天操纵着鲁班七号跟在小乔身后，一路推掉中路的防御塔。射手拆塔的速度不要太快，他们打到对方的水晶时，对手们的复活时间还没到。

于是对面的水晶就这么被他们一波推掉了。

呼——终于赢了。

这场游戏打得她好疲惫，感觉身体被掏空……云朵动了动脖子，一扭头，看到唐一白正在看她。

带笑的眼睛里，像是有温柔的湖水在晃动。

她老脸一热，慌忙低头看战绩总结。

唐一白摸了摸她的脑袋瓜。

然后，云朵看到手机上不断有系统提示消息：

特猫哟为你点赞，TA 愿意继续和你并肩作战！

阳 - 战神为你点赞，TA 愿意继续和你并肩作战！

祁 - 战神为你点赞，TA 愿意继续和你并肩作战！

唐一白为你点赞，TA 愿意继续和你并肩作战！

云朵："……"

呜呜呜，她可以不愿意吗……